사설
우체국

사설
우체국

초판 1쇄 인쇄 · 2022년 3월 15일
초판 1쇄 발행 · 2022년 3월 25일

지은이 · 한승주
펴낸이 · 한봉숙
펴낸곳 · 푸른사상사

주간 · 맹문재 | 편집 · 지순이 | 교정 · 김수란, 노현정 | 마케팅 · 한정규
등록 · 1999년 7월 8일 제2-2876호
주소 · 경기도 파주시 회동길 337-16 푸른사상사
대표전화 · 031) 955-9111(2) | 팩시밀리 · 031) 955-9114
이메일 · prun21c@hanmail.net
홈페이지 · http://www.prun21c.com

ⓒ 한승주, 2022

ISBN 979-11-308-1901-3   03810
값 18,000원

사설
우체국

한승주 소설집

푸른사상
PRUNSASANG

겨울이 문제였다.

증축한 이층 서재는 난방을 하지 않아 석유난로를 사용했다.
공기를 덥히려면 시간이 필요했고 나는 그동안 발이 시렸다.

이 소설들은 그런 과정에서 쓴 글들이다.

교정 원고를 읽는 내내 부끄러움이 몰려왔다.

해설을 맡아주신 임영태 작가님과
편집하느라 애써주신 푸른사상사 편집부에 감사드린다.

2022. 3.
백암에서, 한승주

작가의 말 5

아침의 동행

나는 한 달 전부터 작업반장에게 일을 바꿔달라고 졸랐다. 총은 쏠 만큼 쏘았으니 발골 파트나 계류사로 보내달라고 끈질기게 매달렸다. 도축장에서 잔뼈가 굵은 50대 후반의 최 반장은 허, 하는 감탄사를 내뱉으며 검지와 중지 손가락 끝부분으로 머리를 긁었다. 허연 비듬이 작업복 어깨 위에 떨어졌다. 입을 벌린 채 비듬을 털어내는 반장의 금니빨이 반짝거렸다. 얼굴만 보면 영락없이 마음씨 좋은 동네 아저씨였다. 착각이라는 것을 깨닫는 데는 그리 오랜 시간이 걸리지 않았다. 그는 부하직원들의 고충 따위는 안중에도 없는 사람이었다. 오히려 직급이 높은 간부들의 비위를 맞추는 데 훨씬 능숙했다. 입사할 때부터 도축과 직접적으로 관련된 현장은 애당초 학력이 필요 없는 곳이었다. 채용 공고에도 '학력 무관'으로 되어 있었다. 하지만 직원 대부분이 고졸 이상인 이곳에서 초등학교 중퇴인 그가 작업반장을 꿰찰 때는 나름의 처세술이 톡톡히 한몫했던 듯했다.

　내가 입사한 이래 현장 파트는 인사이동이 없었다. 한 번 맡은 일은 퇴직할 때까지 계속해야만 했다. 회사는 그 이유를 전문성으로 돌렸다. 인사이동은 사무직에만 국한되었다. 간부들은 도살, 해체, 발골을 전담하는 직원들이 근무하는 곳을 '생산부'라는 엄연한 부서명이 있음에도 '현장'이라고 불렀다. 회사는 도축장 중에서 비교적 규모가 작은 편이었다. 정부의 지원을 받는 대규모 도축장은 하루에 도살되는 가축이 천 단위를 훌쩍 넘겼다.

　나는 하루에 백여 번 총을 쏘았다. 계류장에서 대기하고 있던 소가 도축장 안으로 들어서자마자 맨 먼저 맞닥뜨리는 킬러, 말하자면 나는 저승사자였다. 어떤 소는 체념한 듯 철문을 통과하기 전부터 그렁그렁 눈물을 내비치기도 했다. 소가 옴나위조차 불가능한 좁은 통로에 들어서면 그것은 막다른 길을 의미했다. 뒤로 물러서거나 도망칠 방법이 없다는 것을 이미 눈치채고 있는 듯, 소는 자신을 향해 총을 겨누고 있는 킬러의 얼굴을 물끄러미 바라볼 뿐이었다. 나는 되도록이면 최대한 빨리, 긴 호스에 연결된 압축 공기총을 소의 이마에 발사했다. 무슨 일이 벌어지는지도 모른 채 소들은 꾸역꾸역 도축장 안으로 밀려 들어와 얼굴을 내밀었고, 나는 표적지가 나타나면 반사적으로 방아쇠를 당기는 잘 훈련된 특수부대원처럼 총을 쏘았다. 벌써 십오 년이 흘렀다.

　첫 출근 다음다음 날이었다. 인사부장이 이틀간의 현장 교육을 끝낸 신입사원들을 데리고 각 부서를 돌았다. 형식적인 상견례였다. 마지막으로 들른 부서는 경리과였다. 과장 한 명과 두 명의 여직원이 회사 전체의 매출과 회계를 맡고 있었다. 그곳에 한 여자가 있었다. 송경희. 주변머리가 없는 나와는 달리 성격이 쾌활하고 처음 보는 사람들에게도 살갑게 굴었다. 여상을 졸업한 입사 4년 차인 미스 송은 턱이 갸름하고 목에서부터 어깨로 떨어지는 선이 고왔다. 이 여자가 아니면 평생 혼자 살다가 총각귀신이 될 것 같았다. 처음으로 용기를 냈다. 휴대폰이 귀한 시절이라 매일 편지를 썼다. 3년 만에 경희는 마음을 열었고 결혼 7년 만에 얻은 쌍둥이 딸은 삶의 전부였다. 행복했다. 행복해서 죽을 것 같았다. 행복했으므로 소의 정수리에 총알을 박아 넣으면서도 콧노래가 저절로 나왔다. 이듬해 쌍둥이를 대신 키워주던 장모가 골절 사고를 당하는 바람에 아내는 회사를 그만두었는데 한동안 육아에만 전념하다가 무역회사 경리부에 다시 취직했다. 쪼들렸던 경제에 다소 숨통이 트였다. 중고이기는 해도 소형 자동차 하나를 구입해서 여름휴가 때는 피부가 시꺼멓게 타들어갈 정도로 바닷가를 돌아다녔다. 뜨거운 백사장에서 너무 오래 뒹굴다가 팔다리에 화상을 입어 병원에 다닌 적도 있었다. 허물이 벗겨질 때마다 고단했던 과거가 한 꺼풀씩 사라지는 것 같아 오히려 흐뭇했다. 쌍둥이가 유치원에 입학할 무렵엔 은행 대출을 얻어 재개발이 예정된 변두리에 15평대 아파트를 장만할 수 있었다.

총에 맞았다고 소가 곧바로 숨이 끊어지는 것은 아니다. 도축용 피스톨을 이마에 대고 방아쇠를 당기면 강철봉이 뇌 조직을 파괴하여 순간적으로 기절할 뿐이다. 심폐기능은 여전히 살아 있는 일종의 가사

상태에 빠지는 것이다. 총알이 뇌 중심을 비켜 간 어떤 소는 피를 철철 흘리며 벌떡 일어서기도 한다. 그런 돌발 사태가 벌어질 때마다 나는 흔들리는 의자에 못을 하나 더 박듯, 뻥 뚫린 이마 옆을 겨냥해 다시 총을 쏜다. 완벽하게 숨통을 끊지 않는다는 것은 잔인한 고문을 즐기는 것이나 마찬가지다. 이곳에서 자비란 고통을 최대한 빨리 멈추게 해주는 것뿐이다. 소가 기절하면 두꺼운 비닐 옷으로 완전무장한 직원이 강철 와이어를 머릿속으로 집어넣어 여수를 부숴버리다 뇌신경을 파괴시킴으로써 더 이상 버둥거리지 못하도록 하는 것이다. 어쨌든 그때까지도 소는 죽지 않는다. 죽음에 이르는 공정이 하나 더 남아 있다는 것을 알고 있는 걸까. 그래서 끝까지 버티고 있는 걸까. 오랜 시간이 흘렀지만 그것까진 여전히 알지 못한다. 반장은 그 마지막 작업을 방혈이라고 했다. 겁에 잔뜩 질려 있는 우리가 재미있다는 듯 낄낄거리며 고기의 신선도와 상품성을 유지하는 데 있어서 매우 중요한 과정임을 반복적으로 강조했다. 그것은 쓰러진 소의 한쪽 다리를 샤클 체인으로 감은 뒤 방혈 컨베이어에 거꾸로 매달아 신속하게 피를 뽑아내는 일로, 이때 소는 비로소 죽음에 이른다.

"여보, 여보."

아내가 내 어깨를 흔들어 깨웠다. 가까스로 눈을 떴을 땐 새벽 5시가 조금 넘은 시간이었다. 하루 종일 총을 쏘느라 이불을 펴자마자 곯아떨어진 모양이었다. 어둠 속에서 그녀는 무릎을 턱을 괸 채 웅크리고 있었다. 포식자를 만나 몸을 둥글게 말아 넣은 한 마리 아르마딜로

처럼 보였다.

"왜, 무슨 일이야?"

내가 이불 속에서 몸을 반쯤 일으키며 물었다.

"……."

아내의 등을 흔들며 다시 물었다.

"아파?"

"응."

아내의 얼굴이 무릎 속으로 파고들었다. 나는 스탠드의 미등을 끄고 전등 스위치를 켰다.

"어디?"

"배, 배가."

"많이 아파? 언제부터 그랬어?"

두 손으로 배를 움켜쥔 아내의 상체가 침대 모서리 쪽으로 기울어졌다. 찌푸린 이마에 땀방울이 송골송골 맺혀 있었다.

"과식했나 보네. 소화제 갖다줄게."

약상자를 가져오기 위해 일어나는데 아내가 붙잡았다.

"그냥 있어. 그런 게 아니야."

아내의 목소리가 바르르 떨리는가 싶더니 급기야 떼굴떼굴 구르기 시작했다. 참을성이 강한 여자였다. 웬만큼 아파도 내색은커녕 병원에도 잘 가지 않았고, 신음 소리 한 번 내지 않고 쌍둥이를 낳았던 여자였다. 산부인과 의사 20년에 이런 산모는 처음이라고, 집도한 의사가 혀를 내둘렀다. 그런 여자였는데, 조금씩 불안해지기 시작했다. 곧

히 잠들어 있는 나를 깨울 정도라면 정말 많이 아프구나 하는 생각이
들었다.

"맹장인가?"

"아냐, 처녀 때 맹장 떼냈어."

아내가 등을 돌린 채 말했다. 무릎을 가슴팍까지 바짝 끌어올린 자
세로 숨을 가쁘게 몰아쉬었다. 근데 뭔가 좀 이상했다. 아내가 아닌,
마치 다른 여자를 보고 있는 것 같았다. 제법 볼륨감이 있는 몸매였는
데 지금 그녀의 뒷모습은 밋밋하기 짝이 없었다. 굴곡은 온데간데없
고 대신 각진 어깨뼈가 잠옷 밖으로 튀어나와 있었다. 언뜻 봐도 살이
많이 빠져 있었다.

이 아파트를 장만하기까지 꼬박 7년이 걸렸다. 그동안 아내는 알뜰
하게 살았다. 무역회사로 옮긴 뒤 수출 물량이 많을 땐 납기일을 맞추
느라 퇴근이 늦어지기 일쑤였지만, 살림 솜씨가 야무져 집안 구석구
석은 먼지 한 톨 찾을 수 없을 만큼 깨끗했다. 그녀의 손을 거친 세간
들은 늘 윤기가 반짝거렸다. 서랍 안 속옷들은 방금 구입한 새것처럼
늘 뽀송뽀송하게 개어져 있었다. 붙임성이 있어 시댁 식구들과 사이
가 좋았다. 여동생 결혼 땐 눈치를 주지 않았는데도 제 발로 혼수품을
떠맡겠다고 나선 착한 여자였다. 그런 아내를 지켜볼 때마다 나는 기
꺼이 총을 쏘았다. 가끔씩 멈칫거리던 엄지손가락에 힘을 준 적도 여
러 번 있었다.

"안 되겠다. 병원에 가보자."

나는 옷을 갈아입었다. 한참 동안 망설이던 아내가 말없이 따라나

섰다. 배탈이 단단히 난 게 틀림없었다. 집을 나서며 아이들 방문을 열어보았다. 쌍둥이는 새로 장만한 2층 침대 안에서 곰돌이 인형을 끌어안고 세상모르게 잠들어 있었다.

"일단 피검사부터 할게요."

두 시간쯤 뒤에 여의사가 검사 결과를 설명했다. 각종 수치가 빽빽하게 적힌 파일을 들여다보며 급성 위경련인 것 같으니 약을 복용하면 좋아질 거라고 했다. 굳어 있던 아내의 얼굴이 밝아졌다. 몸을 일으키다가 갑자기 생각난 듯, "선생님, 체중이 많이 빠졌어요. 구역질도 나고요."라고 했다. 여의사는 "그래요? 약 먹어보고 안 되면 외래로 오세요."라며 대수롭지 않게 받아넘겼다.

병원 문을 나선 것뿐인데도 한결 숨통이 트이는 것 같았다. 매서운 바람이 시원하게 느껴졌다. 아내의 통증이 완전히 가라앉지는 않았지만, 새벽의 불안했던 마음은 어느 정도 가셨다. 요 며칠 새 야근을 한데다 종일 끼니까지 걸렀으니 위에 탈이 날 만했다.

"밥은 꼬박꼬박 챙겨 먹어야지!"

내뱉고 보니 속마음과는 달리 나무라는 말투가 되어버렸다.

"불치병이 아니라서 좀 서운했지? 화장실에서 낄낄거릴 기회가 날아가버려서."

아내가 손을 잡으며 처음으로 배시시 웃었다.

"못되게 군다."

나는 아내의 머리통을 쥐어박는 시늉을 했다. 농담을 하는 것으로 봐서 살 만해진 것 같았다. 표정이 밝아 보였다. 우리는 병원 본관 앞의 택시 정류장을 향해 나란히 걸었다. 맑고 쾌청한 날씨였다. 아침햇살이 정맥이 파랗게 도드라진 아내의 관자놀이 위로 퍼져나갔다.

출근하자마자 나는 반장을 찾았다. 지난번 반장의 태도를 보고는 부서 이동은 힘들겠다고 거의 포기하고 있었다. 그러나 어제 새벽 아내를 데리고 병원으로 가면서 마음이 다시 흔들렸다. 15년여 동안 잘해온 일인데 요즘 갑자기 왜 그런지는 모르겠지만 더 이상은 총 쏘는 일을 하고 싶지 않았다.

"반장님, 이제 지쳤단 말입니다!"

내심 퇴사까지 마음먹고 있는 터라 내 말은 좀 거칠게 나왔다.

"회사 규칙을 잘 알면서 그러네."

하지만 반장은 지난번보다 오히려 더 심드렁하게 내 말을 받았다. 그는 아까부터 고개를 숙인 채 콩나물국을 연거푸 떠먹었다. 파리들이 계속해서 제육볶음 위에 내려앉았다. 반장이 손을 휘저어 쫓아냈지만 그때뿐이었다. 피 냄새 때문인지도 모른다. 오전 작업 후 몸에 밴 냄새를 대충 씻어내도 수십 마리의 소에서 뿜어져 나온 뜨끈한 피의 흔적을 샤워 한 번으로 완전히 지우기란 불가능했다. 최첨단 시설을 갖추어도 도축 현장은 늘 피범벅이었다. 소의 경동맥을 따는 방혈장 바닥은 상수관이 터진 도로처럼 피가 흥건하게 고일 수밖에 없었다. 도축해야 할 마릿수가 많을 때는 직원들의 장화 콧등까지 핏물이 찰랑거렸다. 이곳 파리들은 집요했다. 작업모로 고등어조림 위에 달라붙어 있는 파리를 내려쳐도 어묵볶음 위에 앉아 있는 파리들은 좀처럼 도망가지 않았다. 마치 얼룩말 한 마리가 사자에게 찢기고 있을 동안 그 옆에서 태연하게 풀을 뜯고 있는 다른 얼룩말 무리처럼.

"절이 싫으면 중이 떠나야지, 회사의 규정을 어떻게 어기겠나?"

반장은 숟가락을 탁, 소리가 날 정도로 세게 내려놓으며 퇴사를 들먹이기까지 했다.

"그만두겠다고 하는 것이 아니라……."

나는 더 이상 반장의 비위를 거스르기 싫어 입을 다물었다.

일주일이 지났다. 초겨울 비가 며칠째 계속 내렸다. 아내는 의사의 지시대로 꼬박꼬박 약을 복용했다. 간간이 배를 움켜쥐긴 했지만 그날 밤처럼 심한 통증은 아닌 듯했다. 나는 조만간 한방에 들러 보약을 한 첩 짓기로 마음먹었다. 직장과 살림을 병행한다는 것이 아내에게 벅차 보였다. 수수깡처럼 몸이 비쩍 말라 있었다. 응급실에 다녀온 뒤 찬찬히 살펴보니 몸이 예전 같지 않았다. 많이 여위었을 뿐 아니라 특히 얼굴빛이 맑지 않았다. 눈에 띄게 탄력이 사라진 피부며 머리숱도 많이 빠져 있었다. 그녀의 트레이드마크인 초롱초롱한 눈망울은 어딘지 모르게 탁해 보였고, 눈 흰자위 부분이 황달에 걸린 것처럼 누렇게 변해 있었다. 나는 생각을 바꾸었다. 보약을 짓기 전 정밀검사를 받아 보는 게 우선일 것 같았다.

반장의 눈치를 보며 회사에는 이틀간 휴가를 냈다. 괜찮다고 고집을 부리는 아내를 설득해 예약을 했고, 다음 날 아내는 병원에 가는 택시 안에서 내내 투덜거렸다. 아내가 다니는 무역회사의 몸집이 커지면서 영업 활동에 따른 각종 경비가 자연히 증가했다. 경리부도 덩달아 일손이 바빠질 수밖에 없는 시기였다.

"조직 검사를 해봐야 정확하게 알 수 있을 것 같습니다."

검사 결과가 나오는 금요일 오후, 컴퓨터 모니터에서 CT 영상을 훑어보던 의사가 미간을 찌푸린 채 나지막하게 말했다. 아내는 다음 날 오후에 췌장 조직 일부를 뗐고, 결과 일까지는 닷새가 남아 있었다.

나흘이 더디게 지나갔다. 출근길이었다. 알몸의 플라타너스 가지들이 가볍게 흔들렸다. 통근버스 차창에는 검은색 구름들이 다닥다닥 붙어 있었다. 그만큼 구름이 낮게 깔려 있었고, 총을 쏘면 화르르 까마귀 떼처럼 공중으로 흩어질 것 같았다. 나는 아까부터 어깨를 짓누르는 총무과 김 대리의 바윗돌만 한 머리통을 밀어내다가 깜빡 잠이 들었다.

김 대리가 툭툭 어깨를 쳤다.

"아침부터 무슨 잠꼬대를 그렇게 심하게 해요?"

진료실 앞에는 차례를 기다리는 환자들이 스무 명을 넘었다. 예약 시간에 맞춰 왔는데도 20분이나 기다려야 했다. 간호사가 아내의 이름을 불렀다. 아내가 먼저 들어가고 내가 뒤를 따랐다.

의사는 컴퓨터를 들여다보고 있었다. 우리가 옆에 앉자 그가 모니터를 우리 쪽으로 비스듬히 돌렸다.

"췌장암입니다."

의사가 마우스를 이리저리 움직이며 검은색, 회색, 흰색이 복잡하게 뒤엉킨 복부 장기들 사이에 끼어 있는 세모난 덩어리 하나를 가리키며 무심하게 말했다. 위성으로 찍은 달 표면처럼 회색 바탕에 희끗희끗한 점들이 섞여 있었고, 미끈한 다른 장기들에 비해 표면이 울퉁불퉁해 보였다.

"저게 종괴입니다. 쉽게 말해서 암 덩어리예요. 크기로 보아 이미 4기로 접어든 상태네요."

나는 소의 이마에 발사해야 할 압축 공기총을 내 머리에 대고 쏘아버린 것처럼 정신을 차릴 수가 없었다. 누가 차단기를 내린 것처럼 한순간 진료실 안이 깜깜해졌다. 힐끗 아내를 바라보았다. 그녀는 아무말이 없었다. 눈을 밑으로 내리깐 채 그냥 제 발등을 무연히 바라보기만 했다. 의사는 그녀의 무표정이 불편했는지 나에게 췌장암에 대해 설명하기 시작했다.

"수술하면 나을 수 있나요?"

아내의 눈치를 살피며 조심스럽게 물었다.

"암이 간과 위까지 광범위하게 퍼져 있어서……."

일종의 예비 사망 선고였다. 아내가 혼자 진료실 밖으로 빠져나갔다. 의사는 조금 당황해하는 표정을 지으며 아내를 불러 세우려는 내게 췌장암의 치료와 생존 기간에 대해 장황하게 설명했다. 항암 치료를 하면 어느 정도의 생명 연장은 가능하다고 말했다. 나는 한쪽 나사가 달아나버린 의자처럼 후들거리는 다리를 끌고 밖으로 나왔다. 아내는 진료실 맞은편 파란 플라스틱 의자에 다리를 가지런히 모은 채앉아 있었다. 창밖 오동나무 가지들이 시야를 반쯤 가리고 있었다. 바람이 불 때마다 나무에 가려 있던 붉은 벽돌로 마감된 병동 건물이 우

중충하게 드러났다. 늦은 오후의 햇빛에 반사된 아내의 낯빛은 오전보다 더 누르스름하게 보였다. 나는 고개가 점점 아래로 떨어지고 있는 아내의 손을 잡아 일으켰다.

"입원해서 치료받자."

내 눈을 피하며 아내가 나지막하게 말했다.

"나 어느 정도 알고 있었어."

내 앞에선 애써 평정을 유지하려고 했지만 몸으로 옮겨 긴 충격까지는 어쩌지 못하는 것 같았다. 입원한 다음 날 저녁부터 아내의 상태가 갑자기 악화되었다. 장모의 말에 의하면 오전엔 그럭저럭 견디는데 오후부터 극심한 고통을 호소한다는 거였다. 일주일이 지나자 황달이 그녀의 온몸을 치자 빛깔로 물들였다. 소변이 나오지 않아 방광에 호스를 끼웠다. 복수가 차올라 몸을 뒤척거리기도 힘들어했다. 아내는 전혀 딴사람이 되어가고 있었다. 사소한 일에 쉽게 짜증을 내고 때론 식사도 거부하며 몇 시간씩 창밖을 멍하니 내다보는 일이 많아졌다. 주치의의 말에 의하면 말기 암 환자들이 치러야 하는 통과의례 같은 것이었다. 어쨌든 본격적인 치료가 시작되었다. 12사이클 동안 항암 주사를 맞기로 했다. 아내는 항암 치료가 시작된 첫날부터 식사는 물론이고 물조차 넘기려 하지 않았다. 물기가 바싹 말라버린 손으로 시트를 움켜쥔 채 멀건 위액만 게워냈다. 유난히 깔끔을 떨던 여자였는데 주사를 맞은 다음 날부터는 떡이 질 때까지 머리를 감지 않았고 양치조차 며칠씩 건너뛰었다.

"쌍둥이는 지금 뭐 하고 있을까."

3차 항암 치료가 끝난 날 저녁, 아내가 별안간 아이들을 보고 싶다고 했다. 만난 지 채 하루가 지나지 않았는데 눈에 자꾸 밟히는 모양이었다. 입원한 이후 아이들이 다녀가고 나면 별안간 샤워를 하고 싶다고 한 적이 많았다. 오늘도 그랬다. 생에 대한 강한 의지처럼 느껴져 나는 아내의 몸 구석구석을 정성스럽게 씻겼다. 체중은 이미 40킬로그램을 경계로 오르락내리락했다. 엉덩이는 뾰족한 삼각형으로 변해 있었고, 앙상하게 드러난 쇄골과 어깨뼈들은 만지면 금방이라도 바스러질 것 같았다. 지방이 말라붙은 젖무덤은 공기가 빠져나간 진공 팩처럼 쭈글쭈글했다. 나는 수건을 몇 개나 바꾸어가며 조심스럽게 아내의 몸을 닦았다. 팔을 조금만 움켜쥐어도 아프다고 울먹거렸다.

나는 오늘도 어제처럼 하루 종일 총을 쏘았다. 앞 소가 쓰러지면 다음 소가 고개를 내밀었고, 나는 기계적으로 방아쇠를 당겼다. 잘 숙련된 검표원처럼 소들의 편편한 이마에 '편도'라고 양각된 붉은 도장을 팍팍 찍었다. 나는 이따금 눈앞을 날아다니는 파리에 시선을 빼앗기면서도 정확하게 한 마리씩 쓰러뜨렸다.

작업이 거의 끝나갈 무렵 이상한 일이 벌어졌다. 소 한 마리가 총을 맞고도 쓰러지지 않았다. 방금 잠에서 깨어난 것처럼 멍한 눈으로 바닥을 내려다볼 뿐, 뒤로 꽈당 쓰러지거나 심지어 주저앉지도 않았다. 소는 한참 동안 비틀거리며 작업장을 돌아다니기까지 했다. 소는 두 발의 총알을 연거푸 맞고서야 무릎을 꿇었는데, 그때까지도 완전히 널브러지지 않았다. 결국 직원들이 달려들어 작업용 칼날로 경동맥을 찔렀고, 소는 폭포수 같은 피를 두 양동이나 뿜어내고서야 조용해졌다.

퇴근 후 병실에 들어섰을 때 아내는 진통제를 맞고 잠들어 있었다. 모처럼 얼굴이 편안하게 보였다. 눈 주위가 조금씩 화끈거리더니 이내 뜨뜻해졌고 나도 모르게 걷잡을 수 없는 눈물이 볼을 타고 흘러내렸다. 마치 마중물을 빨아들인 펌프처럼, 한 번 쏟아지기 시작한 눈물은 그동안 고여 있던 눈물샘을 바닥까지 완전히 퍼내기로 작정한 듯 멈추지 않았다. 나는 두 손으로 입을 틀어막은 채 조용히 병실을 빠져나와 간호사에게 담당 의사의 진료일을 물었다. 간호사는 마침 이사가 야간 근무 중이라 당직실로 가면 만날 수 있다고 친절하게 귀띔해 주었다. 내가 당직실 문을 열고 들어섰을 때 책상 위에 다리를 올려놓은 채 휴식을 취하고 있던 의사가 부스스 자세를 바로잡았다.

"선생님, 지금 집사람 상태가 좀 어떻습니까?"

질문을 던져놓고 금세 후회했다. 내가 의사보다 아내의 상태를 더 잘 알고 있기 때문이었다.

"콩팥이 망가졌고 면역력이 극도로 떨어져 있어요. 언제 합병증이 올지도 모릅니다. 전이 속도가 너무 빨라 항암 주사가 따라잡기 힘든 상태예요."

설을 앞두고 도축해야 할 소들이 몇 배로 밀려들었다. 9시가 넘어서야 작업이 끝났다. 간단한 샤워 후 얼굴을 닦고 있는데 처남한테서 전화가 걸려왔다. 나는 핸드폰 화면에 떠 있는 큰처남이란 글자를 내려다보며 한참 동안 통화 버튼을 누르지 않았다. 갑자기 며칠 전 의사가 내뱉었던 단어 하나가 일체의 다른 생각들을 밀어내며 머릿속을 가득 채웠기 때문이었다.

아내가 혼수상태에 빠졌다. 중환자실로 옮겼다는 큰처남의 목소리가 점점 작아지더니 들릴락 말락 했다. 수화기 너머에서 장모의 울음소리가 간헐적으로 들려왔다. 심장이 빠르게 뛰었다. 거실을 뛰어다니는 윗집 아이들의 발소리 같은, 빠르고 연속적인 박동 소리가 귀에까지 쿵쿵 울렸다. 수건을 쥐고 있는 손이 벌벌 떨렸다. 나는 5분쯤 눈을 감은 채 가만히 있었다. 아무런 행동도, 어떤 생각도 할 수 없었다. 헤어드라이어가 마구 헝클어놓은 머리칼을 빗거나 물기가 바싹 말라버린 얼굴에 로션을 바를 수조차 없었다. 그냥 그대로 샤워장을 나와 운동화 끈을 매려고 허리를 구부렸다. 목과 점퍼 사이에 공간이 생기면서 찬바람이 아직 물기가 남아 있는 옷 속으로 파고들었다. 정신이 번쩍 들었다. 요동치던 심장박동이 조금씩 가라앉기 시작했고, 그제야 문득 아내와 나누었던 이야기가 떠올랐다.

어젯밤 9시경이었다. 아내가 조근거리는 음성으로 말을 걸었다.

"태수 씨, 나 고백할 게 있어."

"고백? ……괜히 겁나네."

9시 뉴스에서 눈을 뗀 내가 웃으며 말을 받았다.

"내 첫사랑은 당신이 아니었어."

"뜬금없긴."

처남으로부터 아내의 첫사랑에 얽힌 내막을 대충 들은 적이 있어 아내의 말에 별 흥미가 없었다.

"당신 만나기 한참 전 일이긴 한데, 근데 당신을 만난 뒤론 그 사람 생각을 한 번도 해본 적이 없어. 믿어줄 거지?"

"그럼, 믿고말고. 당신에 관한 한 다 믿을 수 있어."

나는 아내의 통증이 조금 가라앉은 것 같아 오히려 마음이 놓였다.

"당신은 내 인생 최고의 남자였어."

과거형으로 말하고 있는 아내가 의아했지만 오랜만에 오글거리는 대화라 설레는 기분마저 들었다

"그걸 이제 알았어?"

"당신 만나기 전엔 많이 힘들었거든."

"엄청 좋아했나 보네."

"그땐……."

엄지손가락으로 소매 끝을 문질러대던 아내가 고개를 치켜들었다.

"태수 씨, 나 사랑해?"

"응?"

"날 사랑하냐구."

"바보야, 그걸 말이라고 해?"

"얼마큼?"

"당신이 상상하는 것보다 훨씬 더 많이. 내 목숨의 천 배쯤."

"정말? 진짜지?"

"그럼, 윤 씨 가문의 명예를 걸고 맹세해."

내 표정이 너무 진지해 보였는지 아내가 깔깔거리며 웃음을 터뜨렸다. 참으로 오랜만에 들어보는 해맑은 웃음소리였다.

"그럼 마지막으로 한 번만 더 사랑해줄래?"

아내가 갑자기 웃음기가 사라진 얼굴로 물었다.

"지금도 사랑하고 있잖아. 섭섭하네. 마치 내가 사랑 안 해주는 것처럼."

"그런 사랑 말고, 음……, 이번엔 조금 차가운 사랑."

"차가운 사랑? 하하, 지금 말장난하는 거지?"

난 웃었다. 웃으면서도 이 상황에서 왜 뜬금없이 웃음이 터져 나왔는지 스스로 이해가 되지 않았다. 다만 침상 밑에서 뿌연 저녁 안개 같은 것이 매트리스 위로 올라와 아내의 몸뚱어리가 공중에 붕 떠 있는 것처럼 보였다. 나는 애써 과장된 웃음소리로 안개를 흩어지게 하고 싶었는지 모른다.

"아니, 나 지금 진심이야."

경희의 표정은 정말 진지했다. 어금니까지 꽉 깨물고 있어 움푹 팬 볼 바깥으로 턱뼈가 불거져 나와 있었다.

아까부터 나는 귀 안에서 윙윙거리는 소리를 듣고 있었다. 귓속으로 들어간 날벌레가 빠져나오려 애쓰는 소리 같았다가, 차츰 짐승들이 한꺼번에 울부짖는 울음처럼 응응거리는 소리로 변했다. 귀를 후벼 팠지만 소리는 사그라지지 않았다.

내 눈을 빤히 들여다보던 경희가 말을 이었다.

"한 번도 내 뜻대로 살아본 적이 없었어. 대학에 가고 싶었지만 가정 형편상 취직을 했어. 첫사랑은 자기를 놓아달라고 울었어. 난 그 사람의 소원대로 놓아주었어. 놓아주지 않으면 옥상에서 뛰어내릴 것 같아서."

아내가 입술을 잘근잘근 씹었다.

"마지막으로 내 뜻대로 해보고 싶어. 당신은 날 많이 사랑한다고 맹세했으니, 내 말대로 해줄 거지?"

내가 말뜻을 알아차리지 못하자 아내가 음성을 높였다. 맞은편 침상의 노인이 몸을 뒤척거렸다.

"태수 씨, 사랑한다면 이제 그만 놔줘 제발."

아내의 목소리는 거의 절규에 가까웠다. 노인 침상에 얼굴을 파묻고 있던 간병인이 고개를 들었다.

"힘들고 고통스러운 거 알아. 그래도 약한 마음 먹지 마. 쌍둥이가 있잖아."

나는 여전히 아내가 무슨 말을 하고 싶어 하는지 알지 못했다. 다만 많이 힘들구나, 그렇게 생각할 뿐이었다. 쌍둥이라는 말에 갑자기 아내가 목소리를 낮추더니 하얗게 말라붙은 입술을 귀에 대고 속삭이듯 말했다.

"우리 벨기에 갈까?"

말을 던져놓고 마치 벨기에가 가까이 있는 듯 어둠이 짙게 깔린 창문을 바라보며 힘없이 웃었다.

"벨기에? 거긴 왜?"

"그 나라는 선택할 수 있대."

"당신 설마!"

그제야 아내가 지금껏 무슨 말을 빙빙 둘러서 하고 있었는지 눈치를 챘다. 나는 얼마 전 TV에서 안락사에 관한 외국 다큐 프로를 본 적이 있어서 하마터면 비명을 지를 뻔했다. 설마 이런 생각까지 할 줄은 상상조차 하지 않았다.

아내가 혼잣말로 중얼거렸다.

"근데 그건 좀 그렇다. 갈 땐 둘이 갔다가 올 땐 당신 혼자 와야 하잖아."

"경희야!"

"함께 온다 해도 난 수화물 칸에 따로 있어야 되고."

혼수상태에 빠진 아내. 처남과 장모의 울음소리. 차가 관악플라워라고 쓰인 꽃집 앞을 지날 때 아내와 나누었던 어젯밤의 대화가 반복적으로 되살아났다. 오늘은 아내의 37번째 생일이었다. 나는 결혼 후 단 한 차례도 그녀의 생일을 까먹은 적이 없었다. 처남의 전화를 받기 전까지 이번 생일선물로 무엇이 좋을까, 속으로 고민하고 있던 참이었다. 늦은 생일은 하지 않는다고들 하지만 올해는 특별한 경우라 나는 아내가 의식을 회복하는 대로 여태까지 받아온 그 어떤 선물보다 훨씬 더 근사한 것으로 해주겠다고 마음먹었다.

중환자실로 옮긴 지 세 달이 지났다. 혼수상태에서도 아내는 한 번씩 꿈틀거렸다. 목에 튜브를 꽂은 채 얼굴이 퉁퉁 부어 있는 아내를 볼 수 있는 시간은 하루에 한 번, 그것도 퇴근 후 저녁 면회 시간 30분이 유일했다.

나는 매일 총을 쏘았다. 그리고 반장에게 부탁한 보직 변경은 끝내

거절되었다. 그저께 반장은 나를 불러 세우더니 회사 방침에는 변동이 없다고 싸늘하게 말했다. 덕분에 나는 하루에 백여 발의 총을 계속 쏘아야 했다. 도축의 풍경도 변함이 없었다. 소들이 쓰러지면 쇠갈고리가 오른쪽 뒷다리를 공중으로 잽싸게 낚아챘고, 방혈 담당이 작업용 칼로 경동맥을 찌르면 피가 바닥으로 콸콸 쏟아졌다. 작업장은 여전히 역한 피 냄새로 진동했으며, 겨울인데도 파리 떼가 들끓었다. 내가 소에게 해줄 수 있는 것은 아무것도 없었다. 이마 한가운데 정확하게 총알을 박아 넣어 순식간에 소를 기절시키는 것이 내가 가진 권력의 전부였다.

4월은 바람이 많이 불었다. 중환자실 건물로 연결되는 언덕길 양편에는 백목련들이 심어져 있었다. 저녁이면 바람에 떨어진 목련꽃들이 수의처럼 도로를 하얗게 뒤덮었다. 우려하던 합병증이 찾아온 것은 목련이 다 떨어진 4월 중순이었다. 아내의 폐에 물이 차기 시작했고, 요로 감염으로 시뻘건 오줌을 쏟아냈다. 여전히 의식은 없었다. 아내는 가스 불에 덴 흉터 때문에 한여름에도 긴팔 블라우스를 입고 다닐 만큼 자존심이 센 여자였다. 그런 아내가 자신의 모습을 볼 수 없다는 것은 오히려 축복이었다. 의식을 잃기 전날 밤, 아내의 애원은 진짜 속마음이었을까. 안락사를 극렬히 반대하는 사람들은 단 한 번이라도 고통에 일그러져 괴물처럼 변해버린 아내의 얼굴을 본 적이 있을까. 보았다고 치자. 그들은 목에 인공호흡기를 삽관한 채 미동도 없이 누워 있는 저 여자가, 질소를 가득 채운 풍선처럼 공중으로 떠오르지 않기 위해 35킬로그램도 안 되는 중력과 욕창의 끈적거리는 고름으로 악착같이 침상에 달라붙어 있는 저 여자가, 바지런한 유림아파트 쌍둥이 엄마, 대동무역 송 계장, 골안마을 윤 씨네 맏며느리, 그리고 내 첫사랑 송경희 바로 그 여자라면, 믿을 수 있을까? 그런 생각이 하루에도 몇 번씩 나를 혼란에 빠뜨렸다. 나는 울다가 웃었고 웃다가 다시 울었다. 근무 중 절대 마셔서는 안 될 술을 조금씩 마시기 시작했고 어떨 땐 술이 덜 깬 상태로 총을 쏘았다. 그리고 지난주에 마침내 담당 의사에게 더듬더듬 인공호흡기를 제거해달라고 말한 뒤 대답도 듣지 않고 진료실을 나와버렸다. 며칠 후에 만난 의사는 난색을 표했다. 몇 차례의 회의를 거친 결과 요구는 거부되었다고 단호한 어조로 말했다. 아내가 의식을 잃기 전날 밤 분명하게 의사를 표시했다고 설득했지만 소용이 없었다. 환자 본인이 '사전 연명치료 계획서'를 작성해 치료 거부 의사를 명확하게 밝히지 않았다면 최소한 가족 전원이 합의해야만 가능하다고 말하며 의사는 뒤도 돌아보지 않고 빠르게 자리를 피했다. 연명 치료 거부에 대한 사전 동의서를 받아놓지도 않았고 장모가 극력하게 반대했으므로 나는 의사가 요구하는 그 어떤 서류도 제출할 수 없었다.

집에 돌아와 칭얼거리는 쌍둥이를 재우고 소주를 마셨다. 혼곤한 잠 속으로 빠져들었다가 눈을 뜨니 아침 7시였다. 평소보다 30분쯤 일찍 집을 나섰다. 난생처음 작업복이 아닌 깔끔한 정장 차림으로 택시를 기다리며 하늘을 올려다보았다. 오랜만에 보는 푸른빛이었다. 신호가 바뀌자 정지선 앞에 서 있던 차들이 일제히 출발했다. 끈적한 햇빛이 욕창처럼 차창에 달라붙었다. 햇빛은 반쯤 열린 창문 틈으로 흘러내려 바지 위에 질펀하게 쏟아졌다. 나는 여러 번 엉덩이를 들었다 놓았다 하며 사타구니에 달라붙은 바지를 손으로 집어 올렸다. 오랜만에 입는 양복이라 남의 옷을 빌려 입은 것처럼 불편했다. 결혼 후 체중이 늘어난 탓에 바지가 꽉 낀 데다 아까부터 뾰족한 것이 허벅지를 찔렀다. 아침에 옷을 갈아입다가 양복바지로 옮겨놓은 커터칼 때문이었다. 까아도 계속 돋아나는 집게손가락 티눈을 제거하기 위해 늘 갖고 다니는, 날 길이가 절반쯤 남은 문구용 칼이었다. 손가락 티눈은 우리 같은 총잡이들에게 흔히 생기는 일종의 직업병이었다. 바지에 손을 넣어 칼 위치를 바꾸었지만 칼은 계속해서 사타구니 사이에서 걸리적거렸다.

"기사 아저씨, 차 좀 돌려주세요."

"예?"

택시 기사가 백미러로 내 눈을 쳐다보았다. 네 개의 눈이 잠시 부딪혔다.

"경기병원으로 가주세요. 죄송하지만 급한 일이 생겨서요."

기사가 다음 신호에서 신경질적으로 불법 유턴을 하더니 가속 페달을 밟았다. 사이드미러 속에 사원들을 태우기 위해 시내 쪽으로 달리고 있는 통근버스가 조그맣게 보였다.

병원에 도착하니 8시였다. 중환자실 출입문에 붙어 있는 벨을 눌렀다. 한참 뒤 간호사가 나왔다. 그녀는 "아직 면회 시간이 아닌데요." 하며 놀란 표정을 지었다. 아내의 고향 후배인 윤 간호사였다. 나는 어제

저녁 면회 때 핸드폰을 두고 나왔다고 둘러댔다. 간호사는 고개를 갸우뚱하더니 휴대폰만 가져가세요, 면회는 안 돼요, 라며 내 얼굴을 빤히 쳐다보았다.

소 울음소리가 들려왔다. 한 마리가 아니었다. 대지를 뚫고 올라온 싱싱한 봄풀을 뜯으며 기쁨에 겨워 내지르는 울음 같기도 하고, 말벌에 귀가 쏘여 내지르는 비명 같기도 했다. 소들의 울음소리는 비슷비슷했다. 수백 마리의 소들이 한목소리로 울고 있었다. 한 번 합쳐진 울음은 맥놀이로 퍼져나갔다. 가만히 생각해보면 도축장에서 나와 맞닥뜨린 소들은 대부분 크게 한 번 울음을 내질렀다. 그러나 어떤 소들은 끝까지 울음소리를 내진 않았다. 그런 소들은 울음과 정면으로 맞서고 있는 것처럼 보였다. 나는 울지 않는 소들에게 되도록이면 빨리 총을 쏘았는데, 그때서야 소는 콘트라베이스 같은, 이 세상에서 가장 낮고 어두운 음역대의 울음을 길게 터뜨린 뒤 울음을 끝냈다.

멀리 경희가 보였다. 어린아이처럼 새근거리며 숨을 몰아쉬고 있었다. 12년 전 늦가을, 아침 햇살처럼 환한 그녀의 웃음과 처음 마주쳤을 때처럼 가슴이 쿵쾅거리며 두방망이질 치기 시작했다. 인공호흡기가 경희의 목 안에 강제적으로 산소를 밀어 넣고 있었다. 나는 바지 주머니 속의 커터칼을 손으로 만지작거리며, 엄지손가락 끝으로 칼날을 칼집 밖으로 내밀었다가 제자리에 다시 집어넣곤 했다.

나는 허리를 굽혀 아내의 입술에 내 입술을 포갰다. 딱딱하고 차가울 거라 예상했는데, 놀랍게도 경희의 입술은 매우 부드러웠고 따스

하기까지 했다. 마치 회사 건물 뒤 어두컴컴한 담벼락에서 우리가 처음 나누었던 첫 키스처럼, 아내는 달달한 입 냄새까지 풍겼다. 나는 경희의 머리칼 속으로 손가락을 집어넣어 가지런하게 한쪽으로 빗겨주었다.

내가 몸을 일으켰을 때 잠시 그쳤던 소들의 울음소리가 다시 들려오기 시작했다. 아까와는 달리 소들은 제각각 다른 목소리로 울고 있었다. 그것은 내 심장박동 소리와 합쳐져 지금껏 한 번도 들어보지 못한 울음소리를 만들어내기 시작했다.

멀리 윤 간호사가 수액이 매달린 카트를 끌며 걸어왔다. 바지 호주머니 속에 들어 있던 오른손이 자꾸만 저렸고, 나는 그녀의 발걸음 소리를 흘려들으며 바지 호주머니 속 커터칼을 움켜쥐며 손을 만지작거렸다. 윤 간호사가 아내의 침상에 도착하기 위해서는 두 개의 문을 통과해야 했다. 아내는 아침이 늦은 선물처럼 펼쳐놓은 창가의 햇빛을 뒤집어쓴 채, 그 자세 그대로 누워 있었다. ✳

어떤 게임

등록 마감일까지 사흘이 남아 있었다. 집에서 지원받을 형편이 안 되는 해리의 얼굴은 어두워 보였다. 아르바이트로 알뜰하게 모아둔 돈을 보태도 이백여만 원이나 부족했다. 게다가 신학기에는 책값, 신입생 환영회 비용 등으로 몇십만 원 이상이 추가로 필요했다. 어렵게 견뎌온 지난 3년이 아까웠지만, 자퇴나 최소한 휴학을 심각하게 고민할 때가 된 것 같았다. 1년만 더 버티면 졸업장을 거머쥘 수 있었다. 하지만 그런 희망이 오히려 그녀를 더 심란하게 만들었다.

해리는 방학 동안 아르바이트 외에 도서관 업무도 거들어주고 있었다. 사서를 도와 반납된 책들을 분류하거나 틈틈이 대출 업무를 지원하는 일이었다. 수당을 받긴 했어도 등록금을 해결하기에는 턱없이 모자랐다. 늘 쪼들리는 해리는 대학 입학 후 친구와 어울릴 시간이 없었다. 방학이라 해도 오후 3시까지는 도서관에 매여 있거나 일을 마치자마자 곧장 알바를 하기 위해 편의점으로 달려가야 했다. 젊은 여자라면 한 번쯤 가봤을 패션 할인 매장에서 아이쇼핑조차 해보지 못했다. 어쩌다 도서관 업무가 일찍 끝나면 교내 커피숍에 들러 한 시간쯤 책을 읽거나 취업 준비용 자기소개서를 고쳐 쓰는 게 유일한 취미이자 휴식이었다.

목요일 오후였다. 해리는 교내 커피숍에서 아메리카노를 시켜놓고 르 클레지오의 소설『황금물고기』겉표지를 막 넘기려고 하고 있었다.

- 읽어봤니?

토익 방학 특강을 함께 듣는 같은 과 친구 수경이었다. 성격이 깔끔한 그녀는 탁자 위에 가방을 내려놓으며 울긋불긋한 꽃무늬 손수건을 꺼내 의자 바닥을 두어 번 훔쳤다.

- 막 읽으려는 참이었어.

- 아니 그것 말고, 아르바이트 전단지.

줄곧 지문을 따라가던 해리의 눈이 수경을 올려다보았다.

- 계집애, 엉뚱하긴.

해리가 눈을 흘겼다.

- 아무리 생각해도 이건 좀 이상해.

수경이 사설탐정이라도 된 듯 고개를 갸웃거렸다. 해리는 "커피 나왔어요." 하는 남자 종업원의 말에 읽던 책을 엉거주춤하게 든 채로 자리에서 일어났다. 해리는 김이 모락모락 피어오르는 커피가 좋았다. 그녀는 고개를 숙여 갈색 종이컵 안으로 설탕 두 스푼을 집어넣었다. 아래로 꺾인 뒷목이 메마르고 뾰족한 산을 만들었다. 햇빛이 틈이 벌어진 수직 커튼을 밀고 들어와 그녀의 목 산봉우리에 위태위태하게 얹혔다. 토요일 오후의 커피숍은 한산했다. 열 평 남짓한 실내에 검은색 원형 테이블이 여섯 개, 각각의 테이블마다 네 개의 의자가 엉성하게 놓여 있었다. 벽에는 밀레의 〈만종〉 같은, 그 흔한 브로마이드 그림 액자 하나 걸려 있지 않았다. 종합대학의 커피숍치고는 심플하다 못해 초라해 보이기까지 했다. 출입구에서 가장 멀리 떨어진 구석 자리에 CC로 보이는 남녀 한 쌍이 이마를 맞댄 상태에서 콜라를 마시고 있었다. 각자의 빨대를 종이컵 하나에 집어넣고서, 두 사람은 볼이 안으로 움푹 들어갈 만큼 세게 빨았다. 바닥이 거의 드러난 컵 밑바닥에서 쪽쪽거리는 입 맞추는 소리가 났다. 휴강 때나 간단한 리포트를 써야 할 때 학생들은 이곳보다 주로 정문 앞 '스타벅스'나 '할리스'를 출입했다. 주머니가 넉넉한 여학생들은 두세 시간씩 후문 쪽 레스토랑에 진을 쳤다. 실내장식이 화려하냐 밋밋하냐의 차이만 있을 뿐, 사실 커피 맛은 그게 그거였다. 주머니가 얄팍한 해리는 입학 첫날부터 교내 커피숍 단골이었다. 수경이 해리의 책과 가방을 주섬주섬 챙겨 계산대 앞쪽 자리로 옮겨 앉았다.

"에스프레소?"

설탕을 휘휘 저으며 해리가 물었다. 수경이 아무 말 없이 고개만 끄덕거렸다. 해리가 계산을 대신 치르며

"전단지가 어쨌다는 거야?"

하며 등도 돌리지 않은 채 따지듯 말꼬리를 올렸다.

"한 장 갖고 왔어. 직접 읽어봐."

수경이 가방 안에서 무엇인가 꺼내 해리에게 건넸다.

전단지가 아닌 '알바만세'였다. 구직자와 구인업체를 연결시켜주는 타블로이드판 생활정보지인데 알바생들 사이엔 꽤 유명했다.

"요 앞 미성분식 있잖아. 수업 마치고 애들이랑 라면 먹으러 갔어. 나오다가 가판대에 꽂혀 있어서 너 주려고 하나 가져왔지. 근데 웃기는 건 지금부터야. 아니 아니, 그 뒷장."

수경은 해리에게 한 장 더 넘기라는 눈짓을 했다. 그녀가 말한 페이지에는 구인업체 광고가 실려 있었다. 빽빽한 글자가 마치 수천 마리의 일개미들이 먹이를 찾아 횡대로 이동하고 있는 것 같았다.

"맨 밑에, 거기 박스 광고 있잖아."

수경이 손가락 끝으로 하단 쪽 광고를 가리켰다. 가로세로 길이가 30센티는 넘어 보였다. 이 정도 사이즈라면 최소한 기백만 원은 들 텐데, 해리는 광고 사이즈와 게재 금액을 머릿속에서 연결하며 시험 문제를 푸는 것처럼 첫 줄부터 꼼꼼히 훑어내려 갔다. 그런데 자세히 읽고 말고 할 게 없었다. 세로로 달랑 다섯 줄이었다. '진실게임 지원자 모집. 시간당 십만 원. 모집인원 ○명. 전화번호 010-5347-○○○○. 합격 여부는 면접 후 즉시 통보.' 이게 다였다. 에게게, 뭐야. 해리가 도끼눈을 떴다. 도톰한 이마에 몇 개의 실주름이 맺혔다. 문득 중학생 시절이 떠올랐다. 해리는 콜라와 칙촉 비스킷을 가운데 두고 친구들과 빙 둘러앉아 있었다. 한창 사춘기를 통과하던 또래의 남녀 아이들이 서로의 속마음을 떠보는데 진실게임만 한 놀이가 없었다. 그땐 네다섯 명만 모이면 가위바위보로 순서를 정한 뒤 돌아가며 질문을 던지곤 했다. 게임을 빙자해 좋아하는 아이의 고백을 받아내고 동시에 제 마음도 은근히 내비치곤 했다. 거짓말이 들통 났을 때 '인디안 밥'을 외치며 손바닥으로 거짓말쟁이의 머리를 두드렸던 벌칙도 지금 생각해보니 은근히 재미있었다.

수경이 의자를 앞으로 당기며 살짝 톤을 높였다.

"수상해. 진실게임은 뭐고 게다가 알바 시급의 열두 배나 준다니. 잘못 갔다가 납치되는 거 아니야?"

그녀는 중고교를 미국에서 다닌 교포 2세답게 어깨를 으쓱 끌어올렸다가 놓았다. 서구적인 이목구비 때문인지 그 모습이 어색해 보이지 않았다. 해리가 보기에도 확실히 이상한 광고였다. 지금까지 이런 광고를 본 적이 없었다. 룸살롱 광고이거나 풋풋한 여대생과 놀아보려는 늙다리 졸부의 돈질이 유력한 후보군들 중 선두로 떠올랐다. 해리는 광고 제목을 유심히 들여다보다가 픕, 하고 웃음을 터뜨렸다. 너무 우스꽝스러웠다. 진실게임이라는 네 글자만 붉은 글씨로 인쇄되어 있는 것도 그렇지만 이 광고를 처음 접수한 광고부 직원들의 뜨악했을 표정을 떠올리니 코미디가 따로 없었다.

수경은 시옷서점 앞에서 남자친구와 만나기로 했다며 의자를 뒤로 뺐다. 해리가 웃음을 멈추지 않자 출입문 쪽으로 걸어가던 그녀가 고개를 돌려 짧게 내뱉었다.

"전화하지 마!"

카운터 뒷벽에 걸린 뻐꾸기시계가 4시를 가리키고 있었다. 통유리창 밖으로 드러난 하늘은 쾌청했다. 비행기 한 대가 도서관과 사회과

학대 건물 사이를 대각선으로 가로지르며 날아갔다. 꼬리 뒤쪽에 남겨놓은 비행운 중간 부분이 끊어져 있었고, 그 사이로 한 무리의 새 떼가 시위가 팽팽하게 당겨진 화살 대형으로 날아가고 있었다. 등록 마감일까지 정확하게 72시간이 남아 있었다. 해리는 아까부터 시간당 십만 원이라는 문구에 자꾸만 눈길이 갔다.

사무실은 동사무소 앞 큰길에서 두 블록 떨어진 이면도로에 있었다. 해리가 문을 밀고 들어섰을 때 책상 중간중간의 빈자리가 눈에 띄었다. 해리가 여직원 앞으로 다가갈 때까지 세 명의 다른 직원들은 각자의 컴퓨터 모니터를 응시할 뿐 아무도 고개를 들지 않았다. 여직원은 빠른 속도로 계산기를 두드려대고 있었다.

"광고 보고 왔는데요."

해리가 얼굴이 동그란 여직원에게 말했다.

여자는 금방 말뜻을 알아채지 못했다. 그녀는 머리가 훌러덩 벗겨진 옆자리 남자에게 "우리 광고 낸 적 있어요?" 하고는 아까보다 더 빠른 속도로 자기 얼굴 크기만 한 대형 카시오 계산기를 다시 두드리기 시작했다.

"오기 전에 광고 내신 분하고 통화를 했습니다만."

해리는 공손하게 두 손을 바지 앞으로 모았다.

"통화하신 분이 누구신데요?"

남자가 노트북을 막 접으려는 그때

"이리 들어와요."

키가 후리후리해 보이는 남자가 사무실 뒤쪽 칸막이 방에서 걸어 나오며 손짓을 했다. 남자의 등 뒤로 문이 반쯤 열린 방이 보였고, 대표이사실이란 플라스틱 명패가 해리의 키 높이로 문 중간쯤에 붙어 있었다. 남자는 40대 중반쯤 돼 보였다. 짙은 감색 계열의 정장 차림과 클래식한 스트라이프 줄무늬 넥타이가 그의 지위를 짐작하게 했다. 넥타이 매듭 아랫부분에 깊게 팬 보조개 모양의 딤플이 인상적이었다. 첫인상이 상상했던 것보다 그리 나쁘지 않아 다소나마 안심이 되었다. 남자는 잘생기지도 못생기지도 않은 평범한 외모였다. 하얀 피부가 돋보였고 키는 그 나이 때의 보통 남자들보다 좀 더 컸다. 어깨가 넓었으나 뚱뚱하거나 마른 편은 아니었다. 실제보다 좀 마르게 보이는 사람이 있는데, 그는 그런 타입이었다. 가슴이 다부졌으며 척추를 꼿꼿하게 세운 걸음걸이가 로보캅을 연상케 했다. 목소리는 중저음대로 톤이 굵고 나지막해서 믿음이 갔다.

사장실은 깔끔하고 정리가 잘 되어 있었다. 온갖 책들이 어지럽게 널려 있는 교수 연구실과는 사뭇 분위기가 달랐다. 고급스러운 원목 책상과 협탁 위의 컬러 프린터, 6인용 가죽 소파와 테이블을 덮고 있는 5센티미터가 넘어 보이는 두꺼운 강화유리, 지펠냉장고, 나란히 붙여 놓은 대형 캐비닛과 두 개의 책장, 이파리 중간에 황금색 세로줄 무늬가 번뜩거리는 춘란 두 개, 개인용 철제 금고, 그것들은 천장의 은은한 간접 조명 아래 서로 조화를 이루며 사장실을 한층 더 품위 있게 만들었다. 남자의 클래식한 옷차림과도 잘 어울렸다. 남자가 해리를 흘낏 쳐다보더니 키폰을 눌렀다. 키나 체격에 비해 손이 통통하고 손마디가 짧았다. 복잡하게 뒤엉긴 전선처럼, 손등 위로 시퍼런 정맥이 울퉁불퉁하게 튀어나온 그 나이대의 여느 남자들하고는 조금 달라 보였다.

"커피 두 잔 갖고 와요."

사장은 여상을 갓 졸업한 듯한 앳된 여직원에도 반말을 하지 않았다. 잔뜩 좁아져 있던 해리의 미간이 조금 펴졌고 표정도 처음보다 부드러워졌다. 잠시 후 여자가 김이 모락모락 피어오르는 커피 두 잔을 테이블 위에 놓고 나갔다. 옅은 갈색 커피에서 풍기는 향긋한 냄새가 방 안을 채웠다.

"열 번째 지원자입니다."

사장은 오른 다리를 왼 무릎 위에 올려놓으며 '열 번째'라는 단어에 유독 힘을 주었다. 해리를 선택하지 않을 수도 있다는 의미로 읽혔다. 네 개의 눈이 잠시 마주쳤고, 시선이 부담스러웠는지 사장이 테이블 위에 접혀져 있던 알바만세 광고면을 펼쳤다. 진실게임이라는 커다란 글자에 빨간 사인펜으로 밑줄이 두 번 그어져 있었다.

"이상하던가요?"

"네?"

사장이 재차 물었다.

"광고가 이상하던가요?"

"아, 예…… 조금은요."

말의 전후좌우를 다 생략해버리는 사장의 스타일은 자신이 갑이라는 것을 분명히 해두겠다는 의도로 느껴졌다. 그게 마뜩지 않아 해리도 짧게 대답했다. 사장이 해리의 눈동자에 비친 자신의 모습을 거울처럼 들여다보며 물었다.

"뭐가 이상했죠?"

"이상하다기보다…… 사실 좀 수상했죠. 시급도 일반 알바비의 열 배나 되고요. 그게 솔직한 대답이겠죠?"

"그런데 왜 지원했죠?"

돈이 필요했어요, 그것도 사흘 내로요, 그렇게 말하고 싶었지만 해리는 침묵을 선택했다. 여자의 직감상 사장의 눈빛에서 이 우스꽝스러운 게임의 당사자로 이미 자신이 선택되었다는 확신이 섰으므로. 말이 없자 사장이 고개를 옆으로 돌려 캐비닛 옆에 놓여 있는 춘란에 시선을 던졌다. 그가 말했다.

"값을 후하게 쳐줄수록 승률이 높은 법이죠."

"……."

"하하, 돈의 후각이 사냥개보다도 훨씬 뛰어나다는 말이에요."

사장은 자신이 질문하고 해리가 대답하기도 전에 먼저 답을 말해버렸다. 어차피 대답하지 못할 질문을 던졌다고 생각하는 것 같았다.

"무슨 말씀인지 잘 모르겠어요."

해리의 부드러운 말투 이면에는 언제든지 이 방을 뛰쳐나갈 수 있다는 결기가 숨어 있는 듯했다. 분명한 성격의 해리는 사장의 알쏭달쏭한 표현들이 마음에 들지 않았고 짜증이 났다.

사장이 몸을 틀더니 협탁 서랍에서 A4 종이 한 장을 꺼냈다.

"읽어보고 결심이 서면 사인해요."

진실게임 계약서

1. 이 게임의 명칭은 진실게임으로 한다.
2. 대표이사 김충호를 A, 지원자 ○○○을 B로 칭한다.
3. A와 B는 질문의 종류에 구애받지 않는다.
4. 질문에 대한 대답이 참이냐 거짓이냐는 각자의 판단에 맡긴다.
5. A와 B는 상대에게 네 번의 질문과 그 질문에 대한 대답을 해야 한다.
6. 게임의 횟수는 총 4회이다.
7. 게임이 진행될 동안 A, B는 와인 마시기를 거부할 수 없다.
8. 게임은 야구 법칙에 종속된다. 질문자는 공격, 답변자는 수비로 간주한다.
9. 중간에 임의로 경기를 그만두면 그때까지 시급의 두 배로 위약금을 문다.
10. B가 A를 이기면 A는 B에게 시급 외에 500만 원의 추가 수당을 지급한다.(단, 무승부일 때는 A의 승리로 한다)

A (인)

B (인)

계약서는 10포인트 크기의 고딕체로 쓰여 있었다.

해리는 계약서 조항을 최대한 꼼꼼히 읽었다. 문구에 '신체'라는 단어가 보이기만 해도 계약서를 찢어버리고 이 방을 뛰쳐나가기로 마음먹었다. 해리는 구두 뒷바닥을 바닥에 두 번 찧으며 제대로 신었는지 확인하기조차 했다. 10개 항목 전부가 엉터리였고 제멋대로였지만 수상한 문구나 단어는 보이지 않았다. 계약서는 알바만세의 광고 문안보다 더 우스꽝스러웠다. 와인을 마신다는 7항을 읽었을 땐 욕설이 튀어나올 뻔했다. 게다가 무승부면 무승부지 사장의 승리라니, 이거야말로 갑의 횡포였다. 하지만 해리는 최초의 목적 ─ 등록금 ─ 만을 생각하기로 결심을 굳혔다. 머니, 오직 머니만을 생각하자. 그래서 해리는 사인했다. 사장이 건네준 몽블랑 만년필로, 계약서 맨 밑에 자신의 이름 석 자를 또박또박 적었다. 사장은 자신의 정체처럼 알아보기 힘든 이탤릭체로 휘갈겼다. 그는 직접 복사를 떠서 해리에게 복사본을 주고 원본은 책상 서랍 속에 집어넣었다. 사인을 하고 나니 그의 앉은키가 한 뼘은 더 커 보였고, "내일 바로 시작합시다. 시간은 저녁 일곱 시입니다."라는 사장의 말도 지휘관의 명령으로 들렸다. 문밖에서 전화벨 소리가 연속적으로 들렸다. "예, 예…… 죄송합니다."를 반복하는 여직원 목소리가 한동안 계속되다가 전화기를 책상에 쾅 내려놓는 충격음과 함께 사무실이 조용해졌다.

다음 날 저녁 6시 55분, 해리가 약속 시간보다 5분쯤 빨리 도착했다. 사무실 안은 어두컴컴했고 비어 있었다. 직원들의 퇴근 시간이 빠르구나, 생각하며 해리는 곧장 불이 켜져 있는 사장실 문을 두드렸다. 사장이 재떨이에 담배를 비벼 끄다가 고개를 들어 해리를 올려다보았다. 해리를 보자 그는 클리어 파일에서 계약서를 꺼내 죽 훑어보더니 유리 탁자 위에 거꾸로 덮었다. 회사 유니폼을 입고 있어서 어제보다 낯설어 보였다.

"시작합시다. 누가 먼저 질문할까요?"

사무실에 들어오기 전에 화장실을 들렀는데 또 소변이 마려웠다. 해리는 사장에게 양해를 구한 뒤 자리에서 일어섰다.

"다녀와요. 나는 그동안 와인을 준비하겠소."

사장이 소파를 돌아 나와 냉장고에 머리를 처박고는 무엇인가 고르기 시작했다. 해리가 화장실을 다녀오니 테이블 위에 호주산 와인 한 병이 놓여 있었다. 해리는 한때 소믈리에 자격증을 따기 위해 6개월 동안 학원을 다닌 적이 있었다. 그래서 와인에 대해 비교적 잘 알고 있는 편이었다. 사장이 꺼내놓은 와인은 호주산 '펜폴즈 그랜지'였다. 호주 남쪽 지방의 호스터스에서 생산되는, 호주 정부가 문화재로 등록할 정도로 맛이 뛰어난 최고급 와인이었다. 시중가로 한 병에 삼백만 원을 훌쩍 넘는 것이다. 강한 탄닌과 그윽한 오크향이 일품이지만 보통 사람들은 그저 눈요기로만 만족해야 할 고급 와인이었다. 사장이 꺼내놓은 안주는 스위스제 치즈 퐁듀였다. 해리는 어젯밤 사장실의 냉장고를 보며 그 속에 무엇이 들었을까 궁금했는데, 그녀의 입가에 실소가 번졌다. 두 사람은 게임 규칙 8항에 따라 먼저 와인을 한 잔씩 들이켰다. 사장의 회전의자 뒤편 벽면에 걸린, 선동렬이 공을 던지고 있는 대형 브로마이드 판넬이 눈에 들어왔다.

"첫 번째 질문을 하기 전에 한 번 더 게임 규칙을 설명하겠소. 진실을 말하는 사람이 이기는 겁니다. 충분히 이해하고 있겠죠?"

"예, 그런데 둘 다 진실을 이야기한다면 누가 이기는 거죠?"

"그땐 당신이 이기는 걸로 합시다. 나는 약자에게 너그러운 사람이니까."

사장이 이 게임의 승패를 이미 알고 있는 것처럼 여유를 보였다.

"한 가지는 미리 얘기해두겠소. 세 가지는 자유 질문을 하되, 마지막 질문은 둘 다 똑같은 것으로 해야만 한다는 것이오."

"그게 뭐지요?"

점점 더 미궁에 빠져들어가는 듯해서 해리가 물었다. 정신을 바짝 차리지 않으면 자신도 모르는 사이에 이 남자의 술수에 말려들지도 모른다는 생각에 근육이 뻣뻣해지는 것 같았다.

"그건 그때 가서 말해주겠소. 콜드게임으로 끝날 수도 있으니까."

"콜드게임 선언은 누가 하죠?"

"자, 너무 긴장하지 말고 그냥 재미있는 게임을 한다고 생각해요. 돈까지 받고 하는 놀이라 생각하면 얼마나 신나는 놀이요?"

"진실인지 거짓인지 어떻게 알아요?"

질문을 하고 보니…… 스스로 생각해도 예리한 질문이었다. 이 남자가 돈을 주지 않기 위해 진실을 거짓으로 몰아붙인다면 이를 입증할 방법이 없었다. 게다가 그는 갑이고 자신은 을의 입장이라 게임 자체가 처음부터 불리할 수밖에 없었다. 게임이 시작되기 전에 미리 확인을 하고 불리한 조항은 바로잡아두는 게 필요했다. 수경의 우려에도 불구하고 여기까지 왔는데 게임에 진다면, 그래서 보너스를 받지 못한다면, 그것도 정체불명의 중년 남자와 술까지 마셔가며……. 반드시 이기고 말 거야! 해리는 입술을 질끈 깨물었다.

"보기와는 달리 꽤 의심이 많은 아가씨네. 사람이 진실을 말할 땐 눈빛이 슬퍼요. 그건 나만이 알 수 있는 비법이오. 한 번도 틀려본 적이 없어요. 당신이나 이겨야 한다는 집착 때문에 내 진실을 거짓으로 의심하지 않길 바랍니다. 적어도 나는 틀림없어요."

"알았어요. 일단 사장님의 말을 믿겠어요. 대신 제 눈이 슬퍼 보이지 않아도 의심하지 말아주세요. 너무 큰 슬픔은 눈동자 속에 빠져 익사해버릴 수 있거든요."

"슬픔이 익사한다? 하하, 그거 재미있는 말이네. 근데 당신 같은 어린 나이에 익사할 만큼 큰 슬픔이 뭐가 있겠어요?"

사장은 자신만만해 보였다. 슬픔의 크기에서만은 자신을 따라올 수 없을 것이라는 확신 같은 것이 언뜻 그의 미간을 훑고 지나갔다.

잔을 비우자마자 사장은 곧바로 게임에 들어갔다.

"내가 어떤 사람으로 보입니까?"

야구로 치면 직구에 가까웠다. 구질의 변화 없이 빠른 속도만을 무기로 삼기 때문에 눈만 똑바로 뜬다면 때리기에 그리 어려운 공은 아니었다. 해리가 솔직하게 대답했다.

"처음엔 광고주가 누굴까 궁금했어요. 제정신인 사람이 이런 광고를 낼 리가 없죠. 별의별 상상이 꼬리를 물었어요. 룸살롱 주인부터 원조교제 늙은이까지."

원조교제라는 말에 갑자기 사장이 손으로 입을 틀어막는 시늉을 했다. 예상치 못한 답변에 순간적으로 웃음이 터져 나왔던 모양이었다. 입을 가렸던 손가락들 사이로 잇몸에 가지런하게 박혀 있는 윗니가 드러났다. 해리를 잔뜩 긴장시켰던 첫 번째 질문은 사장이 던진 직구를 레벨스윙으로 받아침으로써 내야의 수비가 쉽게 받을 수 있는 평범한 타구가 되어버렸다. 누가 봐도 해리의 승리였다. 사장도 자신의 패배를 순순히 받아들였다.

1 : 0

이번에는 해리가 공격할 차례였다. 사장의 명령대로 와인 한 잔씩을 또 마셔야 했다. 미친 새끼, 해리가 속으로 중얼거렸다. 아직까지 술기운이 뻗치지는 않았다. 자주 마시는 편은 아니어도 기분이 내키면 소주 두 병쯤 거뜬히 해치웠던 주량이었다. 사장 얼굴은 와인 때문인지 해리의 솔직한 답변 때문인지 불그스름해져 있었다. 술이 센 편은 아닌 듯했다. 다행이라고 생각하다가 문득, 술이 약하면 빨리 취할 테고, 취하면 개처럼 물지도 모른다는 생각에 기분이 께름칙했다. 50여 평이나 되는 넓은 사무실에 지금 아무도 없었다. 해리와 사장 둘뿐이었다. 나쁜 마음을 먹으면 무슨 짓이라도 할 수 있었다. 음흉한 눈빛을 보내다가 여차하면 덮칠지도 모르고, 반항하면 더 끔찍한 일이 벌어질 수도 있다. 저녁의 텅 빈 사무실, 밀폐된 공간, 진실게임이라는 광고를 내고, 거액의 상금까지 내건, 어찌 보면 정신 상태가 온전하지 않을 것 같은 중년 남자. 그 남자가 팔만 뻗으면 닿을 거리에 앉아 있는 젊은 여자. 그런데 여자가 스물세 살의 풋풋한 여대생이라면? 화재의 조건들이 건초 더미처럼 천장의 뜨거운 조명에 바짝 말려져 있었고 남자가 연거푸 들이켜고 있는 술은 그가 만지작거리고 있는 라이터처럼 보였다. 사장이 은빛 지포라이터로 말보로 담배에 불을 붙일 동안 잠깐 그런 생각이 스쳤다. 방심하면 안 돼. 단전 호흡을 하는 것처럼, 해리는 양손을 배꼽 부근에 대고 숨을 깊숙이 들이마신 뒤 하나 둘 셋, 숫자를 세며 천천히 내뱉었다.

해리가 투수 플레이트 위로 올라섰다. 대낮의 햇빛처럼 천장의 조명이 무방비로 쏟아졌지만 눈을 부릅뜬 채 타자를 노려보았다. 구원 투수가 없으니 절대로 강판당해서는 안 돼! 해리는 스스로에게 그렇게 다짐하며 아랫배에 힘을 모았다. 상체를 살짝 틀며 젖가슴 밑까지 천천히 무릎을 들어 올렸다. 동시에 왼손으로 글러브 속의 공을 단단히 움켜쥐었다. 까칠한 실밥의 감촉이 흡반처럼 손바닥에 달라붙었다. 왼다리를 앞으로 길게 내뻗으면서 공을 어깨 높이로 들어 올림과 동시에 오른팔을 내뿌렸다.

"이런 광고를 내는 걸 보니 돈이 남아도는가 보네요. 부자세요?"

비아냥거림을 동반한 강속구가 사장의 타석 앞으로 내리꽂혔다.

한순간 정적이 찾아왔다. 제대로 꽂힌 것 같았다. 사장이 배트를 휘두를 틈도 없이 공은 두툼한 포수 글러브 속으로 빨려 들어가버렸다. 마치 글러브 속의 시커먼 어둠이 아나콘다처럼 아가리를 벌리고 해리의 공을 집어 삼킨 것 같았다. 시속 150킬로미터가 넘는 강속구 앞에서 사장은 배트를 들어 올린 채 그냥 멍하니 서 있었다. 천장에 매달린, 유리 덮개를 뚫고 나온 3파장 할로겐 램프의 불빛이 점점 더 뜨거워지고 있었다. 사장의 이마가 땀으로 번들거렸다.

"그렇게 보였다면 그럴지도 모르겠소. 그, 그렇게 보이지 않는다면 그렇게 안 보일 수도 있고."

사장이 당황한 듯 떠듬떠듬 말을 더듬었다. 해리가 기선을 잡은 것만은 분명했다. 그는 입에 물었던 새 담배에 한참 동안 불을 붙이지 않았다. 이겼어! 아무도 없는 관중석에서 수천 개의 손들이 일제히 올라오고, 그들이 내지르는 함성이 파란 하늘을 향해 울려 퍼지는 듯 같았다. 해리는 글러브를 벗어놓고 타자석을 향해 걸어갔다. 사장도 배트를 내려놓고 투수 플레이트 쪽으로 걸어와 해리가 벗어놓은 글러브를 꼈다. 손에 땀이 나는지 마운드에 들어서자마자 사장은 로젠 백을 몇 번 주물럭거리더니 약간 신경질적으로 그라운드에 던져버렸다. 사장이 검지와 중지 사이에 공을 끼우고 나머지 세 개의 손가락으로는 공 아래쪽을 움켜쥐었다. 공을 던지기 전까지 투수는 절대로 자신의 그립을 보여주지 않는데, 사장은 아무렇지도 않은 듯했다. 저건 나를 깔보고 있는 행동이야! 해리는 은근히 자존심이 상했다. 사장의 벌어진 손가락 사이로 드러난 빨간 실밥이 유혈목이처럼 공을 친친 감고 있었다. 두 번의 패배를 만회하려는 듯 사장의 눈빛이 이글거렸다. 사장이 팔을 내뻗어 공을 던졌다. 그의 손 부근에서 휭, 하고 바람 소리가 났다.

"당신 인생에서 가장 후회하는, 잊어버릴 수만 있다면 잊고 싶은 가장 고통스러운 기억 하나를 말해봐요."

공이 두 개의 바지랑대가 팽팽하게 잡아당기고 있는 빨랫줄처럼 일직선으로 날아왔다. 직구였다. 해리의 눈에는 분명 직구처럼 보였다. 제대로 맞추면 펜스를 넘길 수 있는 공, 그러나 해리의 배트가 앞으로 나가는 듯하다가 그 자리에서 멈췄다. 해리는 잠시 주저했다 입술을 잘근잘근 깨물며 복잡하게 얽히고설킨 생각의 실타래를 하나씩 풀어 나갔다.

네가 투수라면 두 번이나 얻어맞았던 직구를 연속적으로 던질까.

그런데 사장의 공이 만약 변화구라면? 그것도 직구처럼 보이는 슬라이더라면?

시속 140~150킬로미터대의 빠른 속도 때문에 내가 슬라이더를 직구로 착가한다면?

잘못 끄집어낸 기억은 말벌처럼 온몸에 독침을 찔러 넣을 테고 난 퉁퉁 부어오른 손으로 얼굴을 감싼 채 몸부림치다가 죽어가겠지. 사장은 그걸 노리는 거야. 하지만 진짜 직구가 맞다면? 이를테면 초등학생 때 거짓말을 했다가 아빠에게 두들겨 맞고 대문 밖으로 쫓겨났다든가 하는 상처 따위를 말해보라는 사장의 허접한 직구를 변화구로 오해했다면? 변화구에 맞춰 휘두른 스윙은 타이밍을 놓치고 말겠지. 사장의 계략을 역이용해야 돼! 적당한 거짓말로 스윙하면 사장의 공격은 실패로 끝나겠지. 아픈 기억을 더듬는 척하며 간간이 눈물을 훔치기라도 하면 사장은 당황할 거야. 눈물을 닦아주며 자신의 경솔함을 진심으로 사과할지도 몰라. 드라마 한 편 쓰는 거지 뭐. 해리가 지그시 감았던 눈을 뜨며 피가 빨갛게 배어 있는 입술을 열었다.

"대학 1학년 때였어요. 둘이서 눈 여행을 떠났죠. 애인은 아니고 그냥 친한 고교 동창이었어요. 내가 원래 눈을 무지무지 좋아하거든요. 어릴 때부터 눈만 오면 강아지처럼 정신을 못 차렸죠. 당일치기 여행이었는데 돌아오는 도중 눈이 엄청나게 내렸어요. 삼십 년 만의 폭설이라고 방송에서 계속 떠들어댈 만큼. 버스가 눈 속에 갇혀버렸어요. 밤이 되었고 버스 안에서 쪽잠을 자며 눈이 그칠 때까지 버텨야 할 상황이었어요. 날이 금방 어두워졌어요. 지방 국도변에 군데군데 모텔 간판이 보였어요. 몇몇 승객들이 버스에서 내려 모텔로 잠을 자러 가더군요. 꽤 괜찮은 방법이구나 생각했죠. 친구가 내게 물었어요. 카드 있느냐고. 며칠 전 지갑을 분실해서 현금만 가지고 왔는데 오늘 돈을 다 써버렸다고, 미안한 듯 웃었어요. 몸살 기운이 있는 데다 워낙 착한 녀석이라 별 생각 없이 따라나섰죠. 자신은 바닥에서 잘 테니 걱정을 붙들어 매라고 했어요. 나는 정말 걱정을 내 좌석의 안전벨트 고리에 꽁꽁 묶었죠. 몇 번씩 잡아당겨보기까지 했죠. 카드로 숙박비를 계산하고 소주 두 병과 칠백오십 밀리 하이네켄 세 캔을 사 들고 방으로 올라갔죠. 처음엔 좋았어요. 방은 적당히 따뜻했고 창밖의 밤 풍경은 겨울 동화 같았죠. 빈 술병들이 서로 부딪히며 굴러다닐 땐 자정이 가까워져 있었죠. 그 애가 나를 강제로 침대에 눕혔어요. 발로 차고 손톱으로 할퀴고 끝까지 반항했지만 새벽녘에 모든 것을 포기했어요. 이유는 묻지 마세요. 포기할 수밖에 없어서 포기했었으니까요. 누워서 올려다본 천장의 타원 거울이 남자애의 등판을 희미하게 비추고 있었어요. 그날은 내 생일이었죠."

처음 모텔 사건은 그냥 상상에 맡기는 스케치 정도로만 끝내려 했지만 이야기를 하다 보니 구체적인 장면까지 다 말해버린 듯해서 말을 끝내자 갑자기 수치감이 몰려왔다. 그래서 이쯤에서 화제를 바꾸어야겠다고 생각하고 있는데,

"그래서요?"

사장이 쥐구멍 속으로 도망치는 쥐를 날카로운 앞발로 낚아채는 야생 고양이처럼 말을 자르며 들어왔다. 지금부터의 질문은 계약서상의 횟수에 포함되지 않는다고 억지를 부리면서. 그래? 당신이 당신 마음대로 하면 지금부터 나도 내 마음대로 할 거야! 라고 중얼거리며 해리가 이야기를 계속했다. 해리 스스로 이번이 아니면 절대 못 할 것 같은 이야기라서 중간에 자르고 나니 화장실에서 뒤를 안 닦고 나온 것마냥 찜찜하기도 했다.

"문제는 그게 아니었어요. 남자애는 그대로 곯아떨어졌고 나는 밤새 쪼그린 채 앉아 있었죠. 침대에 눕혀진 한 시간쯤 뒤부터 나 역시 그 애를 원하고 있었다는 사실이 견딜 수 없게 비참했어요. 자존심이 나를 용서하지 않았죠. 왜 그랬을까, 왜 그랬을까 하는 질문을 수십 번이나 던졌지만 날 사랑한다고 울먹거리던 그 애의 혀 꼬인 목소리만 귓가에 윙윙거릴 뿐이었죠. 마지막엔 오히려 내가 그 애를 힘껏 끌어안았다는 사실, 그것에 대한 면죄부가 필요했어요. 다음 날 아침 열 시였어요. 그 애가 눈을 떴어요. 술이 덜 깬 듯 눈 흰자위가 온통 벌겠어요. 훌쩍거리며 넌 성폭행범이야, 라고 외쳤죠. 널 경찰에 고발할 거야, 라고 고함쳤을 때 그 애의 얼굴은 페스트에 걸린 환자처럼 새까맣게 타들어갔죠. 그 애는 까무러지기 직전이었어요. 무릎 사이에 고개를 처박은 채 술이 취해 기억이 없다는 말만 반복했어요. 사실 성폭행으로 몰고 가든가, 경찰에 신고할 마음은 없었죠. 부끄러운 이야기지만 한 번 사귀어볼까 하는 마음도 잠깐 먹었죠. 다만 그 애의 진지한 사과를 받고 싶었고, 여자로서의 무너진 자존심을 회복하고 싶었어요. 믿음에 대한 배신감, 그게 제일 힘들었던 거죠."

실내 공기가 후덥지근했다. 사장이 일어나서 문을 활짝 열었다. 문 밖에 갇혀 있던 어둠이 문 안의 밝음과 뒤섞이면서, 사무실 전체가 분무기로 회색 물감을 뿌려놓은 것처럼 칙칙해졌다. 해리는 이미 건너지 말아야 할 다리의 절반을 건너와버렸다는 것을 느끼고 있었다. 되돌아가기엔 지나온 길이 너무 멀어 보였다. 어디가 출구 쪽이고 어디가 입구 쪽인지 분간이 되지 않았다. 다리 출구가 다리 입구 같고 다리 입구가 다리 출구 같았다. 사장은 고해소 안의 신부처럼 묵묵히 듣고만 있었다. 간간이 그래서요, 를 반복할 뿐이었다. 해리는 그래서요, 라는 사장의 말이 이야기를 계속하라는 압박으로 들렸다. 은근히 화가 치밀어 올랐다. 값을 후하게 쳐줄 땐 다 이유가 있구나 생각했다. 반드시 한 방 먹이고 말 테야, 하는 전의가 불타올랐고 결심이 흐트러지지 않게끔 자세를 고쳐 앉았다.

"그래서요?"

사장이 판소리 고수처럼 추임새 끝부분을 끌어올리며 해리의 눈을 빤히 들여다보았다. 슬픔이 고여 있는 눈인지 확인하려는 것 같았다. 해리는 최대한 감정을 잡은 뒤 말을 이어갔다.

"사흘 뒤였죠. 따뜻한 날씨가 계속되면서 교정엔 눈이 녹기 시작했어요. 도서관 뒤편 응달에 꽝꽝 얼어붙어 있던 눈까지 질퍽질퍽해졌지요. 종일 바람이 불어 무엇이든 공중에 날려 보내기 좋은 날씨였어요. 이런 날 종이비행기를 던지면 참 잘 날겠구나 생각했죠. 그때 그 애가 떠올랐어요. 종이비행기를 접어달랄까 생각하다가 피식 혼자 웃었죠. 근데 내가 아무런 말도 하지 않았는데 그 애가 옥상에서 종이비행기처럼 날았어요. 콘도르처럼 날개를 활짝 펴고 말이죠. 진실을 보여주긴 위해선 이 방법밖에 없었다는 짤막한 편지 옆에 운동화 두 짝을 가지런히 벗어놓고서 말이에요."

사장이 와인을 가득 채워주었고 해리가 빠르게 받아 마셨다.

"다음 날 저녁에 난 약을 먹었고…… 일주일간 병원에 있다가 학교에 다시 나왔을 때 이상한 소문이 돌고 있었죠. 내 편은 아무도 없었어요. 내 카드로 계산하고 내 카드로 술까지 사 들고 들어갔는데 그게 어떻게 성폭행이냐는 논리였어요. 그 애가 날기 하루 전 학과 친구에게 고민을 털어놓았던 모양이에요. 고발할 생각도 없었고 그냥 사과를 받고 싶어 한번 던져본 말이었다고, 아무리 해명해도 소용없었어요. 내 진실은 죽음 앞에서 지푸라기처럼 아무런 힘이 없었어요. 나도 모르는 사이에 뱀프가 되어 있었죠. 어쩔 수 없이 지금의 학교로 편입을 했고, 컴퓨터 프로그래머로서의 내 꿈은 산산조각 나버렸어요. 되도록이면 이전의 전공과는 가장 상관없는 학과를 원했거든요."

해리가 사장을 노려보며 말했다. 그녀의 눈가에 촉촉한 물기가 맺혀 있었다.

"어때요, 이제 만족했나요?"

사장이 자리에서 일어나 뒷짐을 쥔 채 소파 주위를 빙빙 돌아다녔다. 예상과는 달리 사과를 하거나 각 잡힌 뽀송뽀송한 손수건을 건네주지는 않았다.

"나한테 화를 낼 필요가 없어요. 그건 어린애 같은 짓이죠. 우리는 계약서 내용대로 게임을 하고 있을 뿐입니다. 당신도 동의했고요."

해리의 표정이 납빛으로 변했다. 완전히 한 방 먹은 얼굴이었다. 해리가 사장 뒤편의 벽면에 시선을 던졌다. 이제 스코어는 2:1.

사장의 추격이 시작되었다. 이대로라면 언제 역전이 될지도 몰랐다. 전열을 새로 가다듬어야 했다. 한껏 물이 오른 사장의 기세를 완벽하게 꺾어놓을 필요가 있었다. 공수가 바뀌었다. 사장이 타석에 최대한 몸을 붙이고 서 있었다. 밀어 치겠다는 의미로 읽혔다. 2루와 3루 사이의 빈 공간을 노리고 있는 듯 배트를 길게 잡고 있었다. 해리는 포심 패스트볼을 선택했다. 그것은 라이징 패스트볼로서 공이 실제보다 더 높게 떠오른 것처럼 보이게 만들어 타자의 헛스윙을 유도하는 것이다. 그게 해리의 승부수였다. 잘만 던지면 스트라이크를 확실히 잡아낼 것 같았다.

해리가 공을 던졌다. 제대로 던졌다고 생각했다. 그런데 그 순간 타자가 움찔거렸고 공이 헬멧에 맞아버렸다. 사장이 바지 위에 떨어진 담뱃불을 황급히 털어냈다. 빈볼 시비가 벌어졌지만 무효로 처리하자는 사장의 제안을 받아들였다. 그가 갑으로서의 여유를 보여주고 싶어 한다는 생각이 들어 기분이 별로였다. 다시 공격과 수비가 바뀌었다. 사장이 던진 공이 해리가 휘두른 배트의 아랫부분에 맞아 공중 볼이 되었다. 사장이 글러브를 벗더니 맨손으로 공을 잡았다. 2:2였다.

슬슬 피곤해지기 시작했다. 공복에 마신 술로 속이 쓰렸으며 피로가 몰려왔다. 게다가 2회 때의 헛스윙이 자꾸 맘에 걸렸다. 이 게임을 제안한 대표이사라는 작자가 어린 여자의 신파에 손수건 한 장 안 내밀다니. 그렇다면 거짓말이라는 걸 눈치채고 있었다는 말이잖아. 사장의 단수가 보통이 넘는다는 결론에 도달하자 특별수당까지 은근히 기대했던 자신이 허무맹랑하게 느껴졌다. 그제야 내가 지금 무슨 짓을 하고 있는 거야? 하는 회의감이 뾰족하게 고개를 내밀었다.

해리가 마운드를 밟았다. 공격할 차례였지만 아무런 의욕이 생기지 않았다. 공격이고 수비고 다 귀찮았다. 게임서만 아니라면 빨리 경기장을 벗어나고 싶은 마음밖에 없었다. 전광판 조명까지 꺼지면서 타석이 흐릿하게 보였다. 공을 움켜쥐고 있는 손에서 힘이 빠져나갔고 그라운드를 디디고 있는 발목이 시큰거렸다. 해리의 손이 글러브에서 빠져나와 공을 던졌을 땐 앞으로 내뻗은 오른손은 허공에서 허우적거리고 있었다. 사장이 이를 놓칠 리 없었다. 그가 공을 몸 깊숙이 끌어당겨 스윙을 했다. 배트에 맞고 앞으로 쭉쭉 뻗어 나간 공은 3루 쪽 펜스 상단에 맞고 튀어나왔다. 전광판에 다시 불이 들어왔다. 3 : 2, 역전이었다. 사장의 입꼬리에서 묘한 미소가 새어 나왔다. 비웃는 것 같기도 하고 슬픔을 삼킬 때의 억지웃음 같기도 했다. 비웃음일 거야. 최소한 빈정거림이든지. 오기가 발동했다. 부숴버릴 거야!

사장이 타석에 서 있었다. 공수 교대를 해야 하는데도 자리를 비켜주지 않았다. 땅바닥에 그림을 그리고 있는 듯했다. 배트를 수직으로 세워 그라운드에 무언가를 그리는데, 너무 멀어서 무엇을 그리는지 보이지 않았다. 해리가 마운드에서 외쳤다.

"타석에서 공 던지실 거예요?"

사장이 지우개처럼 배트로 그림을 지우면서 말했다.

"당신이 한 번 더 던지면 안 되겠소?"

"내가 왜요?"

"치는 것보다 던지는 걸 더 좋아하는 것처럼 보이니까."

"내 공을 칠 자신이 없나 보군요."

"천만에, 충분히 자신 있소. 싫다면 관둡시다. 그냥 해본 말이오."

"알았어요. 그럼 그 자리에 그대로 계세요."

무슨 꿍꿍이를 꾸미고 있는 것 같았다. 독이 바짝 오른 방울뱀한텐 공격보다 수비가 훨씬 더 유리하겠다는 사장의 오판이 진짜 오판이었음을 보여주고 싶었다. 사장이 변덕을 부리기 전에 공을 던져야 했다. 해리가 화가 난 것처럼 발끝을 세워 투수 플레이트의 흙을 몇 번 걷어찼다. 금세 발 하나가 들어갈 만한 크기의 야트막한 홈이 팼다. 하체가 흔들리지 않도록 오른발 뒤축을 그 홈에 바짝 붙였다. 2회전 때의 패배를 당신의 그 방식 그대로 되갚아줄 거야. 해리가 입술을 질끈 깨물며 팔을 힘껏 뻗었다. 공이 방 안의 텁텁한 공기를 가르며 날아갔다. 오른쪽으로 강한 회전이 걸린 공은 사장의 가슴 정면을 향해 날아가고 있었다.

"똑같은 질문을 드릴게요. 가장 잊고 싶은 고통스러운 기억 하나를 말해봐요. 내가 어리다고 치사하게 거짓말할 생각은 절대로 하지 마세요."

사장이 꽁초와 담뱃재가 수북이 쌓인 재떨이를 들고 몸을 일으켰다. 좁은 통로를 빠져나가려다 그의 뒷발이 테이블 다리에 걸리면서 중심을 잃고 휘청거렸다. 꽁초들이 바닥으로 떨어졌고 그때 환기를 위해 열어놓은 창문 안으로 바람이 쏟아져 들어왔다. 재떨이에 쌓인 담뱃재가 화산재처럼 공중으로 흩어졌다가 그의 머리 위에 떨어졌다. 사장은 창밖을 내려다보며 해리에게 오랫동안 등을 보였다. 술기운 때문인지 상체가 조금씩 흔들리고 있었다. 그는 흔들리다가 멈추기를 몇 차례 반복했다. 흔들림은 막 폭발이 시작되기 직전의 휴화산처럼 그 움직임이 미세하고 은밀해 보였다. 수백 년 동안 지하 깊숙이 갇혀 있던 마그마가 지표 밖으로 불그레한 실체를 드러내려고 하고 있었다.

"이 년 전이었소. 그날 사업 관계로 술을 많이 먹었소. 나는 그때 화공약품 오퍼를 하고 있었는데 내 물건을 팔아주던 국내 총판이 거래선을 바꾸는 바람에 큰 위기에 처했소. 총판장의 마음을 돌리는 데 접대가 필요했소. 어려서 잘 모르겠지만…… 사업이라는 게 다 그렇지 않소? 룸살롱에서 여자를 앉혀놓고 양주 몇 병을 깠소. 우리는 원샷으로 양주를 마셨소. 난 원래 양주 체질이 아니오. 몇 잔만 먹어도 금세 취기가 돌거든요. 하여튼 술자리를 성공적으로 끝내고 집으로 돌아오는 길이었소. 당시 나는 막 입주를 시작한 신도시에 살고 있었소. 도시가 제대로 형성되기 전이라 상가도 거의 없었고 입주율도 미미해 밤이면 캄캄하고 인적이 뜸했소. 낮엔 그나마 지낼 만했지만 밤이면 유령도시처럼 변해버렸소. 그날 택시 기사에게 집에서 이백 미터쯤 떨어진 공터 옆에 내려달라고 했소. 인근에 슈퍼라고는 거기밖에 없어서 담배를 사려면 어쩔 수 없었소."

사장이 말보로 담배를 한 모금 길게 빨아들였다. 들숨과 함께 볼이 안으로 딸려 들어갔다. 얼굴 살이 별로 없는 그는 어제저녁보다 5년은 더 늙어 보였다.

"근데 가게에 담배가 다 떨어졌단 말인가요?"

마음먹고 던졌는데 담배 따위로 어물쩍 넘어가려 하다니, 사장의 태도가 못마땅해 해리가 비아냥거리는 말투로 물었다.

"급하기는, 조금 더 들어봐요. 누군가 갑자기 뒤에서 목을 졸랐소. 그것도 거의 숨을 쉬지 못할 만큼 강하게 말이오. 금방이라도 목뼈가 부러져 즉사할 것 같았소. 근데 얼굴을 볼 수가 없었소. 뒤에서 목을 졸랐으니까. 고개를 돌렸더라도 범인의 얼굴을 알아볼 수 없었을 거요. 가로등도 없는 어두컴컴한 공터였으니까."

의외의 이야기에 놀라 해리의 동공이 확대되었다. 사장의 말은 도치법이 대부분이었다. 마치 먼저 말을 던져놓지 않으면 다시는 그 말을 하지 못할 것처럼 일단 말을 해놓고 뒤이어 그 말을 보충 설명했다.

"취객을 노리는 강도였군요. 다쳤어요?"

"죽였소."

사장이 짧고 담담한 말투로 대답했다. 눈알이 흔들리자 눈빛이 불안해 보였다.

"네? 뭐라고요?"

"죽였소."

"누가 죽었다고요?"

해리의 목소리가 커지다가 끝이 떨렸다.

"내가 그놈을 죽였단 말이오."

"사, 살인을 했다고요?"

해리의 목소리가 떨리기 시작했다. 아무도 없는 저녁의 사무실, 덩치 큰 남자와 조그만 여자, 살인 전과자와 함께 마신 술, 이만하면 범죄의 요건들을 완벽하게 갖추고 있었다. 뜬금없이 수경의 얼굴이 떠올랐고 학교 커피숍의 지루한 시간들이 오히려 포근하게 느껴졌다. 해리는 입 주변의 근육들이 굳고 있는 것 같아 손으로 쓰다듬었다. 보너스에 대한 욕망은 어느새 사라지고 이 게임이 무사히 끝나기를 속으로 기도했다.

"그렇소. 놈의 손아귀에서 빠져나오려고 몸부림치는데 목덜미에 서늘한 기운이 느껴졌소. 녀석은 칼을 쥔 채 여차하면 찌를 태세였던 거요. 분명히 칼이었소. 과도가 아닌 무시무시한 회칼 말이오."

"아―."

"내가 쓰러지면서 녀석도 함께 넘어졌소. 넘어지면서 돌에 머리를 찧었소. 당시 공터에는 어른 주먹만 한 돌들이 여기저기에 널려 있었소. 손에 무엇인가 집혔고 나는 순간적으로 녀석의 머리를 갈겼소. 두 번, 세 번, 네 번, 다섯 번…… 아마 그보다 훨씬 더 많이, 녀석의 머리통을 때리고 또 때렸소. 어디서 그런 용기가 생겼는지."

"그래서 어떻게 되었어요? 강도는요?"

"죽었다고 생각하오. 놈이 피를 흘리며 널브러져 있었으니까."

사장은 간간이 숨을 들이마셨다가 담배 연기처럼 길게 내뿜었다.

"손에 피가 조금 묻었을 뿐 난 별로 상처가 없었소. 녀석이 죽은 것을 확인한 뒤 집으로 뛰었소. 온몸이 소름이 돋았고 너무 무서웠소. 술기운이 싹 달아나버렸소. 달리면서 몇 번이나 넘어졌고 동네 주민을 만날까 승강기를 타지 않고 계단으로 뛰어 올라갔소."

"사람을 죽였다면 지금쯤 교도소에 있어야 하잖아요."

처음엔 놀랐고 공포심까지 들었지만 점차 이상한 느낌으로 바뀌었다. 무엇보다 논리적으로 맞지 않았다. 불과 2년 전의 살인자가 말끔한 양복 차림에 와인까지 마시고 있다는 사실이 믿기지 않았다. 혹 겁을 잔뜩 줘서 승부에 대한 의욕을 떨어뜨릴 심산이 아닌지 의심스럽기조차 했다.

"그런 질문이 나올 줄 알았소. 아내도 내 말을 믿으려 들지 않았으니까."

"도대체 무슨 말씀을 하는 거예요? 제가 지금 살인자와 함께 있다니, 우리나라 경찰이 그렇게 허술해요?"

"흥분하지 말고 끝까지 들어봐요."

사장이 지명 수배 포스터에 사진이 찍혀 있는 여느 살인범처럼 눈을 치켜떴다. 그러자 순박하게 보였던 눈매가 뱀의 이빨처럼 가늘고 날카롭게 변했다.

"죄송해요."

"문을 열고 들어갔을 때 아내는 잠들어 있었소. 다음 날 아침 어젯밤의 일을 듣더니 깔깔거리며 웃었소. 술이 덜 깼냐고 입 냄새를 맡아보기까지 했소."

"진짜 있던 사건 맞아요?"

해리가 여전히 사장에게 의심의 눈초리를 보냈다.

"그렇소. 못 믿겠다면 똑같이 재연해 보여줄 수도 있소."

해리가 사장의 눈을 가만히 쳐다보았다. 거짓말을 할 땐 눈동자가 흔들리는 법이야. 그러나 감았다 뜰 때마다 속 쌍꺼풀이 살짝 드러나는 그의 눈은 흔들리지 않았다. 그래도 긴가민가하는 의심이 완전히 사라진 것까지는 아니었다. 마음만 먹으면 날 얼마든지 속일 수 있어. 눈동자의 회전을 담당하는 근육은 불수의근이 아니잖아. 눈 근육을 팽팽하게 잡아당기면 동공을 고정시킬 수 있을 거야. 수백만 원의 돈이 걸려 있는데 그쯤이야 마음먹기에 따라 얼마든지 조작할 수 있을 거야. 해리는 긴장을 늦추지 않고 사장의 이야기에 계속 귀를 기울였다. 허점이 조금이라도 발견되면 그 즉시 클레임을 걸 작정이었다. 위약금으로 상금의 절반 정도를 받아낼 생각까지 미리 해두었다.

"다음 날 열 시쯤에 공터에 들렀소. 범죄자는 원래 범행 장소에 다시 가본다지 않소. 그곳에는 아무도 없었소. 핏자국은 물론 사건 현장에 쳐두는 폴리스 라인조차 보이지 않았단 말이오. 여느 날처럼 공터는 공터답게 을씨년스러웠으며 텅 비어 있었소. 슈퍼에 들러 어젯밤 여기 살인 사건이 나지 않았느냐고 물어보았소. 주인 여자는 아침부터 재수 없다는 듯 고개를 절레절레 흔들었소."

"혹 아내분 말씀처럼 술이 너무 취해 헛것을 봤을 수도 있잖아요."

"결코 그럴 리가 없소. 내가 그렇게까지 비겁하지는 않소!"

사장의 말은 단호했다. 해리는 갑자기 이 상황에서 '비겁한 놈'이라는 말이 왜 튀어나왔는지 이해가 안 되었지만 입을 다물었다.

"술을 마시긴 했어도 놈과 다투고 있을 동안 취기가 완전히 가셨소. 목숨이 경각에 달려 있었으니까."

"그렇다면 공터에는 왜 아무런 흔적이 없어요? 돌로 내려쳤으면 최소한 핏자국이라도 남아 있을 텐데."

해리가 수사관처럼 따지고 들었고 그때마다 사장은 이유를 설명하려고 애썼다.

"나도 그건 이상하오. 분명히 놈의 얼굴은 피로 흥건했고 코에 손을 대보니 숨을 쉬지 않았소. 난 집에 와서 손에 묻어 있던 피를 몇 번이나 씻어냈단 말이오. 정당방위였다고 생각하오, 죽여야 할 놈을 죽였으니까."

사장은 마치 자신의 살인을 인정해달라는 듯 당시 상황을 더 이상 자세하게 말할 수 없을 만큼 상세하게 설명했다. 전화로 관할 경찰서에 물어보기까지 했다는 둥, 사건 이후의 뒷이야기도 덧붙였다. 형사계에 수시로 전화를 걸어 그날 밤의 사건을 확인했고, 마침내 미친놈 취급까지 받게 되었다고 입가에 씁쓰레한 웃음을 지었다.

"그날 이후 아내와 자주 다투었소. 난 누군가를 죽였지만 죄책감이 전혀 없었소. 내 행동이 떳떳하게 생각되었고 심지어 자랑스러울 때도 있었으니까. 만약에 그 녀석을 해치우지 않았다면 누군가 그 피해를 대신 입었을 테고, 그게 바로 아랫집일 수도 있지 않겠소? 난 수시로 그날 밤 사건을 아내에게 말했는데 아내는 정신과 치료를 권했소. 부부 사이가 점차 멀어졌고 견디다 못한 아내가 결국 집을 나갔소. 해리 양, 이 이야기가 거짓말 같소?"

한 번 비웠던 재떨이에 담배꽁초가 다시 쌓여갔다. 술잔이 계속 비었고 사장은 어지간히 취해 있었다. 그는 묻지도 않는 이야기를 계속 이어갔다. 달리던 차를 갑자기 멈추면 동승자와 함께 창문 밖으로 튀어나갈 것처럼 그는 가속 페달에서 쉽게 발을 떼지 못했다.

"아내는, 내 아내 경옥이는 끝까지 내 말을 믿으려 들지 않았소. 그 무시무시한 살인 사건을 난들 두 번 세 번 이야기하고 싶겠소? 아내를 찾기 위해 전국 방방곡곡을 돌아다녔소. 잘나가던 사업도 내팽개치고 말이오."

사장의 눈 속에 물웅덩이가 고여 있었다. 조약돌을 던지면 동심원이 눈 가장자리로 동심원을 그리며 퍼져나갈 만큼 심연이 깊어 보였다. 해리가 조약돌 하나를 웅덩이에 던졌다.

"찾으셨나요?"

사장은 잠시 침묵을 지켰다가 무겁게 입을 열었다.

"일 년 만에 찾았소. 결혼 십오 년 동안 우리에게 아이가 없었소. 내게 문제가 있었지요. 아내를 찾았을 땐 이미 다른 남자의 아이를 임신한 상태였소. 그동안 내 사업은 완전히 기울었고, 어제가 직원들이 마지막으로 근무하는 날이었소."

사장이 냉장고에서 브랜드가 낯선 와인을 꺼내왔다. 해리의 의문이 그제야 풀렸다. 사장이 어제라고 한 날은 지금 자정을 훌쩍 넘기고 있으므로, 사실 그저께였다. 그제 처음 방문했을 때 아무도 고개를 들지 않던 이상한 장면과 사무실을 내리누르고 있던 무거운 공기 입자들이 사장의 말이 사실임을 어느 정도 뒷받침해주고 있었다. 해리가 손을 만지작거렸다. 고민에 **빠졌을** 때 주로 하는 행동이었다. 믿기엔 너무 황당한 이야기고, 그렇다고 꾸며낸 거짓말로 보기엔 그의 표정이나 말투가 너무 진지해 보였다. 해리는 아무 생각을 하지 않기로 했다. 게임을 시작한 이상 오직 승부에만 집중해, 해리는 자신을 설득시켰다.

마지막 공격이 남아 있었다. 벌써 새벽 3시였다. 미쳤다 싶었다. 수경의 말을 듣지 않은 것이 후회되었다. 스코어는 3 : 3에 멈춰 있었다. 사장이 그럴듯한 핑계를 대며 이쯤에서 그만두자면 그만둘 수밖에 없었다. 그렇게 된다면 무승부로 끝나게 된다. 그건 곧 갑인 사장의 승리를 의미했다. 지표면까지 거의 올라왔던 마그마가 암석으로 굳어버린 듯, 사장이 거대한 산처럼 미동도 없이 앉아 있었다. 사화산인지 휴화산인지 아직 알 수 없다. 천장의 조명이 그의 머리 위에 이글거리는 화염을 뿜어내고 있고 사장이 앉은 소파 뒤쪽에 걸린 전자 벽시계의 쌍점이 경기를 재촉하고 있는 것처럼 깜빡거렸다.

해리가 투수 플레이트에 들어섰다. 하룻밤 사이에 생겨난 다크서클이 눈부심 방지용 검정 패치를 붙인 것처럼 눈 밑을 거무스레하게 만들었다. 끈적끈적한 땀이 공을 움켜쥔 손바닥에 달라붙었다. 두툼한 실밥들이 손바닥의 생명선과 운명선을 가로지르고 있었다. 해리는 자신의 어깨와 투수가 정확하게 직각이 될 때까지 몸을 틀었다. 자연스럽게 고개가 옆으로 90도 꺾였다. 두 사람의 손끝에 이불 홑청의 양끝을 하나씩 잡고 동시에 내리치기 직전의 팽창력이 전해졌다. 눈에는 스파크가 일었다. 해리의 손이 글러브 속으로 미끄러져 들어갔다. 다섯 개의 손가락들이 문어 다리처럼 공을 휘감고 있을 동안 해리의 얼굴은 오히려 평화스러워 보였다. 모든 것을 다 비워낸 듯한, 무심한 표정이 승부에 대한 강한 집념을 역설적으로 증명해주고 있는 듯했다. 해리가 골반을 살짝 비튼 채 왼 무릎을 배꼽 위에까지 들어 올렸다. 배트 아래쪽을 거머쥔 사장의 관자놀이 실핏줄이 밖으로 도드라져 올라왔다. 이 마지막 공이 곧, 승부를 가르게 된다. 해리가 왼발을 최대한 뻗으며 동시에 글러브에서 손을 빼서는 몸 뒤로 공을 감췄다. 이어서 팔꿈치가 어깨 위로 올라가고 상체의 모든 중심이 앞발로 쏠렸다. 이 모든 동작들이 작은 새가 이쪽 가지에서 저쪽 가지로 파르르 날아가듯 순식간에 이루어졌다.

다음은 공을 손에서 놓는 릴리스였다. 손목이 바깥쪽으로 완전히 비틀려 있었고 손바닥은 손금이 보일 정도로 뒤집혀 있었다. 그것은 자이로 볼을 던질 때의 손동작이었다. 현대 야구의 3대 마구 중에서도 가장 던지기 어렵다는 변화구 자이로 볼. 공 하나로 승부를 결정지어야 할 때 투수가 부상의 위험을 무릅쓰고 선택하는 방법이었다. 만화처럼 타자의 눈앞에서 갑자기 팟, 하고 사라짐으로써 완벽하게 타자를 잡아낼 수 있었다. 대신 팔꿈치와 손목에 치명적인 부상을 당하기 쉬워 선수 생명이 끝날 수도 있었다. 때문에 투수가 웬만해선 선택하지 않는 공이다. 그 공을 해리가 선택했다. 공을 한 바퀴 비틀어놓으면서 해리가 속으로 외쳤다. 등록 못 하면 내 꿈도 끝이야!

"정말 죽였나요?"

사장은 전향을 끝까지 거부하는 사상범처럼 입을 다물었다. 대신 이미 공이 뒤로 빠져나간 허공을 풀스윙했다. 사장의 몸이 제자리에서 한 바퀴 빙그르르 돌았다. 물푸레나무로 만든 배트가 한 바퀴 돌아서 그의 머리를 치며 두 동강이 났다. 악! 하고, 그가 외마디 비명을 질렀다. 두 손으로 머리를 감싸 안고 타석에 풀썩 무릎을 꿇었다. 그 모습은 마치 고해성사를 올리기 직전의 신도 같았다. 잠시 뒤 사장이 벌떡 일어나 마지막 와인을 꺼내왔다. 그는 두 사람의 술잔 위쪽 가장자리까지 찰랑거릴 만큼 와인을 부었다. 문이 열린 냉장고 속에는 이제 와인이 보이지 않았다. 사장은 술에 취한 모습을 보여주지 않으려는 듯 반쯤 풀려버린 눈알에 힘을 주었지만 알코올이 그의 상체를 좌우로 흔들고 있는 것만은 어쩔 수 없는 것 같았다. 마그마가 맨틀을 뚫고 지표 위로 올라오려고 하고 있었다. 수백 년 동안 가해진, 지각 내부의 높은 압력과 뜨거움이 단단한 암석들은 녹여 마침내 아메바처럼 흐물흐물해진 액체 상태의 붉고 뜨거운 덩어리들을 지표 밖으로 막 밀어내기 직전이었다. 다시는 밖으로 내뱉지 않을 것처럼, 사장이 담배 연기를 목구멍 깊숙이 빨아 넘겼다.

"그때 나는 대학교 3학년이었소. 신입생 환영회를 마치고 혼자 집으로 돌아가고 있었소. 전날 사랑니를 발치하는 바람에 술은커녕 꿔다 놓은 보릿자루처럼 끄트머리에 멀거니 앉아 있다가 먼저 나와버렸소. 그래서인지 그날따라 기분이 울적해져 있었지요. 당시 내가 살던 집은 버스 종점에서 이십 분쯤 되는 수도권 외곽의 후미진 동네에 있었소. 재개발이 막 시작돼 군데군데 빈 상가들과 한창 철거가 진행 중인 주택들도 많이 있었어요. 해만 지면 그 일대가 암흑천지로 변해버렸소. 성한 가로등이 없었고, 있다 해도 마을 초입부와 마을이 끝나는 곳 딱 두 군데뿐이었소. 나머지는 모두 고장 나 있었소. 밤이면 무섭다고 사람들이 외출을 꺼렸소. 나 역시 밤길이 께름칙하긴 했어도 친구들과 자주 어울리다 보니 어쩔 수 없었소. 게다가 남자 스물두 살이면 한참 피 끓는 나이 아니겠소? 금방 익숙해졌소. 나는 고등학교 때부터 아랫동네에 사는 경옥이와 사귀고 있었소. 예쁘고 착한 여자였지. 들어가는 길에 그녀 얼굴이나 한 번 봐야겠다고 생각하며 발걸음을 재촉하고 있었소. 골목길을 삼 분 정도 걸어 빈집 몇 채기 디디디 붙이 있는 갈림길에 막 도착했을 때였소. 외진 상가 귀퉁이에 쌀집 아저씨가 누워 있었소. 희미한 달빛을 얼굴에 뒤집어쓴 채로 말이오. 맞아요, 쌀집 아저씨가 틀림없었소. 가로등이 없어 컴컴했지만 달빛에 반사된 흐릿한 윤곽만으로도 그가 경옥이 아버지라는 걸 대번에 알 수 있었어요. 늦은 배달을 다녀오는 길인지 핸들에 수금 가방을 매단 오토바이가 아저씨 옆에 쓰러져 있었소, 지금부터 내 이야기에 귀를 기울여주시오."

사장이 양손으로 팔걸이를 잡고 해리 쪽으로 의자를 당겨 앉았다.

"가죽 점퍼를 입은 건장한 사내 둘이 아저씨의 목을 조르고 있었어요. 한 사내의 윗주머니 밖으로 달빛에 반사된 칼끝이 반짝거렸소. 보름이 며칠 안 남았거든요. 여차하면 찌를 태세로 보였소. 동네 사람이 아닌, 처음 보는 사내였소. 나와는 불과 예닐곱 발자국 앞에서 당신이 상상하기도 힘들 정도의 끔찍한 일이 벌어지고 있었단 말이오. 내가 사내의 옆구리 방향에 서 있었기 때문에 그는 나를 보지 못했어요. 전봇대가 우리 둘 사이의 시야를 가로막았고 내가 길고양이처럼 납작 엎드려 있어서 그쪽에선 볼 수 없었을 거요. 사지만 버둥거릴 뿐 아저씨는 그 어떤 비명도 내지르지 못했소. 숨이 끊어지기 직전의 암 환자처럼 그렁그렁 가래 끓는 소리만 힘겹게 내고 있었소. 비명을 한 번만이라도 질렀다면 달려갔을 거요. 아니, 충호야, 하고 내 이름을 한 번만이라도 불렀다면 맨손으로라도 사내를 덮쳤을 거요. 아니 아니, 누군가 보고 있었더라면, 낯익은 동네 개 한 마리가 지켜보기만 했더라도 기꺼이 나는 몸을 날렸을 거요. 게다가 바닥에는 철거 때 떨어져 나온 철근과 블록들이 사방에 널려 있었는데, 손에 집히는 대로 두 번 세 번 아니, 그 녀석의 머리가 완전히 바스러질 때까지 수백 번이고 내리쳤을 거요. 하지만 뿌연 흙먼지를 일으키며 다가오는 바람뿐 불행히도 아무도 없었소."

여기까지 말한 뒤 사장이 갑자기 두 손으로 머리를 감싸 안았다. 아직 2월인데도 사무실 안의 공기가 찜질방처럼 뜨거웠다. 그것은 화산 활동이 이미 시작되었음을 알려주고 있었다. 마그마가 지표를 뚫고 섭씨 1,000도가 넘는 시뻘건 용암으로 흘러내리기 시작했다. 용암과 함께 잘게 부서진 시커먼 돌 알갱이와 연기가 산꼭대기에서 치솟았다. 사장이 손수건을 꺼내 열기로 달아오른 얼굴을 훔쳤다. 담배꽁초가 흙을 파낸 재떨이에 야트막한 봉분을 만들었다. 취기가 완전히 오른 사장의 시뻘건 눈알이 용암의 뜨거운 불덩어리에 반사돼 번들거렸다. 사장은 이제 담배를 비벼 끄는 것도 잊은 듯했다. 그런 것쯤 아무것도 아니라는 듯 재떨이에 불을 끄지 않은 담배꽁초를 던졌다. 꽁초가 타들어가면서 화산 연기처럼 공중에 구불구불한 길을 만들었다.

그가 빈 잔을 내밀며 와인을 따라달라는 눈짓을 보냈다. 눈을 감았다 뜰 때마다 눈 속의 물웅덩이에 잔물결이 끝없이 만들어졌다. 해리는 잔을 채운 뒤 먼저 마셔버렸다. 그리고 다시 와인을 부어 그에게 건넸다. 사장의 말이 짧아졌다.

"난 어떤 쪽도 선택하지 않았어. 소리를 치든지, 돌멩이를 들든지 둘 중 그 어느 것도. 두 손으로 입을 틀어막은 채 그냥 지켜보기만 했어. 침을 꼴깍 삼키며, 마치 남녀의 은밀한 장면을 엿보는 과음증 환자처럼 말이야. 최대한 몸을 낮춘 채, 올가미를 든 개장수 앞의 누렁이처럼 한 걸음씩 뒤로 물러났어. 세 걸음정도 뒷걸음질 쳤을 때 운동화 뒤축이 돌부리에 걸려 휘청거렸어. 넘어지면서 손으로 눈을 감쌌어. 두 줄기의 강한 광선이 내 눈을 찔렀기 때문이야. 하마터면 꿀꺽 삼켰던 비명까지 게워낼 뻔했어. 아저씨였어. 아저씨가 나를 쏘아보고 있었어. 경옥이 아버지의 안광이 분명했어. 사내는 나와 대각선 방향으로 몸을 튼 상태였고 어둠 속에서 뿜어져 나온 두 개의 빛은 아저씨 것밖에 없었으므로. 내가 내 안광을 볼 수는 없잖아. 다시 일이 초가량 가래 끓는 소리가 들렸어. 그리고 이내 조용해졌어. 나는 발길을 돌려 버스 정류장으로 뛰어갔고 그날 밤 친구 집에서 잤어."

사장이 소파 윗부분에 고개를 젖힌 채 눈을 감았다. 금방이라도 한쪽으로 쓰러질 것 같았다. 해리가 자리를 옮겨 그 옆에 앉았다. 소파에 엉덩이를 붙이자마자 그의 상체가 중심을 잃고 해리를 향해 기울어지더니 해리의 무릎을 베개 삼아 머리를 눕혔다. 숨을 쉴 때마다 알코올 냄새가 진동했다. 해리는 물끄러미 사장의 얼굴을 내려다보았다. 눈썹까지 푹 눌러쓴 패전투수의 모자를 벗겨주듯 손가락을 벌려 헝클어진 머리칼을 한쪽으로 가지런히 넘겨주었다. 그의 이마와 양 볼에 알코올을 흠뻑 머금은 열꽃이 흐드러지게 피어 있었다.

해리는 남은 와인을 입으로 가져갔다. 경기 종료를 알려주는 것처럼, 전자시계가 아침 7시에 멈춰 있었다. 승부를 가리기 위해 꼬박 열두 시간 동안 계속된 경기였다. 관중도 심판도 없었다. 잘게 부서진 침묵의 검은 알갱이들을 화산재처럼 뒤집어쓴 두 사람만이 텅 빈 경기장에 남아 있었다. 창밖에 이른 봄비가 내리고 있었다. 빗방울은 창문을 타고 흘러내렸다. 사장이 몸을 뒤척거리며 해리의 배 쪽으로 돌아누웠고, 해리의 눈 안에 발자국이 어지럽게 찍힌 물웅덩이 하나가 또 만들어졌다.

해리가 소파 위에 사장의 상체를 내려놓았다. 그 손길이 마치 잠이 든 아기를 깨우지 않기 위한 어머니의 그것처럼 부드럽고 조심스러웠다. 해리가 몸을 일으키기 위해 엉덩이를 들어 올리는데 어둠 속에서 갑자기 튀어나온 손이 해리의 손목을 움켜쥐었다. 해리는 너무 놀라 하마터면 소리를 지를 뻔했다.

"당신이 이겼소."

사장이 누운 채로 해리를 올려다보며 안주머니에서 봉투를 내밀었다. 얼마나 만지작거렸는지 땀이 밴 봉투의 눅눅함이 해리의 손바닥에 전해졌다. 사장은 다시 고개를 소파에 파묻고 눈을 감았다. 모든 것을 다 내려놓은 뒤의 편안한 얼굴이었다. 자신의 패배를 인정한 그의 얼굴은 감사의 표정까지 담고 있는 듯했다. 해리는 자신의 살인을 믿어준 누군가에게 보내는 감사의 눈빛을 처음 보았다. 그는 왜 그토록 자신의 살인을 주장하려 했을까. 보통의 경우라면 자신이 살인하지 않았다는 것을 증명하기 위해 있는 사실 없는 사실 모두를 끄집어낼 텐데, 사장은 정반대였다. 그렇다면 그는 처음부터 지기 위해서 거액의 돈을 걸고 이 게임을 시작한 것은 아니었을까. 나는 왜 거짓말로 시작한 기태와의 일을 솔직하게 다 말해버렸을까. 거기까지 후회가 미치자 어쩌면 우리는 처음부터 한편이었을지도 모른다는 엉뚱한 상상이 머릿속을 파고들었다. 때때로 진실은 전도성이 강한 도체가 된다. 그리고 그 도체가 열을 전달하는 덴 많은 사람을 필요로 하지 않는다는 생각에 이르렀을 때, 사장은 어느새 일어나 창밖을 내다보고 있었다. 각진 어깨, 크고 단단해 보이는 뒷모습이 사장과 처음 대면한 날처럼 단단해 보였다. 그것은 마치 한바탕 불을 뿜어낸 뒤의 사화산처럼 보였다. 그는 이제 몇백 년 동안 동네 뒷산처럼 조용히 제자리를 지키고 있을 것이다. 그 산의 푸른 봄 숲에 깃든 텃새들은 아침마다 맑고 아름다운 울음을 들려줄 것이고 동네 주민들은 새소리를 들으며 물통을 하나씩 들고 산을 오르락거릴 것이다. 해리는 봉투를 가방 속에 밀어 넣으며 등록을 마치는 대로 진달래와 철쭉 등 봄꽃들이 흐드러지게 핀 그 산을 꼭 한 번 올라가보고 싶었다.

완연한 봄이었다. 꽃샘추위가 매서웠지만 봄은 벌써 교정 안으로 성큼 들어와 있었다. 여학생들의 짧아진 치마와 스웨터의 성긴 코 사이로 언뜻언뜻 비치는 블라우스가 그걸 말해주고 있었다. 강의동 외벽이나 파란 싹을 막 내밀기 시작한 나무와 나무 사이에 걸어놓은 각종 동아리의 플래카드가 찢어질 듯 바람에 펄럭거렸다.

해리는 정문 앞 스타벅스에서 수경을 기다리고 있었다. 그녀의 양쪽 귀 밖으로 내려온 흰색 이어폰 줄이 연보라 빛깔의 패브릭 가방과 연결되어 있었다. 출입문이 열릴 때마다 토익 책에 꽂혀 있던 해리의 시선이 위로 올라갔다가 다시 제자리로 돌아오곤 했다.

"소설책이 아니네."

수경이 해리가 읽고 있던 책을 내려다보며 환하게 웃고 있었다.

"오래 기다렸어?"

"십 분."

해리가 귀에 꽂혀 있던 이어폰 줄을 양손으로 잡아당겼다. 나팔처럼 생긴 이어폰 헤드 부분이 테이블 상판의 유리와 부딪히면서 맑고 청아한 충격음을 만들어냈다. 1층은 손님들이 빽빽했으나 2층에는 사람들이 많지 않았다. 가수 이적의 〈Lie Lie Lie〉가 피아노 선율과 함께 나지막하게 흘러나오고 있었다. 강한 바람에 한 번씩 창문이 덜컹거렸다. 잠시 앉아 있던 수경이 커피를 주문하고 오겠다며 아래층으로 내려갔다. 엉덩이가 닿았던 소파 부분이 옹이가 박혀 있었던 흔적처럼 동그랗게 꺼져 있었다. 수경의 체중을 감안하면 원래대로 돌아오는 데 한참 걸릴 듯했다. 해리가 다시 가방에서 이어폰을 꺼내 귀에 꽂은 뒤 창밖을 우두커니 바라보았다. 아침부터 추적추적 내리던 봄비는 그쳐 있었다. 빌딩들 사이로 드러난 산들이 비스킷처럼 세로로 겹쳐 있었다. 뭉게구름이 산들을 한 바퀴 둘러싸고 있고 산꼭대기에 걸린 구름들은 바람을 타고 산등성이를 따라 위로 올라갔다. 멀리서 보면 화산 활동이 막 끝난 휴화산이 연기를 뿜어내고 있는 것처럼 보였다. 구름들은 서로 합쳐졌다가 흩어지면서 여러 가지 형상을 만들었다 지우기를 반복했다. 해리가 수경의 발자국 소리를 들었을 땐, 조각조각 이어 붙여진 구름 하나가 세찬 강풍에 사방으로 흩어지기 시작할 즈음이었다. 바보 같은 놈, 기태가 공중을 날고 있었다. 상승기류에 전체중을 싣고 활공하는 한 마리 콘도르처럼 두 팔을 벌린 채, 손목은 저항을 조금이라도 줄이려는 새의 날개 끝처럼 위로 꺾어 올린 채, 산 정상을 빙빙 돌고 있었다. 콘도르는 이윽고 어느 바람 거센 날 누군가 던져 올린 종이비행기같이 상승과 하강을 반복하면서 조금씩 땅으로 내려왔다. 기태는 산허리 부근에 이르러 시야에서 점점 멀어지더니 구름 속으로 사라졌다. 사장도 기태도, 이제 아무것도 보이지 않았다. 대신 스타벅스 로고가 새겨진 커다란 종이컵을 들고 수경이 빠른 걸음으로 계단을 올라오는 것이 보였다.

"우리 진실게임 한 번 할래?"

해리가 앉을 자리를 고르기 위해 서성거리고 있는 수경의 눈을 보며 말했다.

"네 눈이 슬퍼 보이지 않는다면 넌 거짓말을 한 거야. 규칙은 그거 딱 한 가지야."

"미친년."

수경이 해리의 날카로운 눈빛을 피하려는 듯, 해리 옆자리에 몸을 바짝 붙이고 앉았다. ✱

나
비

"저 발령 날 것 같아요."

아들은 퇴근 후 소파 팔걸이에 기대 TV를 보고 있었다. 그 말은 연예인들의 깔깔거리는 웃음소리에 뒤섞여버렸다.

아들이 채권관리팀장으로 자리를 옮긴 뒤 한 달이 지났다. 걱정했던 것과는 달리 낯빛이 나빠 보이지 않았다. 퇴근 시간은 기획팀에 있을 때보다 30분 정도 빨라졌다. 그러나 술을 먹고 들어오는 경우가 잦았다. 술자리 횟수가 늘어났을 뿐 아니라 한 번 마시는 양도 전에 비해 늘어났다. 살림을 합친 뒤 술 취한 모습을 보여준 적이 없는데 최근 사이에 사흘이 멀다 하고 술 냄새를 풍겼다. 요 며칠은 제법 흐트러진 모습으로 비틀거리기까지 했다. 새 업무에 적응하는 것이 만만치 않아 스트레스를 받는 모양이었다. 그저께 휴일에는 뜬금없이 채권관리팀에 근무하는 일선 담당들은 114나 기업체 콜센터에 근무하는 직원들보다 더 심한 감정노동자라고 말하며 한숨을 쉬기까지 했다.

"빚을 못 갚는 사람도 오죽하면 그러겠어요. 때론 인간적으로 불쌍할 때도 있죠. 근데 노총각 김 대리가 골치 아픈 노인에게 걸린 모양이에요. 그 할머니와 통화만 하고 나면 머리를 감싸고 끙끙거리다가 퇴근 무렵이면 술로 풀겠다고 덤벼드는 통에 요즘……."

"할머니?"

할머니라는 말이 낯설게 들렸다

"육십 대 중반쯤 되는 할머닌데, 전화만 하면 처음부터 끝까지 울기만 할 뿐 가타부타 대답을 안 한다는 거예요. 그러니 김 대리가 속이 터질 수밖에요."

"대출금 중 얼마를 회수한 거니?"

"회수하고 말고 할 게 없어요. 대출 다음 달부터 이자만 내다가 이년 뒤 일시불 상환인데 바로 그달에 딸이 튀었으니까요."

"딸?"

"명의는 할머니 이름으로 했지만 실제 돈을 가져간 건 그 할머니 딸이거든요."

"한 푼도 못 건졌단 말이냐?"

"그러니까 골치 아프다는 거지요. 채무자 재산에 대해 강제집행을 하려 해도 뭐가 있어야지요. 원룸 보증금 오백뿐인데, 회사에서는 다음 주 월요일까지 처리하라고 하지만 할머니가 거리로 나앉게 생겼고."

유리가 자다 깬 듯 눈을 부비며 화장실로 들어갔다. 시계를 보니 밤 12시 30분이었다. 며느리가 내 핸드폰과 아들 앞으로 10분 뒤에 도착한다는 문자를 동시에 보냈다.

"어떻게 그렇게 허술하게 돈을 빌려줬니? 일, 이백만 원도 아니고 큰돈을."

"그러게 말입니다. 딸이 연대보증을 섰기 때문에 믿었던 모양이에요. 당시 회사 분위기도 한몫했겠지요. 경영진에서 공격적인 대출을 밀어붙였거든요."

갑자기 아들이 "캔 맥주 하나 하실래요?" 하며 냉장고 쪽으로 걸어 갔다. 며느리가 늦는 데다 복잡한 회사 일로 걱정을 끼쳤다고 미안한 마음이 든 모양이었다.

"아버지, 옛날 분들은 왜 이름이 촌스러워요?"

아들이 아몬드를 내 손에 쥐여주며 딴청을 피웠다.

"무슨 소리니? 네 엄마는 유주잖아. 정유주, 얼마나 예쁜 이름인데. 그윽할 유, 구슬 주."

"안 그런 사람도 있어서……. 그 할머니 이름이 말자예요, 말자."

"그 이름이 왜?"

"너무 촌스럽잖아요, 하하."

아들은 회사 일을 다 잊어버린 듯 어느새 명랑해져 있었다.

토요일이었다. 다음 주 화요일이면 아들과 헤어져야 한다.

"할머니 일은 잘 처리되었니?"

나는 퇴근 후 TV에 시선을 빼앗기는 척하는 아들에게 말을 붙였다. 할 말이 없던 터라 일전에 들었던 그 일을 공연히 생각해내었다.

"어제 김 대리가 집에 찾아가봤는데, 음식을 해 먹은 흔적이 없더래요."

아들은 골치가 아프다는 듯 머리칼 속으로 손을 집어넣어 벅벅 긁었다.

"회사도 회사지만 그 할머니도 늘그막에 안됐구나. 근데 대출 회수를 못 하면 그 책임이 너한테 돌아오는 거니?"

"대출 팀과 우리 팀이 바바 책임져야겠죠. 에이, 저 시경 껐어요. 계속 매달리면 다른 일까지 망친다니까요."

아들은 채널을 이리저리 돌렸다. 파노라마처럼 빠르게 사라지는 화면이 복잡한 생각에서 벗어나려고 하는 아들의 머릿속을 대신 보여주고 있었다.

온몸이 욱신거렸다. 열이 있는 데다 으슬으슬 한기까지 느껴졌다. 나는 부엌으로 갔다. 약통을 열어 쌍화탕 한 병을 꺼내 마신 뒤 방으로 들어가 이불을 뒤집어쓴 채 잠을 청했다.

세 시간 이상 잠이 들었던 모양이었다. 거실에서 유리의 웃음소리가 들려 눈을 떴는데 사방이 캄캄했다. 머리맡에 둔 핸드폰을 보니 9시였다. 손으로 이마를 짚어보았다. 다행히 열이 내렸고 춥고 떨리는 증상도 사라졌다. 나는 방문을 열고 거실로 나갔다.

"일어나셨네요. 곤히 잠드신 것 같아서 깨우지 않았어요."

등을 보이고 앉아 있던 아들이 얼굴만 돌려 말했다. 거실이 어수선했다. 바닥에 신문지가 여러 장 깔려 있었고 그 위에 가스버너와 자질구레한 것들이 놓여 있었다. 유리는 맞은편에 쪼그린 채 마치 수술실의 간호사처럼 아들이 손으로 가리키는 것들을 재빨리 손에 쥐여주었다.

"지금 뭐 하는 거니?"

"아, 이거요? 하하. 아까 마트에 갔다가 인형코너 옆에 있어서 사왔어요. 오천 원밖에 안 해요. 심심해서 지금 유리하고 '달고나' 놀이 하는 거예요."

아들이 설탕을 국자에 붓더니 휴대용 가스레인지를 점화시켰다. 유리의 눈동자가 고양이처럼 아들의 손을 따라다녔다.

"불을 더 낮추어야지. 센 불로 하면 설탕이 까맣게 타버려."

내가 회전의자를 빙빙 돌리며 말했다.

"아, 아빠도 해본 적 있나 보지요? 하기야 옛날에는 즉석에서 달고나 만들어 파는 장사꾼들 많았다면서요?"

"그랬지……."

나는 온 신경이 바늘 끝에 몰려 있었다. 엄지와 집게손가락으로 바늘 중간 부분을 잡고 나비의 날개 끝을 따라 한 땀 한 땀 찌르기 시작했다. 온몸이 굳어 있는 나비는 아무리 찔러도 이미 신경이 죽어버린 듯 꼼짝도 하지 않았다. 오른쪽 날개 가장자리를 한 바퀴 찌른 뒤 주위를 돌아보았다. 장근이와 태호, 담뱃가게 둘째 딸인 채옥은 무릎을 반쯤 굽히고 내 손과 바늘을 번갈아 쳐다보고 있었다. 채옥이 허리 아픈 표정을 짓더니 할머니처럼 쪼그려 앉았다. 벌어진 다리 사이로 갈아입은 지 꽤 오래된 듯, 흰 색깔이 거뭇하게 변해버린 팬티가 보였다.

나는 숨을 크게 들이마신 후 이번엔 나비의 왼쪽 날개 아랫부분에 바늘을 꽂았다. 찌르는 위치와 방법은 오른쪽 날개를 끊어냈을 때와 동일했다. 다만 바늘이 나비의 몸통에 닿지 않도록 힘 조절을 할 필요가 있었다. 날개 양쪽을 도려내는 데 20분이 흘렀다. 이제 몸통만 남았다. 몸통이라고 해봤자 두 날개가 연결된, 지름 3밀리미터가 채 될까 말까 하는 경계 부분이었다. 나는 연탄불 앞으로 다가앉으며 손을 녹였다. 바늘을 쥔 손가락 끝이 뻣뻣했다. 4월이라 해도 바깥은 여전히 쌀쌀했다. 우리가 옹동그리고 있는 제방 위에는 주위에 바람막이가 될 만한 것이 전혀 없어 더 추웠다. 장근이가 땟국에 까맣게 전 잠바 소매 끝으로 콧물을 닦아냈다. 코밑이 짓물러 있었다.

나비의 몸통만을 남겨둔 이 순간, 우리들은 완벽한 한편이었다. 나는 엄지와 검지로 바늘 아랫부분을 쥐었다. 장대를 든 곡예사처럼 드디어 출렁거리는 외줄 위에 서서 두 팔을 벌린 채 한 발을 떼려고 하고 있었다. 지금부터는 고도의 정신 집중과 유연한 손목 스냅, 바늘 끝의 강약 조절이 성공과 실패를 결정짓게 된다. 나비 몸통에 관한 한 누구도 성공한 적이 없었다. 나뿐만 아니었다. 대부분의 동네 아이들은 오른쪽 혹은 왼쪽 날개조차도 제대로 도려내지 못했다. 나비의 두께가 너무 얇았다. 재료비를 아끼느라 설탕을 충분히 넣지 않아 점성이 약해 조그마한 충격에도 바스라지기 일쑤였다. 아이들 모두 그 점이 불만이었지만 달고나 주인인 철우 형에게 항의하는 건 쉽지 않았다. 철우 형이 우락부락한 사람이어서는 아니었다. 중학교 상급반인 철우 형은 오히려 자기 또래들보다 체격이 왜소했고 말수가 적은 샌님이었다. 하관이 세모꼴인 데다 볼에 살집이 없어 웃으면 할아버지처럼 턱 주위에 주름이 잡혔다.

아까부터 태호가 빨리 하라는 눈짓을 보냈다. 달고나가 완전히 굳기 전에 바늘을 찔러야 성공할 확률이 높다는 걸 녀석은 오랜 시행착오를 통해 간파하고 있었다. 형의 시선이 탐조등처럼 우리들을 훑고 지나갔다. 동네의 야산을 거슬러 올라온 바람이 형과 나 사이를 가로질러 아랫동네로 빠져나가며 희뿌연 먼지를 일으켰다. 오직 세 번이었다. 단 세 번의 찌름만으로 나비를 우화시켜야 한다.

나는 먼저 양 날개 가운데의 오목한 곳에 바늘을 꽂은 뒤 살짝 비틀었다. 이어 아래쪽 홈에 바늘을 살그머니 대고 입바람을 불어넣으며 조금씩 긁어내었다. 이제 두 날개 사이에 고치실처럼 달라붙어 있는 몇 가닥만 떼어내면 된다. 철우 형 입에서 음, 하는 신음 소리가 흘러나왔다. 철우 형은 아이들이 무늬를 긁어낼 동안 마른기침을 수시로 뱉어냈는데, 특히 바늘이 마(魔)의 구간을 통과할 때는 기침 소리가 잦아지곤 했다.

등 뒤에서 아이들 침 삼키는 소리가 들렸다. 나는 잠시 호흡을 가다듬었다. 채옥의 다리가 아까보다 더 벌어져 있었지만 팬티 따위에 신경 쓸 때가 아니었다. 나는 턱으로 연탄불 뒤편을 가리켰다. 눈치 빠른 장근이가 반들반들한 돌멩이 하나를 집어왔다. 나는 바늘을 돌멩이에 일곱 번 갈았고, 그 끝에 침을 세 번 묻혔다. 그 다음 입바람으로 나비 주변을 청소했다. 부스러기들이 방사형으로 흩어졌다. 나는 숨을 들이마신 뒤 공기를 입 안에 머금었다. 볼이 부풀어 올랐다. 나는 수면을 살짝 건드리고 올라가는 한 마리 제비처럼 바늘 끝으로 두 날개 사이에 붙어 있는 미세한 거스러미를 튕겨내었다. 나비는 움직이지 않았다. 맨 처음 번데기 껍질을 찢고 날개를 내밀기 시작한 바로 그 자리에 꼼짝도 않고 누워 있었다. 아이들이 일제히 고함을 질렀다. 철우 형의 기침이 발작적으로 터져 나왔다. 나는 손뼉을 치거나 웃지 않았다. 나비를 온전하게 들어내는 작업이 남아 있기 때문이었다. 자칫 방심했다간 다 된 밥에 코를 빠드릴 수 있다.

나는 나비를 철판 끝으로 조금씩 밀어내 오른손 위에 올려놓았다. 이제 형에게 건네기만 하면 끝이었다. 아니 이미 끝난 게임이었다. 형의 기침이 점점 더 받아졌다. 내가 "형, 이거 받아!" 하며 황금빛 나비를 자랑스럽게 내밀자 철우 형이 나비를 향해 손을 뻗었다. 그의 손금을 따라 까만 기름때가 배어 있었고 먼지, 연탄재 같은 것이 말라붙어 동네에서 가장 안 씻는 장근이 손보다 더 지저분해 보였다. 나비의 왼쪽 날개가 형의 손바닥 위에 얹힌 뒤 오른쪽 날개가 내 손을 떠나 그의 손바닥으로 막 넘어가려고 하는 참이었다. 갑자기 맞닿은 두 개의 손바닥 사이에서 나비가 툭, 하고 허리가 꺾여버렸다. 우리들 용어로 나비가 죽어버린 것이다.

"형, 살아 있는 상태에서 건넸으니까 보너스 줘야 해."

나는 철우 형의 얼굴을 똑바로 쳐다보았다.

나와 친구들 모두 대수롭지 않게 여겼다. 형에게 전달할 때까지 나비가 온전한 상태였을 뿐 아니라 승부는 이미 철판 위에서 결판났던 것으로 판단하고 있었다. 굳이 그런 말을 던졌던 것은 그래도 동네 형이니까 예의상 그래본 것에 불과했다. 나는 유리 진열대 안에 가득 놓인 여러 가지 모양의 달고나 중 내심 왕별을 점찍어놓았다. 그때였다.

"이건 안 돼."

철우 형이 단호하게 말했다. 나비의 날개 하나는 그의 손에, 나머지 날개는 내 손에 들려 있었다. 그의 마른기침이 멎어 있었다.

"내 손에 들어오기 전에 이미 죽었어."

평소와 달리 힘을 준 목소리에 어떤 비장감마저 서려 있었다.

"무슨 소리야! 살아 있는 나비를 형에게 줬잖아!"

나는 소리를 질렀다. 이대로 물러설 수 없었다. 친구들이 죄다 내 편인 데다 채옥이가 겁에 질린 눈으로 철우 형을 쳐다보고 있어서 부아가 치밀어 올랐다. 그가 야비해 보였다. 눈에 띄지 않게 손을 약간 움직였을지도 모른다는 생각이 들자 반드시 보너스를 받아내고야 말겠다는 오기가 생겼다.

"비겁하게시리……, 내가 형 손 떠는 거 다 봤어!"

"이 자식이."

철우 형의 입이 경련을 일으키며 실룩거렸다.

내가 노려보자 형이 물통 옆에 쌓여 있는 연탄재를 발로 차더니 손에 들고 있던 나비 반쪽을 바닥에 내동댕이쳐버렸다.

"규태, 너 일루 따라와."

형이 국자를 들고 전신주 뒤쪽의 후미진 골목을 향해 성큼성큼 걸음을 옮겼다.

"오라면 누가 겁낼 줄 알고!"

전깃줄 사이에 걸려 있던 해가 동네 뒷산으로 뉘엿뉘엿 넘어가고 있었다. 형은 골목 중간에 다리를 쩍 벌린 채 뒷짐을 진 자세였다. 양손이 어색하게 허리 뒤춤으로 돌아가 있었는데, 앞장서 걸어갈 때까지만 해도 똑바로 쓰고 있던 챙 모자를 뒤로 돌려놓았다.

"너희들은 돌아가."

아이들이 자리를 뜨지 않고 머뭇거리자 형은 앞발로 땅을 쾅 구르며 다시 외쳤다.

"빨리!"

겁 많은 장근이가 잽싸게 몸을 돌려 골목을 빠져나간 뒤 채옥이와 태호도 뒷걸음질을 슬금슬금 쳤다. 골목엔 나와 형 둘만이 남았다.

"형, 뒤에 감춘 거 뭐야? 그걸로 날 때릴 거야?"

나는 눈을 치켜뜨면서 돌멩이를 움켜쥔 손에 힘을 주었다.

"그래! 너 오늘 나한테 좀 맞아야겠다. 내가 한 해 묵긴 했어도 네 형하고 친군데…… 인마!"

아무리 생각해도 오늘 그가 보여준 행동은 이해가 되지 않았다. 형에게 건네줄 때까지 나비는 분명 온전했다. 말은 하지 않았지만 친구들 모두 그가 억지를 부리고 있다는 걸 알고 있었다. 오죽했으면 마음씨 고운 채옥이가 눈을 흘기기까지 했을까. 어쩌면 나비에 관한 한, 형은 무수한 도전자를 물리쳤던 무패 신화를 빼앗기고 싶지 않았던 게 틀림없다. 그렇지 않고서야 착하고 온유했던 철우 형이 저렇게 돌변할 리가 없었다. 그래서 형은 반칙을 해서라도 나를 이기겠다는 심보를 드러내고 있는 것이다. 이런 생각이 들자 나 역시 물러설 수 없었다.

아버지는 술이 취하면 늘 우리 형제들에게 사내란 불의에 맞서야 한다고 가르치셨다. 나는 어금니를 꽉 깨물었다.

"어디 때려봐! 나도 가만있지 않을 테니."

나는 짱돌을 허리께로 들어올렸다. 형이고 뭐고 여차하면 이마를 까버릴 생각이었다. 등 뒤에 감춘 형의 오른손과 허리 사이의 틈이 삼각주 모양으로 조금씩 벌어졌다. 그것은 국자를 위로 들어 올려 내리치기 전의 예비 동작처럼 보였다.

"그 국자 들기만 해봐! 그땐 수돗물은 끝이야!"

"너 이 자식, 정말 보자보자 하니까."

"공갈 아니야!"

사람들은 우리 집을 가리켜 '수돗집'이라 불렀다. 내가 태어나던 해 경찰에서 퇴직한 아버지가 동네 주민들의 연명을 받아 수도를 놓아달라는 탄원서를 구청에 제출했다. 민원 계장인 육촌 아재의 도움으로 우리 집에 처음으로 수도가 설치되었다. 그전까지 우리 동네는 수도가 없었다. 생활용수는 집집마다 하나씩 있는 펌프 물로 해결했지만 마실 물은 철길 건너 최씨 아저씨네 공동수도 집까지 가서 사 와야 했다. 그런데 우리 집이 수도를 갖게 되었던 것이다.

"아버지에게 말해서 형네 집엔 수돗물 절대 못 팔게 할 거야!"

"……"

철우 형은 아버지가 없었다. 소문으로는 6·25전쟁 때 자진 월북했다고 하는 사람도 있고, 죄를 지어 교도소에 잡혀갔다는 사람도 있었다. 형에게 물으면 화를 내는 것으로 봐서 형도 모르는 듯했다. 형은 사흘에 한 번꼴로 정각 6시만 되면 우리 집에서 물을 길어갔다.

내 입에서 수돗물 이야기가 나오자 형의 고개가 서서히 위로 올라갔다. 하늘에 하얀 비행운을 그으며 날아가는 B29 폭격기라도 뜬 것처럼. 하지만 그곳에는 구름 외에 아무것도 없었다. 두 팔을 벌리면 손끝이 시멘트 블록으로 엉성하게 쌓아 올린 담벼락에 닿을 듯 골목길은 좁았다. 그 골목을 낮게 내리누르고 있는 하늘엔 낡은 피복이 감싸고 있는 몇 가닥의 전선 줄밖에 보이지 않았다.

"가자."

형이 혼잣말처럼 내뱉은 뒤 골목 밖으로 걸어 나갔다. 나는 그 뒤를 따라갔다. 이따금 그의 흔들리는 그림자가 내 발끝에 밟혔다. 형이 유리 진열장을 열어 달고나 두 개를 신문지에 둘둘 말았다. 나는 왕별과 나비 한 마리를 들고 냅다 집으로 뛰었다.

국자에서 설탕이 보글보글 끓으면서 노랗게 변하기 시작했다. 양반다리를 하고 설명서를 읽어보던 아들이 다리가 저린지 무릎을 세워 쪼그려 앉았다.

"나비 모형은 없니?"

바늘로 홈을 긁어내고 있는 아들의 뒷모습을 보며 내가 말했다.

"나비요?"

양반다리로 고쳐 앉은 유리가 되물었다.

"그래, 나비."

"다 있는데 나비는 없어요. 할아버지 나비 좋아하세요?"

신문지 위에 별, 크리스마스 트리, 비행기, 자동차 등 갖가지 모형이 여기저기 흩어져 있지만 나비는 보이지 않았다.

"아버님, 옛날에는 나비 모형도 있었나 봐요?"

며느리가 유리의 말을 가로채며 끼어들었다.

"그래, 그때는 나……."

갑자기 한 줄기 섬광이 눈앞을 스쳐 갔다. 무심코 옷을 벗다가 찌릿하게 손끝에 전해지는 정전기 같았다.

"너, 혹시 말자라고 했니?"

"예?"

한쪽 모서리가 부서진 달고나를 입에 털어 넣던 아들의 눈이 동그래졌다.

"그 대출 할머니 이름 말이야."

"아, 예. 조말자예요."

아들은 흥이 오른 달고나 놀이에서 눈을 떼지 못한 채 건성으로 대답했다.

"혹시 오른쪽 뺨에 어른 주먹만 한 점이 있니?"

"점이요? 그런 거 같은데……. 저는 본 적 없어 모르는데 오늘 김 대리가 그 할머니 집에 갔다 오더니 얼굴의 절반이 점이라고 했어요. 아시는 분이에요?"

점순이, 말자가 틀림없는 것 같았다. 나이도 얼추 비슷하고 딸에게 가게 계약을 맡긴 것으로 보아 가방끈도 짧은 것 같았다. 무엇보다도 그 나이에 한쪽 뺨 거의 전부를 뒤덮고 있는 흉측한 점이라면 말자밖에 없을 터였다.

그 옛날, 철우 형은 학교에 다녀오자마자 어김없이 가게 앞 빈터에서 달고나 장사를 했다. 연탄불을 피우고 비닐봉지에 담긴 설탕과 소다, 철판을 얹어놓고 무늬를 찍을 수 있는 나무 상자 하나, 그리고 시커멓게 눌어붙은 국자와 누름판, 각종 모형 틀을 꺼내놓으면 장사 준비가 끝났다. 그 달고나 판 옆에 얼쩡거리다가 철우 형의 호통에 늘 울음을 터뜨리던 여자아이 철우 형의 씨 다른 여동생 주말자. 초등학생인데도 한글을 깨우치지 못해 아이들의 놀림감이었다. 얼굴이 둥글고 볼살이 통통한 편으로 비쩍 마른 오빠와 전혀 닮지 않았다. 기억의 가물가물한 끈이 그 애의 울음 근방에 닿자 지금 아들의 골머리를 썩이고 있는 할머니가 틀림없이 말자일 거라는 생각이 들었다.

"아는 분이에요?"

아들이 별 모형을 조심스럽게 떼내 유리에게 건네주며 내 말을 확인했다. 며느리가 시큰둥해진 유리보다 더 재미있어 했다.

"글쎄, 안다면 알고 모른다면 모를 수도 있는 사이지."

"……."

"그 할머니 전화번호 알고 있지?"

말자를 만나면 나한테만은 딸 소식을 말해줄지 모른다는 생각이 들었다. 아들이 내 뜻을 알아차린 듯 몸을 내 쪽으로 당겨 앉았다.

"전화뿐 아니라 가게와 집 주소까지 대출자 신상 파일에 다 들어 있죠. 만나보시게요?"

"아무래도 고향 사람 같아서."

"괜히 만났다가 복잡해질 수도 있어요. 지푸라기라도 잡아야 할 판인데, 아버지에게 달라붙을지도 모르잖아요."

안 좋은 일에 엮일까 봐 아들 목소리에 근심이 묻어 있었다. 한 번 만나봐야겠다는 결심에는 철우 형과의 추억과 말자의 안타까운 처지에 대한 연민 외에 아들에게 뭔가 도움을 주고 싶은 아버지로서의 얄팍한 계산도 한몫 거들었다.

말자의 집은 봉천동 주택가에 있었다. 원룸주택 1층에는 전면부와 벽 양쪽에 조악한 문양이 그려진 세 개의 현관문이 있었다. 말자의 방은 왼쪽이었다. 초인종 옆에 '2인분 이상 배달 가능'이라고 쓰인 전단지가 붙어 있었다. 나는 전단지를 떼낸 뒤 초인종을 눌렀다. 인기척이 없어 한 번 더 누르려고 하는 순간 문이 열렸다. 으깨진 팥 덩어리가 달라붙은 듯한 얼굴이 빼꼼히 열린 현관문 틈으로 비치더니 이내 "엄마야! 규태 오라버니 아닌가요?" 하는 소리가 비명처럼 터져 나왔다.

"……오랜만이구나."

나는 말자의 초라한 행색을 훑던 시선을 방 안에 흩어져 있는 세간살이로 옮겼다. 한여름인데도 두꺼운 차렵이불이 무연고 봉분처럼 솟아 있었다. 그것은 조금 전까지 사람이 누워 있던 흔적을 보여주고 있었다. 베란다에 있어야 할 빨래 건조대와 잎이 누렇게 말라버린 행운목이 좁은 실내를 채우고 있었다. 침대 옆에 놓인 선풍기가 돌아가면서 가래 끓는 소리를 냈다.

"오라버니는 그대로네요. 나잇살이 좀 붙긴 했지만 동네 개구쟁이

때나 지금이나 또, 똑같아요."

말자는 반가움과 당혹감 때문인지 말까지 더듬었다.

"내 정신 좀 봐, 앉으란 말도 못 했네."

말자가 현관과 침대 사이의 좁은 공간에 흩어져 있는 빈 그릇들을 치웠다. 막걸리 병에서 흘러나온 침전물이 방바닥에 말라붙어 있었다. 쉰 냄새가 코를 찔렀다. 손톱 크기만 한 바퀴벌레 두 마리가 문짝이 맞지 않는 그릇 수납장 안으로 빠르게 몸을 숨겼다.

"밥은 먹고 지내니?"

"보시다시피 이래요."

"혼자니?"

"딸 하나 있는데 오늘 못 들어온다고 전화 왔어요. 아까 세, 뭐라고 했는데."

말자가 거짓말을 했다.

"세미나?"

"맞다, 세미나!"

말자가 선풍기 목을 내 쪽으로 돌렸다. 바람이 찜질방 열기처럼 훅, 하고 불어왔다.

"어이쿠, 나도 이제 늙었나 보다. 아이스크림 다 녹았겠다."

내가 구두 옆에 놓아둔 비닐봉지를 가리키며 웃었다.

"그냥 와도 되는데……, 오라버니가 날 찾아준 것만도 황송한데……."

"그냥 온 거야. 이건 집 찾으려고 가게 들어갔다가 그냥 나오기 뭣

해서 사 온 거고."

"진솔마트?"

"자주 가나 보네."

"술 사러. 아, 술 이야기 하니 술 먹고 싶네."

말자가 백태 낀 혀를 내밀어 입술을 한 바퀴 빨았다.

"오라버니 보니 너무 좋다. 처음엔 날 잡으러 온 경찰인 줄 알고 마음 졸였는데."

말자가 내 눈을 빤히 들여다보며 거리를 좁히는 바람에 뒤로 물러나 앉았다. 내 속을 읽고 있는 것 같아서 찜찜했다.

"나, 술 한 병만 사줄래요? 내가 대접해야 하는데 관절이 안 좋아서."

말자가 주름치마를 무릎 위로 걷어 올렸다. 발목과 무릎이 퉁퉁 부어 있었다.

"밥부터 먹어야지."

"입안이 말라서 일단 목부터 축이고요."

나는 막걸리 세 병과 맥주를 사 가지고 왔다. 말자는 막걸리를 뒤집어 흔들었다.

"오라버니, 한잔 하세요."

말자는 내겐 오라버니로, 조금 전 장근이를 호칭할 땐 오빠라 했다.

"왜 나만 오라버니니?"

내가 물었다.

"장근이 오빠는 만만했으니까."

"나는?"

"뭔가 모르게 어려웠어요."

말자는 빠른 속도로 막걸리를 비웠다. 그동안 밥 대신 막걸리로 버틴 것처럼. 막걸리 두 통이 비워지고 남은 한 통도 바닥을 보였다. 나는 갈증만 축이다 말았으니 말자 혼자 마신 거나 다름없었다. 말자가 딸꾹질과 재채기를 하더니 혀가 조금씩 말을 놓치기 시작했다. 빈속에 급하게 마셨으니 취기가 오르는 게 당연했다. 오라버니가 내 첫사랑인 거 아세, 딸꾹. 내가 얼마나 오라버니를 좋아했……, 에, 에취.

"……."

"라면이라도 끓일까요?"

술이 깼는지 말자가 시계를 들여다보며 말했다. 나는 늦은 아침을 먹어서인지 배가 고프지 않았다.

"철우 형은 어디에 사니?"

말자는 내 말에 대꾸를 하지 않고 부엌 냉장고에서 시뻘건 국물이 뚜껑에 묻어 있는 김치 통을 꺼내왔다.

"막걸리에는 김치가 최고예요. 오라버니는 술 못 하시는가 봐요."

"오라버니한테 한 잔 따라봐."

말자의 얼굴이 환해졌다. 굳어 있던 그녀의 안면 근육이 눈 가장자리부터 풀렸다.

"철우 오빠 죽었어요. 월남전에서 얻은 고엽제 후유증으로 평생 병원을 들락날락하다가 눈을 감았지요."

말자가 맥주를 따기 위해 팔을 뻗다가 나란히 세워놓은 막걸리 빈

통 두 개를 쓰러뜨렸다. 통에서 끈적끈적한 막걸리 찌꺼기가 흘러나와 방바닥의 기울기를 따라 흘러갔다.

"안됐구나."

나는 비어 있는 말자의 컵에 맥주를 따라주었다. 말자가 내 잔에 자기 잔을 부딪쳤다. 잔이 흔들리며 맥주 거품이 그녀의 바지 위로 쏟아졌다.

"오라버니는 근사하게 사셨겠지요. 공부 잘했으니 좋은 대학에 갔겠죠? 돈 많이 주는 대기업에 취직해…… 많이 배우고 예쁜 신붓감을 골라서 결혼했을 테고, 그 옛날 골목대장처럼 높은 자리까지 올랐을 테고. 아아, 너무 부러워. 딸꾹. 근데 내가 어떻게 살았는지 안 궁금해요? 딸꾹 딸꾹."

재채기가 멈춘 대신 딸꾹질이 심해지고 있었다. 말자는 딸꾹질이 날 때마다 눈을 부릅뜬 채 술을 입안에 가득 머금었다가 한 번에 들이켰다. 바지 주머니 속에서 핸드폰 벨소리가 계속 울렸다. 나는 화면에 떠 있는 아들의 이름을 보며 진동으로 모드 전환을 해버렸다.

"딸애 전화가 몇 번이니?"

나는 지나가는 소리처럼 물었다.

"오라버니가 그 애 전화번호가 뭐 필요 있다고. 걔, 모르는 전화는 아예 안 받아요. 내 전화도 잘 안 받는데. 왜 점심 사주려고요? 아이고, 옛날이나 지금이나 오라버니는 따뜻해."

나는 "그냥 뭐." 하며 말을 얼버무렸다. 속내를 들킨 것 같아 마음이 불편했다. 말자의 눈이 반짝거렸다.

"저 얘기 한 번 들어보실래요? 제 얘기, 오라버니에게 처음 하는 거예요. 규태 오라버니는 제겐 친오라버니 이상이니까요. 근데 어디부터 시작해야 하나? 말하려니 막막해지네."

그녀가 말했다.

"두 명의 아버지가 있었지만 둘 다 얼굴을 못 봤어요. 의붓아버지는 처음부터 없었고 친아버지는 두 돌이 되기도 전에 도망쳐버렸으니까 기억에 없어요. 의붓아버지가 이상했어요. 중증 폐결핵 환자인 어머니와 어떻게 눈이 맞았는지, 병을 알고 결혼해놓고 왜 사라졌는지? 아무리 생각해도 이해가 안 돼요. 아, 아니에요. 내 의붓아버지, 그러니까 철우 오빠의 친아버지는 대구 10·1 때 총 맞아 죽었다던데 인물이 참 좋았다 하더라고요."

말자는 철우 형과 그의 아버지에 대해 내가 모르는 것을 알고 있었다. 철우 형 아버지는 동네 소문처럼 교도소에 갇혀 있었던 것이 아니었다. 전쟁통에 자진해서 북한으로 넘어간, 소위 코뮤니스트는 더더욱 아니었다. 말자는 철우 형 아버지가 대구 10·1 때 총에 맞아 죽었다는 이야기를 들려주고 있었다. 누군가 방아쇠를 당긴 총에 맞아서.

핸드폰의 미세한 진동이 계속 허벅지를 간지럽혔다. 나는 술을 더 사 오겠다며 일어나는 말자를 주저앉혔다. 창밖이 어둑어둑해지는 것으로 봐서 7시가 넘은 것 같았다. 화장실에 다녀오니 말자가 옆으로 누워 있었다. 조그만 몸뚱어리가 뜨거운 물속에 잠겨 있는 새우처럼 모로 말려 있었다 알코올로 혈관이 확장된 왼쪽 볼의 점은 검붉은 색으로 퍼져 있었다. 안 그래도 어른 주먹만 한 점이 두 배나 커져 얼굴

전체가 한 마리의 거대한 벌레처럼 보였다. 내가 취했나? 나는 몸을 일으켰다.

원룸 건물을 나서자 좁은 골목에 땅거미가 깔리면서 바람이 불었다. 습한 바람이 얼굴에 달라붙었다. 물 묻은 종이가 내게 도모지 형벌을 집행하는 것처럼 숨이 막혔다.

내가 대구 10 · 1 사건의 실체에 대해 알게 된 것은 사건 발생 70년도 더 지난 작년 가을이었다. 내가 알고 있던 지식들이 산사태처럼 무너져 내렸다.

아버지는 경찰이었다. 대구 북부경찰서 경비과장을 마지막으로 퇴직한 아버지는 얼음 공장과 집 짓는 일에 뛰어들었다가 퇴직금까지 날렸다. 이후로 돌아가실 때까지 어떤 일도 하지 않았다. 매년 봄이면 퇴직한 동료 경찰들 몇 명과 어느 경찰 전사자가 묻힌 공원묘지에 다녀왔는데, 그때마다 술에 잔뜩 취해 불콰해진 얼굴로 돌아와 가족을 괴롭히곤 했다. 아버지는 우리 가족이 전혀 알아들을 수 없는 이야기를 끄집어내곤 했는데, 어린 우리들이 그 말이 무슨 뜻인지 알아들을 리가 없었다. "그 새끼들은 죄다 빨갱이야." 술에 취한 아버지가 우리 형제들을 일렬로 앉혀놓고 술이 깰 때까지 밑도 끝도 없이 중얼거리던 말이었다.

진솔마트로 이어지는 층계참에서 나는 말자에게 전화를 걸었다. 철우 형이 묻혀 있는 산소 위치를 물어보기 위해서였다. 신호음이 울렸지만 전화를 받지 않았다. 잠이 깊이 들었구나, 생각하며 핸드폰을 호주머니에 집어넣으려다가 통화 버튼을 한 번 더 눌렀다.

"지금 고객님이 전화를 받지 않습니다. 잠시 후에 다시 걸어주세요."

자동응답기에서 기름기가 빠져나간 여자의 목소리가 흘러나왔다. 그 멘트는 마치 '전화를 받기 싫으니 이제 연락하지 말아주세요.'라는 말처럼 들렸다.

노랑나비 한 마리가 날고 있었다. 날개를 팔랑거릴 때마다 하얀 분가루가 기억의 까마득한 먼 곳에서 날아온 황사처럼 눈앞을 희뿌옇게 가렸다.

1961년 4월, 나비 모형 달고나의 날개를 부러뜨린 사람은 누구였을까. 내 손에 쥐여 있던 오른쪽 날개와 철우 형 손바닥 위에 놓인 왼쪽 날개. 두 개의 날개를 이어준 경계를 흔들어버린 것은 무엇이었을까. 그날따라 세차게 불던 봄바람이었을까. 온몸을 뜨겁게 달군 19공탄의 이글거리는 화염, 외부로부터 가해진 누름판의 무시무시한 압력과 베트남 고엽제의 말초 신경병처럼 쉴 새 없이 살갗을 찔러대는 바늘의 통증을 이겨내고, 막 우화한 황금 나비를 누가 죽게 만들었을까. 형은 나를 내리치기 위해 등 뒤에 감춘 국자를 왜 끝내 들어 올리지 못했을까. 머리에 닿을 듯, 그때의 잿빛 하늘은 가래떡같이 길고 좁은 골목을 왜 그토록 낮게 내리누르고 있었을까.

1946년 10월 1일. 두 명의 아버지가 쫓고 쫓기며 대구역에서 태평

동 네거리 쪽으로 뛰어가고 있었다. 처음에는 누가 누구를 쫓는지 알수 없었다. 그들은 마치 한편인 것처럼, 똑같은 방향을 향해 전력 질주했다. 돌멩이와 함성과 비명 속에서 몇 발의 총성이 울렸다.

작년 가을, 어느 중앙지가 실었던 기사에는 이렇게 쓰여 있었다.

[대구 10 · 1 항쟁]

1946년 10월 1일, 대구 지역에서 시작된 민중봉기.

2010년 3월 '진실화해위원회'는 〈대구 10월 사건 관련 진실규명 결정서〉에서 이 사건을 식량난이 심각한 상태에서 미 군정이 친일관리를 고용하고 토지개혁을 지연하며 식량 공출 정책을 강압적으로 시행하자 불만을 가진 민간인과 일부 좌익 세력이 경찰과 행정당국에 맞서 발생한 '항쟁'이라고 규정하고, 국가의 책임을 인정해 유족들에 대한 사과와 위령 사업을 지원하도록 권고하는 결정을 내렸다.

계단을 다 내려왔을 때 핸드폰이 울렸다. 아들이었다. 나는 통화 버튼을 눌렀다. 아들은 부루퉁한 목소리로 "아직도 거기 계시느냐?" 하고 물었다. 버스 정류장으로 가고 있다고 하자 "조말자의 딸 소재지를 파악했다."는 경찰의 연락을 받았다고 했다. 아들의 목소리가 상기되어 있었지만, 나는 아무 말도 하지 않았다. *

사설우체국

1

성우연립은 K면 소재지 내에 위치했다. 면사무소에서 차로 5분 거리에 있었고 지은 지 20년이 넘어 보이는 5층 건물이었다. 외벽이 붉은 벽돌로 마감되어 있어서 멀리서 보면 영국 시골 지방의 성채처럼 고풍스러운 느낌마저 풍겼다. 각층마다 두 세대가 살 수 있도록 설계되어 있었는데 주인 내외는 맨 꼭대기 층 전체를 하나로 터 살림집으로 쓰고 있었다. 내가 입주할 방은 302호였다. 보증금 3백에 월세 27만 원. 월세는 집주인과 흥정한 끝에 3만 원을 깎은 금액이었다. 연립의 소유주는 칠순을 넘긴 할아버지였다. 계약은 크리스마스 날 오후 4시에 이루어졌다. 부동산 중개소는 공휴일인데도 영업을 하고 있었다. 임차 기간은 보통 2년이지만 나는 1년을 고집했다. 연립 주인은 순순히 고개를 끄덕거렸다. 그 방은 네 달 동안 세입자가 없어 비어 있었던 것이다. 주인은 자신을 전직 초등학교 교장이었다고 소개했다. 이 일대에서 제법 행세깨나 하고 다니는, 말하자면 지역 유지였다. 얼핏 보면 어리숙한 촌로 같지만 교직 생활로 터득한 말솜씨는 외지인을 들었다 놓았다 할 정도로 뛰어났다.

"난방은 끝내주니까 봄이 올 때까지 추위 걱정은 붙들어 매도 돼."

주인은 내가 계약서에 도장을 찌자 그제야 마음이 놓인다는 듯 만면에 웃음을 띠며 능글맞게 말을 건넸다.

"저, 바퀴벌레는요?"

주인은 뜬금없다는 표정을 지었다.

"저는 추위는 잘 견디는데 벌레는 절대 못 견디거든요."

"허, 대한민국에 바퀴 안 나오는 집이 어디 있겠어. 지구가 생기고 처음 생겨난 물건이 바퀴벌렌데. ……그러니까 내 말인즉슨 바퀴가 곧 인류의 산 역사나 진배없으니 너무 걱정하지 말라는 거지."

"예?"

"요즘은 면사무소에서 분기별로 바퀴 약도 잘 나오니까."

내가 반응을 보이지 않자 주인은 혹시라도 계약이 깨질까 걱정이 된 모양이었다. 그는 스티로폼을 유리창에 대고 문지를 때처럼, 쇳소리가 나는 목소리로 덧붙였다.

"바퀴벌레가 보이면 언제든지 전화해. 내가 삼족을 말려줄 테니까."

주인은 바퀴벌레가 출몰한다는 것을 당연시하고 있었다. 나는 벌레를 끔찍이 싫어했다. 바퀴라는 말만 들어도 팔에 좁쌀 같은 소름이 오소소 돋았다. 그러나 월세가 싼 데다 이미 계약서에 도장을 찍은 뒤라 1년만 버텨보기로 했다. 소설이 당선되면 그 즉시 K면을 떠나겠다는, 소박한 계산도 한몫 거들었다.

부동산 사무실 밖으로 나오니 함박눈이 내리고 있었다. 첫눈치고는 씨알이 굵었다. 이대로라면 폭설로 변하는 것쯤은 시간문제였다. 상가 공터에 주차된 자동차 위에는 윈도 와이퍼가 통째로 덮일 만큼 눈이 쌓여 있었다. 주인은 뭔가 할 말이 있는 듯 아까부터 내 쪽을 힐끗거렸다. 내가 가볍게 목례를 건네자 그제야 등 뒤로 손을 흔들며 거세지는 눈발 속으로 소실점처럼 사라졌다.

K면을 향해 쉬지 않고 세 시간을 달려왔더니 피곤이 몰려왔다. 나는 대충 짐 정리를 했다. 짐이랄 것도 없었다. 노트북과 소형 프린터, 이불과 속옷이 전부였다. 필요한 것들은 그때그때 구입하기로 했다. 글 쓰고 밥 먹고 잠자는 것 외에는 생활을 최소화시키고 싶었다. 생활이 아닌 생존에 가까운 마지막 1년을 보내고 싶은 마음이 들었다. 짐을 간단히 꾸렸던 이유는 김이 뿌옇게 서린 내 미래에 대한 최후통첩이었다.

물걸레질을 한 뒤 이불을 펴고 누웠다. 화장실 벽 옆에 붙어 있는 난방 스위치를 최대치에 맞추고 창문을 닫았다. 바닥은 냉골이었다. 출발 시간을 문자로 보내놓은 터라 주인이 환기를 위해 미리 창문을 열어놓았던 것 같았다. 나는 새로 써야 할 소설 줄거리를 구상하다가 잠 속으로 빠져들었다.

어제는 크리스마스 이브였다. 오후의 종로 거리에는 캐럴송이 울려 퍼졌다. 구세군 복장을 한 사내들은 행인을 향해 황금색 구리종을 흔들어댔다. 간혹 구세군 냄비에 돈을 넣고 총총히 사라지는 젊은 여자들이 눈에 띄었지만 냄비 바닥에 천 원짜리만 수북한 것으로 봐서 불황의 여파가 역력했다. 고층빌딩의 대형 전광판에서 9시 저녁뉴스가 시작되었다. 오후에 내린 비로 차도에는 빗물이 고여 있었다. 전광판 화면이 바뀔 때마다 물에 잠긴 도로가 빤짝거렸다.

친구와 술자리를 일찍 끝낸 나는 버스 정류장으로 향했다. 갑자스러운 폭우로 차가 밀리고 있었다. 버스는 오랫동안 오지 않았다. 지루함이나 달래볼 심산으로 휴대폰으로 작년의 신춘문예 당선소설을 읽고 있는데 멀리서 세 대의 버스가 달려오고 있었다. 사람들이 몰려들자 차 번호판이 우산에 가려 보이지 않았다. 나는 뒤엉켜 있는 세 대의 버스 중 내가 타야 할 버스가 있는지 확인하기 위해 고개를 도로 쪽으로 내밀었다. 내가 기다리던 버스는 없었다. 흐릿한 실루엣처럼 한 여자가 갑자기 머릿속에 떠오른 것은 바로 그때였다.

송수진, 그녀였다. 우리는 대학 때 만나 3년간 사귀었다. 수진은 대학 4학년이었고 나는 복학생이었다. 그녀의 전공은 경제학, 나는 취직과 거리가 먼 독문학도였다. 4학년 1학기를 마치고 학과 성적이 우수한 그녀는 학장 추천으로 굴지의 해운회사에 취직이 되었다. 나는 신춘문예에 투고할 소설을 쓰느라 정신이 없었다. 아침에 일어나면 수면 부족으로 눈알이 벌겋게 충혈되곤 했다. 졸업 후 그녀를 책임질 수 없는 나는 이별을 택했다. 우리가 마지막으로 만난 날은 초겨울로 접어들기 시작한 금요일이었다. 오전부터 비가 뿌렸다. 약속시간까지 두 시간이 남아 있었다.

수진은 특별한 여자였다. 헤어지는 날에도 이별의 커플 반지를 맞추자고 쾌활하게 웃을 수 있는. 사실 그녀가 웃는 것은 반지 때문은 아니었다. 불안해지면 자신도 모르게 웃음이 튀어나오는 여자였다.

지난봄에 수진의 생일을 축하해주려고 떠났던 속초에서도 그랬다.

"오빠, 저기 봐봐. 해가 고깃배를 덮쳤어."

바다가 내려다보이는 모텔에서 그녀는 떨리는 손끝으로 해를 가리켰다. 해는 중천에 떠 있었다. 항구에서 멀리 떨어지지 않은 바다 위에는 낚싯배들이 닻을 내린 채 파도에 일렁거리고 있었다. 모텔 발코니에서 보니 해가 배 갑판 위에 달라붙어 있는 것처럼 보였다. 나는 '웬 시추에이션?' 하며 텔레비전 채널만 돌렸다. 수진은 발코니에서 바다 쪽을 바라보며 배꼽을 쥐고 떼굴떼굴 뒹굴었다.

"저러다가 낚싯배에 불이 붙으면 어떡해? 도망갈 데도 없잖아."

나는 수진의 엉뚱함이 그녀가 중학생이었을 때 집을 나가버린 엄마로부터 비롯된 것임을 알고 있었다. 그러나 사춘기 시절에 그런 험한 일을 겪었다 해도 나로선 도저히 이해하기 힘들 때가 많았다. 마지막으로 만났을 때도 마찬가지였다. 그날 수진은 처음에는 우울한 낯빛이더니 커피숍을 나와서는 난데없이 이별 기념으로 커플 반지를 맞추자고 했다. 반지 옆면에 우리 두 사람의 이름을 영문 이니셜로 새겨야 된다고 바득바득 우기기까지 했다.

"다시 애인이 생길 때까지만 끼고 다닐 거야."

"이별의 커플 반지라, 사차원이 따로 없군."

수진의 눈꼬리가 샐쭉 올라갔다.

"왜 싫어? 그럼 나 혼자라도 맞출 거야. 얼마 안 되니 돈은 오빠가 내줘. 선물이라고 생각하면 되잖아."

"그럼 커플 반지가 아니지. 헤어지면서 반지를 선물한다는 것도 이상한 거 같고."

"날 이대로 날 보낼 거야? 싫어서 헤어지는 것도 아닌데."

나는 그녀의 속마음을 알고 있었다. 수진은 불안했던 것이다. 내가 빠져나간 빈자리를 반지로 메꾸려고 했을지도 모른다. 우리는 사랑했고 틈만 나면 문자를 했다. 수진에게 문자가 오면 나는 소설을 쓰고 있는 도중에도 답장을 보냈다. 그녀는 화장실에 있다가도 내가 문자를 보내면 곧바로 답을 했다. 문자 때문에 우리는 새벽 2시까지 잠을 자지 않았다. 밤을 꼬박 새운 적도 있었다. 밤 11시 정각이 되면 나는 심야의 DJ가 되어 문자로 띄웠다. 유치하지만 이런 식이었다.

"사랑하는 나의 베아트리체에게, 당신만의 DJ가 첫 곡을 띄웁니다. 수진 씨, 오늘 하루도 행복하셨나요? 처음 들려드릴 노래는 콘트라베이스의 대가인 게리 카의 연주곡, 제목은 〈별은 빛나건만〉입니다."

그녀는 내가 말한 노래를 인터넷을 검색해서 듣곤 했다. 매일 밤 새로운 노래를 선곡하느라 엄청난 스트레스가 쌓였지만 즐거웠다. 사랑의 힘은 클래식을 즐기지 않던 내가 클래식 외에도 여러 장르의 음악을 섭렵하도록 만들었다. 주량이 약한데도 불구하고 가끔 그녀를 위해 기꺼이 술을 마셔주는 흑기사가 되고 싶었다. 우리는 팝송과 샹송은 입가심으로, 재즈와 크로스오버는 이차, 발동이 걸리면 보사노바 같은 라틴 음악 주점을 찾아다니며 흠뻑 마시곤 했다. 고백하자면 나는 국내 가요 외에 보사노바나 칸초네 같은 외식에는 도통 관심이 없었다. 내가 요상한 음악을 찾아다닌 것은 오직 그녀를 위해서였다. 나중에 알게 되었지만 내가 인터넷을 뒤져서 찾아낸 음악들은 수진이 이미 오래전부터 알고 있는 것이었다. 그녀로 말할 것 같으면 음악에 관한 한 전문가 수준이었다. 내가 DJ를 자청하자 하는 수 없이 음악에 대해 문외한인 것처럼 나를 속여왔던 것이다. 나는 착한 그녀를 온몸으로 사랑할 수밖에 없었다. 그러나 우리는 결국 이별을 선택했다. 헤어지자는 이야기를 먼저 끄집어낸 것은 나였다. 망설이는 그녀를 밀어붙인 것도 나였다. 수진은 가난했다. 시골에서 올라온 가난한 유학생이었다. 등록금을 정부에서 꾼 대출로 해결했다. 빌린 대출금 합이 2천만 원이 넘었다. 원금은 취직을 해서 해결한다고 쳐도 기숙사비와 이자는 아르바이트를 통해 매월 갚아나가야 했다. 말하자면 전형적인 스튜던트 푸어였던 셈이다. 나는 소설을 쓰기로 결심한 터라 수진에게 도움을 주기는커녕 밥벌레가 될 것이 뻔했다. 나는 이별을 종용했고 그녀는 내가 내민 카드를 힘들게 받아들였다.

"오빠! 정말 내 소원 안 들어줄 거야?"

헤어지던 날, 내가 난처한 표정을 짓자 수진은 화가 나 있었다. 입에 갖다 대던 커피를 탁자에 콩, 하고 내려놓았다. 그녀가 화가 났는지 알려면 입술 모양을 보면 된다. 입술을 동그랗게 오므리고, 오므렸던 입술 속으로 바람을 집어넣어 볼을 개구리처럼 부풀리기 시작하면 화가 잔뜩 나 있다는 강렬한 의사 표시다. 나는 눈물이 뚝뚝 떨어질 것 같은 그녀의 커다란 눈망울 속에 무기력하게 갇혀 있는 자신을 바라보았다.

"알았어. 대신 네 것만 해줄게."

수진의 얼굴에 섭섭함이 스쳤다. 그러나 나는 이별의 커플링을 할 마음이 없었다. 다만 '무슨 까닭이 있겠지' 생각하며 소원의 반만 들어주기로 했다. 금은방에는 마침 그녀와 손가락 치수가 맞는 은반지가 하나 있었다. 주인이 세공을 겸하고 있었으므로 스펠링만 알려주면 금방 새겨줄 수 있다고 했다. "SJ로 해주세요." 나는 두 시간 뒤에 찾으러 오겠다고 하고서 문을 나섰다. 금은방 맞은편에 있는 후문 앞에서 회오리바람이 일고 있었다. 종이 쓰레기들이 공중으로 빙글빙글 딸려 올라갈 정도로 세찬 회오리였다. 지금 이 순간, 그녀와 나 역시 회오리를 타고 까마득한 허공으로 치솟았다가 각자의 땅으로 떨어지고 있는 중이었다. 아스팔트는 거대한 늪처럼 어둡고 칙칙했다. 머리부터 거꾸로 처박히면 숨을 못 쉬고 그대로 펄 속으로 파묻힐 게 뻔했다. 구토가 날 것 같아서 나도 모르게 머리를 흔들었다. 그녀가 심하게 일그러진 내 얼굴을 보더니 "오빠, 괜찮아? 병원에 가봐야 하는 거 아니야?" 하며 울먹거렸다. 우리는 언덕배기에 있는 스파게티 가게로 올라가다가 정류장 쪽으로 발걸음을 되돌렸다. 반지는 수진이 혼자 찾기로 했다. 나는 졸업식에 가지 않았으므로 그녀의 얼굴을 본 건 그것으로 마지막이었다. 그리고 2년 후 집으로 소포가 배달되었다. 스카치테이프를 뜯자 어린애 주먹 크기만 한 작은 상자 안에 내가 선물한 커플 반지가 들어 있었다. 애인이 생긴 모양이었다.

2

K면에 내려와 첫 소설 원고를 부친 곳은 사설우체국이었다. 면 소재지의 작은 우체국은 개인이 운영하는 사설우체국이 대부분이었다. 내가 우체국에 대해 소상히 알고 있는 이유는 가깝게 지내는 친구의 아버지가 시골의 사설우체국장을 하고 있기 때문이었다. 흔히 사설우체국으로 부르고 있지만 정식 명칭은 별정우체국이었다. 전쟁이 끝난 지 얼마 되지 않은 1960년대에는 나라가 엄청 가난했다. 돈이 없으니 시골에는 우체국을 지을 수가 없었다. 그래서 개인이 건물과 시설을 투자하면 대신 국가는 우편 업무에 대한 권한을 주었던 것인데, 요즘 말로 하면 윈윈 정책인 셈이다. 대부분이 농어촌과 산간벽지 등 정부의 손이 미치기 힘든 지역에 설치되었다. 모집 공고를 보고 몰려든 사람들은 전직 기관장이나 지역 유지가 상당수였다. 더러는 돈만 많은 사람들도 섞여 있었다. 주머니가 두둑해도 밖으로 내세울 것이 없는 촌부들은 명함을 가지고 싶어 했다. 우체국 국장이라는 그럴듯한 호칭 외에도 월급과 공무원에 준하는 혜택을 누릴 수 있어 매력적인 자리였다. 평범한 농부가 하루아침에 지역 유지가 될 수도 있었으니 요즘 말로 하면 신분 상승의 기회였던 셈이다. 경쟁률이 치솟는 것은 당연한 결과였다. 사설우체국, 아니 별정우체국은 아직도 전국에 칠백여 개가 남아 있다.

공부에 흥미가 없었던 친구의 성적은 늘 반에서 끝자리를 맴돌았다. 녀석은 고등학교 졸업 후 전문대에 진학했다. 지금은 자동차 영업

사원을 하고 있는데 술만 취하면 전화로 하루하루가 불안하다는 말을 자주 내뱉었다. 다 때려치우고 고향에 내려가서 아버지가 하던 우체국이나 물려받고 싶다는 속내를 털어놓았다. 꿈이 고향의 우체국장이었다. 친구의 말을 종합해보면, 개인이 시설 투자를 한 시골의 사설우체국은 국장직 승계가 가능한 것 같았다. 친구는 몇몇 사람들이 돈을 받고 국장직을 매매하는 등 부작용을 일으키는 바람에 최근 들어 정부의 시선이 곱지 않아서 걱정이라는 말도 덧붙였다. 민영화가 되거나 법을 개정해서 승계 금지가 된다면 자기는 '닭 쫓던 개 지붕 쳐다보기'가 될지도 모른다고 내심 걱정하는 눈치가 역력했다. 녀석의 말 속에는 사설우체국에 대한 상당한 자부심이 배어 있었다. 대한민국 우정 역사에서 그 공로가 만만찮다는 것이다. 몇날 며칠 걸리던 우편물을 하루 만에 받아볼 수 있는 건 다 사설우체국 덕분이라고 했다.

서울을 떠나던 날, 집 앞 순댓국집에서 친구를 만났다. 혼자 낮술을 퍼마시던 친구는 금방 소주 두 병을 비웠다. 자동차 영업사원을 그만두고 지금은 집에서 노는데 마누라 눈치가 보여서 죽을 지경이라고 볼멘소리를 반복했다. 술이 취하자 예의 사설우체국 얘기를 또 끄집어내기 시작했다.

"야, 요즘은 법이 바뀔까 봐 불안해서 잠도 오지 않는다."

혀 꼬부라진 소리를 내뱉자마자 친구는 탁자에 머리를 파묻었다. 그 바람에 소주병이 식당 바닥으로 떨어졌다. 나는 부서진 유리 조각을 쓸어 담으려고 주인 여자에게 빗자루를 달라고 했다. 식탁 밑을 쓸고 있는데 친구의 해진 운동화가 눈에 들어왔다. 땟국이 꾀죄죄하게 절은 운동화 끈이 녀석의 눈동자처럼 풀려 있었다.

내가 방문한 K 우체국은 직원이 몇 명 되지 않았다. 국장은 자리에 없었고 명패만 책상 위에 놓여 있었다. '우편 서비스'라고 적힌 아크릴 현판 밑에서 머리를 짧게 커트한 여직원 한 명이 고객과 대화를 나누고 있었다. 양손으로 우편물 위에 적힌 주소를 빠른 속도로 컴퓨터에 입력하고 있었다. 옆자리의 남자 직원은 지폐 계수기 안으로 만 원권 지폐를 한 움큼 집어넣는 중이었다. 최근에 새 단장을 했는지 시골 우체국치고는 외관뿐 아니라 실내도 깨끗했다. 일반 우체국에 비해 규모만 작을 뿐 을씨년스럽다는 느낌은 들지 않았다. 우편물을 담당하는 여직원은 20대 후반 정도로 보였다. 얼굴이 길고 쌍꺼풀이 없으며 눈꼬리가 살짝 위로 찢어진 북방계 얼굴이었다. 그러나 볼우물이 오목하게 패어 있어서 귀엽고 복스럽게 보였다. 일을 하면서 간간이 노인네들과 말을 섞기도 했다. 대화 도중 목젖이 보일 정도로 입을 벌린 채 깔깔거리기도 했다. 웃을 때면 눈주름이 관자놀이를 따라 눈썹 쪽으로 말려 올라갔다.

"등기 속달로 보내주세요."

나는 소설 원고가 든 봉투를 내밀었다. 여직원은 아무 말 없이 청테이프가 붙은 봉투를 옆으로 밀쳐놓았다. 내 앞에 딴 손님이 있었던 모양이었다. 컴퓨터 자판을 두드릴 때마다 블라우스의 분홍색 물방울무늬가 일렁거렸다. 가슴 오른쪽에는 플라스틱 명찰이 달려 있었다. '박선주'라는 이름이 플라스틱 명찰 위에 까만 명조체로 새겨져 있었다.

처음 소설을 쓰기 시작하면서 나는 원고 발송 때문에 수없이 우체국을 들락거렸다. 집 앞 상가에 입주해 있는 '우편취급소'에서 원고를 부쳐왔다. '우편취급소'는 지금 내가 원고를 부치는 K면의 사설우체국과는 태생이 다르다. 예금 업무를 함께 취급하는 사설우체국과는 달리 순수하게 우편 업무만 취급한다. 보통 시내의 아파트 밀집 지역이나 대학교 구내에 많이 설치되어 있는 개인우체국이다. 쉽게 말해서 본사와 가맹 관계에 있는 파리바게뜨 프랜차이즈점 같은 것이다. K면에 내려오기 전에 나는 사람들이 붐비지 않는 수요일이나 목요일 오전을 택해 원고를 발송했다. 당연히 두 명밖에 없는 동네의 우편취급소 창구 여직원들과 금방 얼굴이 익었다. 모두 누님뻘이었다. 얼마 지나지 않아 "우리 동네 작가님 오셨네." 하며 내게 스스럼없이 농담을 건넬 정도가 되었다. 겉으로는 웃어넘겼지만 사실 속마음까지 편했던 건 아니었다. 어쭙잖은 자격지심이었는지도 모른다. 대학 입시에 계속 떨어진 낙오자 같은 기분이 들 때도 있었다. 일부러 동네 우체국에서 버스로 세 정거장이나 떨어진 일반우체국으로 가서 원고를 부쳤던 적도 여러 번 있었으니까.

"부산에 있는 막내 아드님에게 부치는 거지요?"
여직원이 입력을 하다 말고 할머니를 찾았다.
"와, 뭐가 잘못됐나."
"동구 범일 2동이면 우편번호를 잘못 쓰셨네요."
정수기에서 종이컵으로 물을 받던 할머니가 창구로 걸어왔다.

"그거 내가 쓴 거 아니다. 주소는 영감이 적었구면. 박 양이 알다시 피 내가 글씨를 아나."

할머니는 계면쩍은 웃음을 띠며 시퍼런 정맥이 튀어나온 손등을 비 벼댔다.

여직원은 '602-602'로 쓰인 우편번호를 '602-062'로 고쳐 적으며 할머니를 향해 웃었다. 이빨이 희고 가지런했다. 내 차례가 되었다.

"금요일까지 도착할 수 있을까요?"

내 원고는 사흘 후까지 반드시 출판사에 도착해야만 했다. 응모 요 강에 '당일 우체국 소인 유효'가 아니라 '금요일까지 도착'이라고 되어 있었기 때문이었다.

"속달로 부치면 도착할 수 있을 거예요."

"도착할 수가 아니라 꼭 도착해야 한다니까요."

내 말이 좀 팍팍하게 들렸는지 웃음기가 가신 그녀의 눈이 나를 올 려다보았다.

"그래서 도착할 수 있을 거라고 말했잖아요."

화가 밴 목소리는 아니었지만 그렇다고 조금 전 할머니의 우편번호 를 확인할 때와는 톤이 달랐다. 낯선 외지인에 대한 경계심 같은 게 배 어 있는 듯했다.

"늦지 않도록 잘 좀 보내주세요."

나는 돌변한 그녀의 태도가 불쾌했지만 첫날부터 시빗거리를 만들 고 싶지 않아서 목소리를 누그러뜨렸다. 그녀는 대꾸 없이 봉투에 우 편 태그를 붙였다. 어디선가 달그락거리는 소리가 났다. 돌아보니 팔십이 훨씬 넘은 노인이 출입문 옆 원탁에 앉아 믹스커피를 마시며 틀니를 아래위로 딱딱 부딪치고 있었다. 내가 우체국에 들어설 때부터 앉아 있던 노인이었다.

두 달이 느리게 지나갔다. 아침에 문학 공모전 사이트를 클릭했더니 내가 응모한 잡지사의 신인문학상 당선 소감이 실려 있었다. 젊은 여자였다. 초조해하지 않기로 했다. 어제 저녁을 굶었더니 배가 출출했다. 밥이나 먹어야겠다고 생각하며 부엌 쪽으로 걸음을 옮겼다. 개수대 안에는 며칠 동안 씻지 않은 그릇들이 쌓여 있었다. 수도꼭지를 틀었지만 오목한 접시 하나가 배수구 구멍을 막고 있어서 개수대에 물이 고였다. 꽁치를 구웠던 프라이팬 위로 물이 흘러넘쳤다. 시커먼 기름때가 개수대 바닥으로 번져 나왔다. 모든 그릇들이 얼룩덜룩해져 있었다. 냉장고에 넣지 않은 어묵 조림이 딱딱하게 굳어 냄비 속에 처박혀 있었다. 설거지를 하려고 냄비를 들추자 엄지손가락 크기만 한 바퀴벌레 두 마리가 기어 나왔다. 바퀴들은 에어쇼를 펼치는 전투기처럼 순식간에 양쪽으로 방향을 틀면서 싱크대 틈새로 사라졌다. 나는 하마터면 까무러질 뻔했다. 이 집에 입주한 지도 두 달이 넘었고 그날부터 바퀴와의 동거가 시작되었으니 웬만큼 면역이 생길 때도 되었지만 현실은 달랐다. 바퀴뿐만이 아니었다. 저녁이면 듣도 보도 못 한 괴상하게 생긴 벌레들이 출몰했다가 사라지곤 했다. 전화를 했지만 위층에 살고 있는 집주인은 코빼기도 비추지 않았다. 설거지할 마음이 싹 사라졌다.

오늘은 우체국을 다섯 번째로 들르는 날이었다. 출판사에서는 어떤 연락도 없었다. 집을 나서면서 달력을 보았다. 내일은 경칩이었다. 그러나 개구리 소리는 어디서도 들려오지 않았다. 밖은 여전히 추웠다. 산과 강으로 둘러싸인 시골이라 아침나절에는 기온이 급강하했다. 연립을 나서면 언덕 아래 개울이 있었다. 지나가는 사람들은 여전히 목도리를 두르거나 두꺼운 옷을 입고 있었다. 내가 지금껏 살았던, 계절을 앞서 사는 도회지의 풍경과는 딴판이었다.

이곳으로 내려온 뒤 두 번 응모했던 소설은 두 번 다 떨어졌다. 사설우체국에는 네 번 들렀다. 두 번은 원고를 부치기 위해서, 나머지 두 번 중 한 번은 통장을 개설하려고. 또 세 번째는 집에서 부쳐준 생활비를 찾기 위해서였다. 시중은행은 연립에서 너무 멀리 떨어져 있었다. 가까운 우체국을 이용할 수밖에 없었다. 계절이 바뀌면서 나는 외로움을 탔다. 한 번씩 수진이 보고 싶어 진저리를 쳤다. 선택한 길이라 해도 혼자 있는 사내의 외로움에 봄꽃들은 잔인했다. 밤마다 야산에서 들려오는 소쩍새 울음소리 때문에 잠을 설쳤다.

내가 우체국 문을 밀고 들어서자 여직원이 목례를 했다. 내가 방문한 첫날에는 쌀쌀맞게 굴더니, 그리고 그 이후에도 데면데면하더니, 뭔 일이람. 나는 인사를 건네는 그녀의 의도가 궁금해졌다. 덥수룩한 수염을 달고 다니는 내 몰골이 마뜩잖아 보였기 때문일까. 그러다 내가 어떤 위인인지 알고 나서는 초라한 작가 지망생에 대한 연민이 생긴 걸까. 그녀가 서랍 속을 뒤지더니 알사탕을 한 주먹 건네주었다. 나는 예상치 못한 그녀의 행동을 첫 방문 때의 껄끄러웠던 충돌에 대한 화해의 제스처로 받아들였다. 둘러보니 우체국 안에는 아무도 없었다. 묻지도 않았는데 국장과 남자 직원은 예금 유치를 위해 봉고차를 몰고 동네를 도는 중이라 했다. 나는 갑자기 우리 둘이 오랫동안 알고 지낸 친구 사이처럼 느껴졌다. 사탕을 엉거주춤하게 손에 쥔 채, 나는 원고가 든 봉투를 내밀고는 일 처리가 끝날 때까지 원탁으로 가서 앉았다.

"소설을 꽤 열심히 쓰시나 봐요."

컴퓨터 자판 두드리는 소리가 멈추었다. 그녀의 말이 귓전을 스치며 지나갔다. 나는 그때 출입문 옆에 놓인 두 자 어항 안에서 헤엄치고 있는 물고기에게서 눈을 떼지 못하고 있었다. 말로 표현하기 힘든, 신비스럽고 이상하게 생긴 물고기였다. 타원형의 커다란 은백색 비늘이 몸 전체를 뒤덮고 있었다. 아래턱이 위턱보다 길게 튀어나와 있었다. 나를 경계하는 것처럼 검고 커다란 눈동자를 굴리고 있었다. 헤엄을 치고 있는데도 어항 안에는 물살이 일지 않았다. 내가 지금껏 본 어떤 열대어보다 자태가 우아했다.

"이 물고기가 원래부터 여기 있었나요."

그녀는 자리에서 일어나 내 옆으로 걸어왔다.

"묻는 말에 대답도 않으시고……. 이 녀석, 멋지죠?"

그녀는 불쾌하지 않은 표정이었다. 오히려 볼우물이 살짝 잡힐 만큼 웃기까지 했다.

"집에서 기르던 물고기인데 국장님의 허락을 받아 여기로 옮겨왔죠."

"이런 물고기 처음 봐요."

"실버 아로와나예요. 아마존이 얘의 고향이죠."

그녀는 아로와나에 대해 모르는 것이 없었다. 수진이 음악 전문가라면 이 여자는 아로와나 전문가였다. 내가 감탄한 은백색 아로와나는 서민용으로 "새끼는 한 마리에 몇만 원밖에 안 해서 마음만 먹으면 아무나 키울 수 있어요."라고 말했다.

"아로와나는 인류가 지구상에 나타나기 전부터 살았던 물고기예요. 해부학적으로 보면 삼억 년 전의 물고기로 추정된다고 해요. 내가 키우고 있는 쟤는 아직 새끼구요. 자연 상태에서는 일 미터 가까이 자라요. 수명은 사십 년 정도니까 나보다 더 오래 살지도 모르겠네요. 난 얘를 세계에서 가장 멋진 아로와나로 키워볼 생각이에요."

"일 미터, 사십 년……."

아로와나 물고기를 처음 본 나는 그녀의 다음 말을 기다릴 뿐이었다.

"이 녀석들은 물 위로 솟구치는 습성이 있어요. 나무 위의 벌레나 날아가는 작은 새들을 잡아먹기도 해요. 수족관 뚜껑을 열어놓거나, 닫아놓아도 돌멩이 같은 것으로 꽉 눌러주지 않으면 금세 물 밖으로 튀어나와서 질식하죠. 물에서 태어난 녀석들이 왜 물을 싫어하는지."

"그러게나."

맞장구를 쳤다.

"아로와나가 죽으면 수의사의 사망 진단서를 발부받아 환경청에 제출해야 된다고 하는데, 진짠지는 잘 모르겠어요. 물고기가 죽자 너무 애석한 나머지 냉장고에 보관해둔 소장자도 있다고 해요. 하하, 석준 씨, 웃기죠, 그죠?"

그녀가 내 이름을 불렀다. 느낌이 묘했다. 지금까지 나는 고객님, 혹은 저기요, 였다. 그랬던 그녀가 갑자기 '석준 씨'라고 부르니 얼떨떨해질 수밖에 없었다. 한편으로는 사귄 지 오래된 여자친구 같아서 나도 모르게 "맞아" 하고 반말이 튀어나올 뻔했다. 생각해보면 손바닥만 한 시골에서, 그것도 오늘까지 다섯 번이나 만났다. 앞으로도 얼굴을 봐야 할 테니 이름 정도야 디도 무방할 듯싶었다. 그녀는 계속해서 아로와나 얘기를 늘어놓았다. 지루해진 나는 그녀의 말을 끊을 기회만 엿보고 있었다. 마침 농협 마크가 새겨진 파란색 모자를 눌러쓴 중년의 남자가 우체국 문을 밀고 안으로 들어오고 있었다.

"선주 씨, 또 봐요. 아로와나 잘 키우고요."

나는 재빨리 자리에서 일어나 그녀를 향해 손을 흔들어주었다. 상쾌한 봄바람이 코끝을 간질이며 지나갔다.

봄이 지나갔다. 매일 바퀴벌레와 진검승부를 벌일 동안 여름이 왔고 중복도 얼마 남지 않았다. 본격적인 불볕더위가 시작되었는데도 비는 내리지 않았다. 동네를 어슬렁거리던 개들도 자취를 감추었다. 어쩌다 눈에 띄는 개들은 늙은 것이 대부분이었는데, 나무 그늘 밑에서 혀를 빼문 채 헉헉거리거나 네 발을 하늘로 치켜 올린 자세로 나자빠져 있었다. 마을 앞 느티나무 아래에는 평상이 놓여 있었다. 그 옆으로 사차선 도로가 나 있었고 하루 종일 마른 먼지를 일으켰다. 노인들은 집에서 길어온 수돗물을 평상 부근의 아스팔트 위에 뿌리곤 했다. 그것도 잠시뿐, 덤프트럭 한 대만 지나가도 다시 흙먼지가 일었다. 나는 소설을 쓰다가 머리가 지끈거릴 때마다 창문에 기대어 우체국 쪽을 바라보았다. 선주와 선주가 애지중지하던 이상한 물고기를 생각하면 저절로 입가에 웃음이 배어 나오곤 했다. 나는 여름 내내 소설에만 매달렸다.

3

그녀가 우체국에서 사라진 걸 모르고 있을 동안 7월이 지나갔다. 8월로 막 접어들 무렵이었다. 나는 M문예지 신인문학상에 응모할 원고를 챙겨 우체국으로 갔다. 마감 날짜까지 보름 정도가 남아 있었지만 서너 차례 퇴고를 거치고 나니 맥이 빠져버렸다. 완성된 소설을 손대다 보면 처음 쓰고 싶었던 주제와 점점 멀어지고 있다는 불길한 느낌마저 들었다. 그래서 원고를 미리 발송한 뒤 머리도 식힐 겸 가까운 곳에 여행이나 다녀올 생각이었다. 사실 오랜만에 선주의 얼굴도 보고 싶었다. 그녀가 애지중지하는 아로와나가 얼마나 자랐는지도 궁금하던 차였다.

우체국은 사람들로 붐볐다. 가로로 나란히 붙여놓은 탁자 위에서 나는 원고가 들어 있는 봉투 입구를 테이프를 붙였다. 그런데 사람들이 많은데도 불구하고 실내가 텅 빈 것 같았다. 선주가 보이지 않았다. 그녀가 늘 앉아 있던 검은색 나무 의자가 책상 앞면에 들러붙어 있었다. 그녀가 보이지 않는 창구 안에서 양 볼이 움푹 팬 국장과 남자 직원이 이마에 맺힌 땀을 훔치며 소포에 태그를 붙이고 있었다. 출입문과 원탁 사이에 있던 어항이 보이지 않았다. 새로 들여놓은 진공 포장기가 대신 그 자리를 차지하고 있었다. 사람들이 빠져나간 뒤 국장은 그간 있었던 일들을 털어놓았다.

요약하면 이랬다.

사흘 전에 출근해보니 선주가 어항 옆에 쪼그리고 앉아 있었다. 자세히 보니 그녀가 키우던 아루와난지 아루나완지, 받음하기도 헷갈리는 물고기가 배를 뒤집은 채 바닥에 떨어져 있었다. 처음엔 그냥 그런가 보다 했는데, 화장실에 다녀와서 보니 그녀가 흰 손수건으로 물고기를 덮어놓고 마치 상을 당한 것처럼 대성통곡을 하고 있었다. 머리끝이 쭈뼛 치솟았다. 그리고 물고기를 젖먹이 아기처럼 품에 안고서 선주가 그길로 어디론가 사라졌다. 국장은 선주가 두 번 유산하고 더 이상 아이를 갖지 못한다며, 안 해도 될 그녀의 내밀한 개인사를 털어놓았다. 그녀가 유부녀였다고? 전화기가 꺼져 있어 걱정이 태산 같다, 하는 국장의 얼굴에 수심이 가득했다. 내일 경찰에 실종 신고를 할 예정인데 오늘 내가 나타났다는 것이다.

"김 형과 친하게 지냈는데. 짚이는 것이 없어요?"

국장은 선주에게 나쁜 일이라도 생겼으면 어쩌나 하는 걱정스러운 표정이었다. 낯빛이 어두웠다.

사실 나는 그녀에 대해 아는 것이 없었다. 그녀가 미혼인지 기혼인지, 아기를 낳았는지 유산을 했는지, 이곳 출신인지 나처럼 도회지에서 살다가 어떤 사정이 있어 여기까지 내려온 건지. 그런 것들을 물어

본 적이 없었다. 그녀가 K우체국에 근무한 지 5년이 넘었으므로 속사정은 국장이 나보다 훨씬 더 많이 알고 있을 것이다. 나만이 알고 있는 것이 있다면, 아로와나에 대해 꼬리에 꼬리를 무는 선주의 천일야화 정도일 것이다. 언젠가 "우리 브라질 여행 갈래요? 쟤가 다 크기 전에 아마존 강물이 말라버리면 어떡하죠. 불안해 미치겠어요." 하며 얄궂은 농담을 내뱉은 적은 있었다. 그러나 그녀와 나 사이에서 그건 정말 농담일 뿐이었다.

"아마존에 갔을지 모르겠네요. 곧 돌아올 테니 걱정 마세요."

나는 멍해진 국장의 표정을 등 뒤에 남겨놓은 채 부치려고 했던 원고를 도로 들고 우체국을 나왔다. 선주가 있었다면 출판사에 부쳤을 소설. 마지막 부분을 고쳐 써야 할 것 같았다. 입안이 마르면서 담배가 당겼다. 나는 라이터를 꺼내기 위해 바지 호주머니를 뒤적거렸다. 호주머니 안에 붙어 있는 새끼주머니에서 뭔가 잡혔다. 몇 년 전 수진이 돌려보낸 커플 반지였다. 그녀에게 되돌려주기 위해 집을 나섰다가 괜한 짓이겠다 싶어 그만두었는데, 그때 입었던 바지를 한 번도 세탁하지 않고 K면까지 가지고 왔던 모양이다.

어둠 속에서 몇 년을 묵은 반지는 광택이 죽어 있었다. 그러나 'SJ'라는 수진의 영문 이니셜 두 글자는 반지 옆면에 또렷하게 음각되어 있었다. 수진과 선주의 영문 이니셜이 똑같았다. 아로와나가 죽지 않았더라면 올 크리스마스에는 선주의 손가락에 끼워져 있을지도 모를 반지였다. 사람 사이의 일은 늘 예측하기가 힘들다. 수진과 선주의 얼굴이 오버랩되었다. 반지를 바지에 도로 집어넣으려고 하는데 굵은 빗방울 하나가 손등에 떨어졌다. 하늘을 올려다보니 시커먼 구름이 각다귀 떼처럼 가로수로 심어놓은 은행나무 우듬지 위에 몰려 있었다. 마른장마가 끝나고 본격적인 장마가 시작되려 하고 있었다.

다음 날 아침 친구에게서 전화가 왔다. 녀석은 들뜬 목소리로 부친이 운영하던 우체국장직을 물려받기로 했다는 소식을 전했다. 자신이 아버지를 이어 마지막 사설우체국장이 될 것 같다는 전화기 속 친구의 목소리는 처음에는 들떠 있었다. 그리고 대학 친구로부터 수진이 결혼 소식을 들은 것은 소설의 결말을 고쳐 쓴 뒤 퇴고를 끝낸 이튿날 오후였다. 나는 길이 어두워지기 전에 K면을 떠나기로 마음먹고 짐을 꾸렸다. 짐이라고 해봐야 내려올 때와 마찬가지로 라면 박스 두 개 분량이 전부였다. 계약 기간인 1년을 채우지 못했으므로 보증금을 돌려받을 수 있을지 걱정되었다.

승용차 트렁크에 짐을 싣고 있는데 우체국을 나설 때 내 등 뒤에 내뱉던 국장의 말 한마디가 떠올랐다.

"한 가지 이상한 건…… 물고기가 죽기 전날, 그러니까 선주가 아침에 그 물고기를 끌어안고 울던 전날, 내가 퇴근하면서 돌멩이보다 더 무거운, 우리 우체국의 산 역사가 담긴 사진첩 두 권을 어항 뚜껑 위에 올려놓았단 말이야. 그게 얼마나 무거워! 오 킬로는 될 거야. 그 이상하게 생긴 물고기가 자꾸 바깥으로 튀어나가려고 해서 말이지."

나는 짐을 실은 뒤 차 트렁크 뚜껑을 닫고 액셀러레이터를 밟았다. 기어를 잘못 넣었는지 차가 뒤쪽으로 후진하면서 웽, 하고 굉음을 울렸다. *

메리 크리스마스

윤진수는 개를 길렀다. 퇴직 후 아파트를 팔고 충청도 괴산면에 땅을 사서 조그만 집을 지었고 심심함을 달래기 위해 진돗개와 풍산개 새끼를 분양받았다. 강아지들은 잔병치레 없이 무럭무럭 자라서 중개가 되었다. 그동안 윤진수는 예방접종을 직접 했고 구충제와 심장사상충 약도 규칙적으로 먹였다. 진돗개는 황구로 이름이 '황백'이었다. 풍산개는 하얀 털을 가진 백구로 '행복'이라는 이름을 지어주었다.

딸 아림이 말했다.

"아빠, 개는 더 이상 키우지 마세요. 이제 아빠 나이도 들었고 개 줄이 풀려 사고를 낼 수도 있으니 황백이와 행복이만 키우셔야 해요."

아림은 법대 졸업생답게 최근에 발표된 정부의 '동물보호법 개정 법률안'까지 상세히 설명했다. 아림은 K대 법학과를 우등으로 졸업했으나 고시에 네 번 낙방했다. 고시에 낙방하고 나면 한동안 의기소침

해져 아버지 집에도 거의 발길을 끊곤 하더니 서른이 넘어가자 고시를 포기했다.

윤진수는 지난 주 인근에 있는 소나무 농장에 들렀다. 농장 주인과는 안면이 있는 사이로 윤진수는 소나무 한 그루를 싸게 사서 집 앞마당에 심고 싶었다. 윤진수보다 열 살 아래인 농장 주인 배철수는 80만 원짜리 등이 휘어진 소나무를 20만 원에 주겠다고 선심을 베풀었다. 윤진수가 보기에도 그 소나무는 꽤 잘생겼으며 백만 원이라 해도 구입을 고민해볼 만한 나무였다.

일 중독자인 농장 주인은 이 일대에서 꽤 알부자로 알려진 자로서 5년 전에 아내를 암으로 떠나보내고 지금은 재혼하여 원룸 건물에서 나오는 임대료를 받아서 넉넉한 생활을 꾸려가고 있었다. 배철수의 취미는 일과 사냥이었다. 1년에 두 번 사냥철이 돌아오면 멧돼지 사냥을 떠나곤 했다. 사냥에 개는 필수적이었다. 그는 2만 평이나 되는 넓은 농장에 사냥개로 유명한 러시아 개인 '라이카' 20여 마리를 키우고 있었다. 라이카 견종은 러시아에서 주로 호랑이 사냥에 쓰였던 개로서 눈 속을 헤집고 다니며 호랑이를 발견하면 그 짐승의 발을 묶어 퇴로를 차단하는 역할을 담당했다. 개에 관심이 많은 윤진수는 퇴직 후 무료한 시간 동안 개에 관한 책을 읽고 인터넷 서핑을 통해 세계적으로 유명한 견종을 공부했다. 그는 한국에는 아직 잘 알려지지 않은 라이카라는 사냥개 견종을 미리 알고 있었다.

윤진수가 농장에 들어섰을 때 소나무 사이에 여기저기 목줄이 묶인 라이카들이 맹렬하게 짖어댔다.

"라이카들을 많이 키우네요."

윤진수는 배철수가 추천한 소나무의 요모조모를 들여다보다가 지나가는 듯한 말투로 툭 내뱉었다. 배철수가 깜짝 놀라는 표정을 지었다. 라이카를 알고 있다니, 하는 놀라움과 이 개를 알고 있는 소수 사람들끼리의 친밀함이 표정에 뒤섞여 있었다.

"지금 라이카 성견이 스물네 마리인데 어휴, 마누라가 시끄럽다고 불평이 대단합니다."

마누라는 재혼한 여자를 말하는 것이었다.

수돗가에서 두툼한 등을 보이고 있던 여자가 몸을 일으키더니 두 사람 쪽으로 다가왔다. 재혼녀와 윤진수는 초면이었다. 여자는 50대 중반쯤 돼 보였다.

"소나무 사러 오셨나요?"

여자가 팔꿈치까지 걷은 소매를 밑으로 내리며 말을 붙였다.

"예, 마음에 드는 놈이 있으면 한 그루 사려고요."

"여보, 동네 분인데 싸게 드리세요."

"안 그래도 반값으로 드린다고 말했어."

배철수는 반의반 값을 말해놓고 처에게는 반값이라고 금액을 올려 말했다. 재혼한 아내의 눈치를 보고 있는 듯해 윤진수는 실소를 머금었다.

"소나무 구입하시면 덤도 하나 드릴게요."

"예?"

"우리 집에서 제일 잘생기고 영리한 개가 새끼를 일곱 마리 낳았어요. 비싸고 귀한 갭니다. 여보, 이분이 개 좋아하면 한 마리 드려. 집에 개가 너무 많아."

배철수가 영화 〈25시〉의 안소니 퀸처럼 낭패한 표정을 지었다. 여자는 개를 좋아하지 않는 것이 틀림없었다.

"지난번에도 소나무를 사셨으니 한 마리 드릴게요. 이놈들 중에서 한번 골라보세요."

일곱 마리의 강아지가 어미 개를 중심으로 바글거리고 있었다. 어미 개 라이카는 늑대처럼 눈이 작고 날카로웠고 크기는 진돗개보다 조금 더 컸다. 주둥이가 길었고 속 털은 풍성하며 솜털처럼 부드러웠고 겉 털은 거칠게 솟아 올라와 있었다. 어깨와 목에는 몸통보다 긴 털이 자랐으며 암사자 갈기처럼 보였다. 라이카의 고향인 시베리아의 눈과 추위를 막는 데 적합한 이중모였다. 체격은 중형 개보다 조금 더 컸고 근육이 발달되어 있었으며 전체적으로 단단하고 다부진 느낌을 풍겼다. 무엇보다 사냥개답게 이빨이 희고 큼직하며 단단해 보였고, 치열이 가지런하게 배열되어 있었다. 윤진수의 가슴에 무엇인가 와닿았다.

"이놈으로 가져갈게요."

윤진수는 강아지들 중에서 모색이 제일 어두운 놈으로 골랐다.

그때로부터 6개월이 지났다. 윤진수는 데려온 라이카 강아지에 온갖 정성과 신경을 쏟았다. 날짜에 맞춰 꼬박꼬박 종합 예방주사를 보름 간격으로 세 차례 맞혔다. 매달 한차례 구충제를 먹였다. 6월이 되자 매달 모기가 감염시키는, 강아지에게 치명적인 심장사상충 약도 먹였다. 라이카는 무럭무럭 자랐다. 윤진수가 데려온 강아지는 라이카 중에서 이스트 라이카 종(種)이었다. 라이카는 네 종류가 있다. 웨스트 라이카, 이스트 라이카, 루소 라이카, 카렐로 라이카.

윤진수는 라이카 사료를 주다가 다리를 주물렀다. 70대에 들어선 그는 혈관이 좁아져 종아리가 돌처럼 단단해지고 극심한 통증을 느끼는 하지 동맥 경화증을 앓고 있었다. 점차 기력이 달리고 다리가 아파 개와 산책하는 것이 불가능했다. 라이카는 활동량이 많은 사냥개라서 매일 산책을 시켜줘야 한다. 묶어서만 키운다면 그런 욕구가 충족되지 않아 극도의 스트레스를 받게 된다. 라산(윤진수가 분양받은 라이카의 이름)은 스트레스를 받으면 심하게 짖어댔다. 목줄을 물어뜯거나 발가락이 찢어져 피가 흐르고 발톱이 빠질 때까지 흙 마당을 후벼 파곤 했다.

얼마 전에 찾아왔던 딸 아림이 그 모습을 보고 목소리를 높였다.

"저 개는 사냥개인데 산책도 못 시켜주는 아빠가 어떻게 키운다고 데려왔어? 다른 사람에게 줘버리던지 유기견 센터에 갖다줘! 동물보호법이 개정되어 라이카도 맹견으로 지정되었단 말이야. 사람이라도 물면 어쩌려고."

어제는 크리스마스. 윤진수가 기다리던 전화는 끝내 오지 않았다. 윤진수는 이번에도 12월 초순에 중앙일간지 한 곳에 단편소설 원고를 보냈다. 신춘문예 응모 작품이었다.

중앙언론인 K일보 기자 출신인 윤진수는 사회부장 겸 부국장으로 퇴직했다. 퇴직 후 그의 유일한 취미는 소설을 쓰는 것이었다. 대학 때 문청이었던 그가 생의 마지막 목표를 신춘문예 당선으로 정하자 무료한 하루하루를 보내던 그에게 할 일이 생겼다. ROTC로 입대해 특전사 장교로 전역했고 스물아홉 살에 신문사에 입사해 평생을 바쁘게 살았다. 그는 손주에게 할아버지의 유산으로 꽤 괜찮은 소설집을 남기고 싶었다.

윤진수는 나이가 나이이니만큼 컴퓨터를 잘 다룰 줄 몰랐다. 그가 30여 년 직장 생활을 하는 동안 모든 문서는 타자나 원고로 작성했다. 퇴직 때까지 컴퓨터 문서 작성을 배울 기회가 없어 스스로 컴퓨터 사용법을 익혔지만 여전히 타자나 원고지보다 불편했다. 처음에는 200자 원고지에 연필로 글을 썼는데 30여 년간의 기자 생활에 질려서인지 원고지에 무엇을 썼다가 지우개로 고치고 하는 것에 멀미가 났다. 고민 끝에 그는 1990년대 이후 노트북에 밀려 역사의 뒤안길로 사라진 타자기를 구입하기로 마음먹었다. 큰맘 먹고 한영 겸용 중고 전자식 흑색 타자기를 구입했다. 신형 타자기는 윤진수가 신문사 기자 생활을 할 때 사용했던 덩치 큰 수동 타자기의 절반 크기로 디자인이 앙증스럽고 귀엽기까지 해서 마음에 들었다. 자판을 누를 때마다 수동식 타자기의 타닥타닥 하는 시끄럽고 단절적인 소리 대신 여자의 등판 같은 부드러운 자판의 느낌과 맑고 경쾌한 소리가 소설 쓰기의 진도를 빠르게 해주었다. 자동 줄 바꾸기와 엔터 기능도 있어 노트북으로 쓰는 것과 크게 다르지 않았다.

그는 매일 새벽 4시에 잠을 깨서 빈속에 커피 한 잔을 마신 뒤 책상에 앉아 응모할 소설을 썼다. 하루에 그가 쓴 소설의 분량은 대략 원고지 20매 내외였다. 퇴고를 거치고 나면 일주일에서 열흘 사이에 소설 한 편이 만들어졌다. 윤진수는 매년 신춘문예에 낙방한 그해부터 매년 5월에서 연말까지 응모할 소설을 꾸준히 썼다.

윤진수의 아내는 오래전 암으로 죽었다. 퇴직 후 어영부영 보내다가 정작 돈이 필요해진 60대 중반부터는 일할 곳이 없었다. 운이 좋은 해는 매년 1월 1일부터 5월까지 물류창고의 경비 일을 했다. 생활비는 5개월간의 경비 일로 번 돈과 국민연금으로 해결했다. 알뜰하게 쓰면 연말까지 그럭저럭 지낼 정도가 되었다.

그는 70이 되자 어깨가 앞으로 구부정해졌고 걸음걸이도 허청허청해졌다. 하지만 눈빛은 살아 있었다. 책상 위에 앉아 원고지를 펼칠 때 그의 두 눈은 먹잇감을 노리는 야생짐승처럼 이글거렸다.

신춘문예에 응모하면서부터 인류의 축제일인 크리스마스는 그에게 기쁨보다는 절망과 한숨의 날이 되었다. 대개의 신춘문예 당선 통보는 크리스마스 전에 왔다. 곧 다가올 내년 1월 1일 자 신문에 당선 소설이 실려야 하고 당선 소감과 심사평을 실어야 하니 신문사 입장에서는 원고를 받아야 할 열흘 전후의 시간이 필요한 것이다. 신문사 스타일과 응모 마감 일자에 따라 크리스마스보다 열흘쯤 먼저 올 때도 있고, 며칠 앞두고 통보가 오는 경우도 있었다. 사정이 이렇다 보니 신춘문예 응모자에게 크리스마스는 당선 통보의 마지노선처럼 여겨지게 되었다.

70세의 노인 윤진수에게 신춘문예 당선이 현실적으로 특별한 의미를 갖고 있지는 못하였다. 그 나이에 문단에 나가 활동할 것도 아니고 젊고 재기발랄한 작가들이 넘쳐나는 좁은 소설 시장에서 시골의 노인 소설가에게 원고 청탁이 오리라는 것도 기대하기 어려운 일이었다. 돈벌이는 더더욱 아니었다. 수익을 중시하는 문예지 출판사를 통해 책을 낸다는 것은 불가능에 가깝다고 할 수 있다. 누가 알아주는 것도 아니었다. 70세의 나이에 차라리 공인중개사 시험에 합격하면 각종 고시학원에서 홍보용으로 데려가려고 힐지도 모른나는 생각을 한 적도 있다.

그럼에도 불구하고 윤진수는 '신춘문예 당선'이라는 생의 후반기 목표를 세우고 계속 도전하고 있었다. 스스로 생각해도 70세 노인이 신춘문예에 도전하는 것은 잔인하고 거친 폭풍주의보의 바다에 던져진 헤엄이 서툰 수영객이나 비슷했다. 그는 그 바다에서 살아나가기 위해 매일 타자기와 사투를 벌였다. 그런 세월이 어느덧 10년을 넘어섰고, 올해 크리스마스 역시 그에게는 어떤 신문사에서도 연락이 오지 않았다.

해가 바뀌고 5월이 되었다. 작년 5월에 데려온 강아지는 분양받은 해를 무사히 넘겼고 윤진수도 나이를 한 살 더 먹었다. 라산이 완전한 성견이 되기에는 1년쯤 더 지나야 하지만 어느새 덩치는 다 자란 성견에 버금갔다. 윤진수는 소설을 쓰다가 쉬는 시간이면 마당에 내려가 라산과 놀았다.

5월 8일, 어버이날이었다. 숲으로 둘러싸인 윤진수의 집은 아침부터 지지배배거리는 새소리로 요란했다. 그는 국시기로 간단하게 아침을 때우고 타자기 앞에 앉아 원고 20매를 쓴 뒤 베란다로 나와서 아침 바람을 쐤다. 숲속에서 휘파람새와 호랑지빠귀의 뒤섞인 울음소리가 5월의 포근한 바람 소리에 실려와 그의 귓가를 쓸고 지나갔다. 곁에 누군가 있다면 그늘막에 나란히 앉아 차를 마시며 새소리를 감상할 수 있을 텐데…… 윤진수는 문득 견딜 수 없는 허허로움을 느꼈다. 그것은 몸서리쳐지는 외로움이 아니라 고독감이었다.

"내일 최 서방과 아이들 데리고 갈 테니까 다른 약속 잡지 마세요."

아림이 윤진수에게 전화를 했다.

"내가 뭔 약속이 있겠니? 퇴직 후 서울에서 열리는 고교 동창회와 퇴직자 모임 있던 것도 코로나 때문에 다 취소된 지 오랜데……."

딸 아림은 시중은행 지점 대부계에 근무했다. 한 달 전 금감위의 일제 감사에 걸려 대출 부실 건으로 대부계 전원이 감봉 처분을 받았다. 딸은 억울하다며 직장을 그만두나 마나 하며 갈등을 겪고 있는 중이었다. 공기업에 다니다 직장을 그만둔 사위는 창업 준비를 하고 있었다. 둘 다 손녀 정아와 손자 태식을 끔찍이 아꼈다.

"아빠, 저 왔어요."

담장 밑 텃밭에 옥수수 모종을 심고 있는데 등 뒤에서 딸아이 목소리가 들렸다. 사위는 딸 뒤에 서서 다 큰 손주들을 양손에 하나씩 잡고 있었다. 윤진수의 일에 대한 집중력은 소설을 쓸 때나 다른 일을 할 때나 마찬가지였다. 옥수수 모종을 심기 위해 단단한 흙을 쟁기로

갈아내고 퇴비를 섞고 비닐을 멀칭하느라 차가 집으로 올라오는 것도
몰랐다.

"언제 왔니?"

"방금요. 아빠 옆으로 지나갈 때 창문을 열고 인사를 했는데도 모르
고 계시데요. 텃밭 가꿀 동안 집에 도둑이 들어 귀중품을 다 가져가도
모르겠어요."

딸이이기 배시시 웃으며 타박 아닌 타박을 했다.

"태식이와 정아도 왔구나."

"할아버지, 안녕하세요. 뭐 하세요?"

중 3인 손녀 정아가 큰 소리로 인사를 하며 진수 옆에 쪼그려 앉았
다. 언제 봐도 예쁘고 귀여운 손녀다.

"옥수수 모종 심는 중이다. 몇 달 뒤에 오면 할아버지가 우리 정아
에게 제일 튼실하고 맛있는 놈으로 따주려고……."

"저 이빨 다 벌레 먹어서 옥수수 같은 딱딱한 알갱이는 잘 못 씹어
요."

정아가 입을 벌린 채 우는소리를 했다. 진수는 딸이나 사위보다 그
리고 손자 태식보다도 정아에게 훨씬 더 애정이 갔다. 정아는 천성이
맑고 구김살이라고는 눈 씻고 찾아보려야 볼 수 없는 순백의 소녀였
다. 윤진수의 눈앞에 폐암으로 죽은 아내의 처녀 때 모습이 정아와 오
버랩되었다. 둘은 닮았다. 미인형 얼굴과 아담한 체구는 물론이고 맑
고 깨끗한 성정과 웃을 때 목젖이 보일 만큼 크게 입을 벌리는 모양이
어찌 그리 비슷한지. 손녀가 하는 말과 행동이 너무 귀여워 꼭 깨물어

주고 싶은 마음이 들곤 했다.

"대문 옆에 안 보이던 개가 있네요."

사위가 눈을 들어 지대가 높은 대문 쪽을 가리키며 물었다.

"하하, 너희들이 오랜만에 온 모양이구나."

"죄송합니다. 최근에 아림이도 바빴고 저 역시 창업 준비하느라 눈 코 뜰 새 없이 바빴어요."

"할아버지, 저 개는 처음 보는 갠데요."

손녀가 손가락으로 라산을 가리키며 진수의 팔짱을 끼었다. 라산은 자신에게 손짓하는 손녀를 지그시 바라보며 귀를 쫑긋했다. 라산은 딸 가족이 처음 차에서 내렸을 때를 제외하고 윤진수와 딸 가족이 대화를 나누자 금세 경계를 늦추고 바라보기만 했다. 그들이 나쁜 사람들이 아닌 것을 알아채자 이빨을 드러내고 으르렁거리거나 라산 특유의 공격하기 직전 신호인 귀를 뒤로 눕히지 않았다.

"개 만져봐도 돼요?"

갑자기 불어온 돌풍 때문에 윤진수는 손녀가 하는 말을 알아차리지 못했다. 들었다면 안 된다고 말했을 것이다. 그가 손을 오므려 귀에다 대고 "뭐라고?" 하며 되물었을 때였다.

순식간에 일어난 일이었다.

"아악!"

라산이 정아의 오른팔을 물고 고개를 좌우로 흔들면서 뒷걸음질쳤다. 손녀가 팔을 뿌리치자 이번엔 허벅지를 공격했다. 손녀는 허벅지를 물린 채 비명을 질러대며 개에게 끌려다녔다.

"아빠! 개가 정아를 물었어요!"

"할아버지! 어떻게 좀 해봐요!"

"아버님, 빨리요!"

손녀는 너무 놀라고 고통스러워 얼굴이 구겨지고 하얗게 질린 채 계속 비명을 질러댔다. 라산은 손녀의 반항에도 아랑곳하지 않고 이번에는 옆으로 넘어진 손녀의 얼굴을 물었다.

"이뻐!"

"할아버지!"

"아버님!"

당황한 윤진수가 텃밭 입구에 가로놓인 삽자루를 들고 손녀에게로 뛰어갔다. 그는 라산의 목줄을 잡아챈 뒤 삽으로 개의 머리통을 내리쳤다. 깨갱거리며 라산이 정아의 얼굴에서 입을 뗐다. 하지만 윤진수가 삽을 놓자 곧이어 정아의 정강이를 문 채 놓아주지 않았다.

"아악! 아악! 할아버지! 살려주세요!"

눈에 넣어도 아깝지 않은 정아가 외마디 비명을 지르며 실신했다.

"이놈의 개새끼가!"

딸의 실신에 눈이 뒤집힌 사위가 장인의 손에서 삽을 뺏더니 라산의 머리통과 얼굴, 가슴과 허리를 가리지 않고 삽으로 가격했다. 튼튼한 쇠 목줄에 묶여 움직이지 못하는 라산은 사위가 가격하는 삽 공격을 피할 수 없었다. 개가 정아를 문 이빨을 풀고 뒷걸음질쳤다. 그때쯤 정신을 차린 정아가 고통에 일그러진 표정으로 개에게 물린 얼굴 부위를 두 손으로 감쌌다. 손가락 틈새로 피가 흘러나왔다.

"괜, 괜찮니?"

윤진수가 달려와 정아의 얼굴과 정강이를 살펴보았다. 손녀는 개의 이빨에 물려 얼굴과 정강이가 심하게 찢어져 있었다. 특히 얼굴은 날카로운 라산의 이빨이 깊게 박혔다가 빠져나오면서 피부를 찢었다.

"어머, 이를 어째! 이놈의 개새끼가 정아 얼굴을 다 망쳐놓았네. 이를 어떡해야 돼?"

딸이 울음보를 터뜨렸고 사위가 급하게 119에 신고했다. 가까운 곳에 있는 괴산면 119에서 차량을 급하게 보냈다. 몇 분 지나지 않아 저 멀리 언덕 아래 큰길에서 사이렌 소리를 울리며 119차량이 달려오는 것이 보였다. 윤진수는 가슴이 벌렁벌렁했고 손이 떨렸다. 그는 사위와 딸을 곁눈질하며 똑바로 바라보지 못했다. 죄인 아닌 죄인이 되어 있었다.

"아빠, 이 미친 개를 당장 죽여버려요!"

딸이 언성을 높이는 동안 사위가 손녀 정아를 구급차에 태웠다. 아, 너무 아파! 정아는 두 손으로 얼굴을 감싸 안은 채 계속 비명을 질러댔다.

"저 미친 개는 책임지고 꼭 안락사시키세요!"

구급차에 오르기 전에 딸이 다시 말했다.

"안, 안락사?"

"법적으로도 개가 사람을 물어 상해를 입히면 처벌을 받게 되어 있어요!"

"그건 개 주인을 처벌하는 거 아니니?"

"물론 개 주인도 당연히 처벌받죠. 과실치사상 죄로 구속되거나 벌금을 문다고요."

딸은 고시에 실패하고 은행에 다녔지만 여전히 법률적인 지식이 일반인들보다 뛰어났다. 또 자신의 일과 관련이 없는 경우에도 새로운 법이 제정되거나 개정되면 관심을 보였고 윤진수의 집을 방문할 때면 그 법의 내용과 취지에 대하여 반드시 설명을 했다. 윤진수는 딸의 그런 모습이 이루지 못한 꿈에 대한 미련 같아서 마음이 애자해지고 했다.

구급차는 딸 가족만 태운 뒤 먼저 병원으로 출발했다. 어찌할 바를 몰라 하며 혼자 남겨진 윤진수는 뒤늦게 승용차에 올라 구급차의 뒤를 쫓았다. 액셀을 세게 밟는 그의 눈앞에 방금 전 일어난 일이 악몽같이 어른거렸다. 그는 몸을 한 번 부르르 떨었다.

손녀 정아는 라이카에 물린 허벅지와 종아리에 두 번의 수술을, 얼굴에 세 번의 수술을 받았다. 정아는 얼굴 수술 뒤 마취가 풀리면서 고통스러운 비명을 질렀다. 윤진수는 얼굴과 팔다리에 붕대를 칭칭 감고 누워 있는 손녀를 보자니 가슴이 찢어질 듯 아팠다. 딸과 사위는 윤진수가 병원을 방문해도 눈살을 찌푸리며 외면했다. 아빠와 장인에 대한 원망이 가득한 표정이었다. 얼굴이 김태희를 닮아서 일찍부터 배우로 진로를 정한 아이였는데……. 의사의 말을 따르면 상처가 다 나아도 흉터가 남을 것이라 했다.

윤진수는 정아의 비명을 들을 때마다 개를 흠뻑 때려주고 싶었다. 그러나 마음 한편에는 라산에게 무슨 죄가 있을까, 하는 이기적인 생각이 들기도 했다. 처음 보는 낯선 사람이 무턱대고 얼굴에 손을 가져다 대니 개는 정아의 행동을 공격으로 여겼을 것이다. 자기 영역에 대한 애착이 강한 사냥개로서 스스로를 지키기 위해 보호 본능이 발동했을 수 있다. 그 행동은 태생이 늑대인 라이카 사냥개의 원초적인 본능 같은 것이어서 어쩔 수 없는 것이다. 모든 책임은 윤진수 자신에게 있었다. 아무리 끌리더라도 처음부터 가정집에 사냥개를 데리고 오지 말았어야 했다. 딸 아림은 바로 이 부분에서 아버지의 잘못된 선택을 용서하지 못하는 것 같았다.

아버지와 할아버지로서 죄책감에 울적한 나날들이 계속되었다. 사고가 난 지 3개월이 흘렀다. 그동안 손녀는 일곱 번의 수술을 견뎌내었다. 하지만 수술 결과는 기대를 저버렸다. 의사의 말과 달리 정아의 얼굴 흉터는 그 깊이만 조금 얕아졌을 뿐 칼로 그어놓은 듯한 흉한 피부는 그대로 남았다. 요즘은 배우 얼굴에 난 솜털까지도 확대시켜 보여줄 정도로 높은 해상도의 스크린을 사용한다. 흉악배의 얼굴에 난 칼자국 같은 흉터가 생긴 정아의 피부는 배우나 탤런트로서 결격 사유가 될 것이 뻔했다. 퇴원 후 꿈이 사라진 정아는 어긋나기 시작했고 심한 우울증 증세까지 보였다. 며칠 전에는 칼로 손목을 긋기까지 했다. 다행히 일찍이 발견해 목숨은 건졌지만 그 이후로도 정아는 "죽고 싶어."라는 말을 입에 달고 살았다. 망가질 대로 망가진 손녀 정아가 제일 불쌍하지만 그것을 지켜보고 그 소식을 듣는 딸 가족과 윤진수에게도 지옥이 따로 없었다.

그는 몇 차례 수술을 더 받으면 흉터가 옅어질 수도 있을 거라며 낙

심한 정아와 딸에게 위로의 말을 건넸지만 소용없었다. 윤진수가 방문할 때마다 정아는 예전에 그렇게 애교 부리던 모습은 간데없고 대놓고 윤진수를 외면했다. 그러는 가운데도 윤진수는 정아를 문 라산을 어쩌지 못하고 있었다.

어제 마신 술 때문에 일찍 잠이 들었다가 새벽녘에 잠에서 깬 윤진수의 휴대폰에 문자 한 통이 와 있었다. 핸드폰 액정 아래쪽 바탕 화면의 문자 아이콘에 '1'이라는 숫자가 떠 있었다. 그는 천장을 바라보며 누운 채로 핸드폰 문자를 열었다. 딸 아림이 보낸 것이었다. 새벽 1시 30분에 보낸 문자였다. 신새벽에 잠도 자지 않고 문자를 보내다니……. 윤진수는 벌렁거리는 가슴을 누르며 문자를 읽어 내려갔다. 문자는 장문(長文)이었다.

아빠, 저 아림이에요. 정아를 문 사냥개는 처리하셨나요? 설마 손녀의 인생을 절단 낸 개를 그냥 두시지는 않았겠지요. 아무 처리도 안 했다면 아빠는 사람도 아니에요. 정아를 예뻐하고 귀여워하던 것도 다 위선이었고요. 개를 처리하지 않겠다면 그 대가로 저희 가족은 아빠와 인연을 끊을 거예요. 아빠는 제가 클 때도 뭐든 마음대로 하셔서 엄마와 저를 무척이나 힘들게 하셨지요. 지금 정아는 심한 우울증으로 자살을 두 번이나 시도했어요. 단란했던 저희 가족은 아빠 때문에 풍비박산이 나기 직전이에요. 최 서방도 매일 술에 만취되어서 새벽에 귀가하고… 하루하루가 저에게는 지옥이에요. 어떡하실래요?

딸 아림의 문자는 차분했지만 그 내용은 개를 안락사시키지 않으면 부모 자식 간의 연을 끊겠다는 폭탄선언이었다. 아림은 클 때도 그랬지만 맺고 끊는 것이 분명한 성격이어서 충분히 그럴 수 있는 아이였다. 윤진수는 캄캄한 어둠을 더듬어 머리맡에 있는 협탁 서랍을 열었다. 그는 끊었던 담배를 찾아 피워 물었다. 담배 연기가 어둠 속에서 머리를 풀어헤친 유령처럼 하얀 춤을 추며 위로 올라갔다. 그는 휴대폰을 껐다. 그리고 일어나 전등을 켠 뒤 책장 사이에 놓인 위스키를 사이다 컵에 가득 따라서 단숨에 마셨다. 몸 안에 있던 용암이 분출되는 것 같은 뜨거운 열기가 훅, 하고 얼굴 쪽으로 올라왔다. 그는 다시 침대에 누워 이불을 머리끝까지 끌어올렸다. 아침 태양이 떠오를 때까지 아무것도 생각하기 싫었다.

윤진수와 딸 아림 사이에는 해묵은 감정이 하나 있었다. 그것은 딸에 대한 윤진수의 감정이 아니라, 아빠에 대한 딸의 나쁜 감정이었다.

아림이 중학생 때였다. 주방 식탁에서 부부싸움 끝에 화를 억누르지 못한 윤진수가 한 모금 마시고 놓아둔 도자기 커피 잔을 벽을 향해 던졌다. 마침 아림이 아침을 먹으려고 주방으로 들어섰고 벽에 부딪혀 산산조각이 난 커피 잔 사금파리 하나가 아림의 왼쪽 볼에 정통으로 맞았다. 사금파리는 아림의 연한 피부 조직을 뚫었고 아림은 흉터를 없애기 위해 수술을 받아야 했다. 아내는 딸을 붙잡고 울음을 터뜨리고 이 사건 하나로 평생 집 안에서 큰소리 한 번 낸 적 없는 윤진수는 딸과 멀어지게 되었다.

그날 이후로 아림이 아빠 윤진수에게 먼저 말을 거는 경우가 없었다. 윤진수의 묻는 말에 어떤 대답도 하지 않았다. 윤진수가 다가가려 하면 할수록 아림은 그 거리만큼 뒤로 물러섰다. 잘못을 인정하고 아내와 딸에게 용서를 구했지만 사과를 받아준 아내와 달리 딸 아림은 윤진수의 행위를 결코 용서하지 않았다. 부부싸움 끝에 커피 잔을 벽에 던져 깨뜨린 것을 가족에게 공포를 불러일으키는 폭력 행위로 본 것이었다. 마침 그때 주방으로 들어선 아림이 날카로운 사금파리에 맞아 얼굴을 다친 것도 사과를 받아줄 마음이 생기지 않는 데 큰 몫을 했다. 폭력 행위로 딸의 얼굴을 크게 다쳐 수술하게 한 아빠! 그 일로 윤진수에게 '폭력 아빠'라는 프레임이 씌어졌다.

두 사람이 대화를 트기 시작한 것은 아림이 결혼할 남자친구를 집에 데려온 날부터였다. 결혼할 남자 앞에서까지 아빠와 딸이 말을 하지 않는 것은 아림에게도 힘들었던 모양이었다. 그렇게 매년 조금씩 말을 트다가 손자 손녀가 태어나고 자라면서부터 적어도 겉으로는 아무런 문제가 없는 부녀처럼 보였다. 이 와중에 개가 손녀 정아를 물면서부터 윤진수를 대하는 딸의 태도가 달라지기 시작했다. 아림은 개가 손녀를 문 것을 윤진수의 과거와 연결시키는 듯한 문자를 보내곤 했다. 딸이 보낸 문자는 늘 윤진수가 벽에 커피 잔을 던져 아림의 얼굴을 다치게 한 그날의 폭력성과 에둘러서 연결돼 있었다.

라산은 생후 1년이 지나면서부터 조금씩 시베리아 사냥개로서 야성적인 모습을 갖추었다. 떡 벌어진 가슴과 굵은 앞다리와 발, 목둘레를 감싼 겉털과 속털의 이중모, 삐죽삐죽 광대뼈 부근에 길게 솟구친

검정 색깔의 털. 위험해서 일반적인 개에게는 주지 않는, 날카로운 닭 뼈를 와작와작 뼈째 씹어버리는 포식자로서의 날선 송곳니. 조리하지 않은 날것의 육고기를 즐기는 식성 등 보통의 집개와는 완전히 다른 모습이었다.

이 개를 어떻게 해야 하나? 윤진수는 나날이 라산과 정이 들고 마음을 뺏기고 있었다. 한편으로 그는 딸 아림의 문자와 망가진 손녀 얼굴이 마음에 걸려 개의 머리를 쓰다듬다가도 흠칫 놀라 손을 떼곤 했다. 라산을 안락사시키지 않으면 부모 자식 간의 인연을 끊겠다고 통보한 딸. 라산에게 물린 얼굴의 흉측한 흉터 때문에 배우로서의 꿈을 포기하고 두 번이나 자살을 시도한 손녀 정아. 극도의 분노를 표출하며 장인 윤진수에게 등을 돌려버린 사위. 이런 고통스러운 나날이 여름을 지나 초가을까지 계속되었다. 마음고생 때문에 윤진수는 살이 5킬로그램이나 빠져 얼굴 피부가 검게 변하고 광대뼈가 튀어나왔다.

집 주위를 둘러싼 은행나무 잎이 노랗게 물들기 시작한 어느 날이었다. 점심 무렵 식탁 위에 얹어놓은 휴대폰이 울렸다. 액정 화면에 '소나무농장 사장'이라는 문자가 떴다.

"배철숩니다."

"아 예, 배 사장님, 오랜만입니다."

"다음 달 초에 멧돼지 사냥에 따라가시겠습니까?"

"예?"

윤진수의 놀란 목소리가 휴대폰 속으로 빨려 들어갔다.

"원, 놀라시긴요. 사냥 한 번 가자는데……."

배철수는 사냥을 함께 가자는 이야기를 친구 사이에 소주 한잔하자는 것 같은 무덤덤한 말투로 이야기했다. 멧돼지 사냥이라니? '사냥'의 '사' 자도 모르는 자신에게 겨우 1년짜리 어린 라이카를 데리고 사냥에 따라가자는 것은 무슨 뜻일까? 송아지만 한 멧돼지를 보고 놀라 까무러치는 나를 놀리고 싶은 것일까? 윤진수는 가겠다는 말도 못 하고 그렇다고 안 가겠다고 하자니 겁쟁이라는 말을 들을까 봐 거절도 못 하고 우물쭈물했다.

"생각해보시고 따라가고픈 마음이 있으면 내일까지 연락해주세요. 안 내키는데 억지로 따라갈 필요는 없으시고. 하하."

배철수는 사내다운 호쾌한 웃음을 흘리며 전화를 끊었다. 나를 떠보는 건가? 지금은 힘없는 노인이지만 이래 봬도 젊을 땐 특전사 장교 출신인데. 윤진수는 지갑을 꺼내 제9공수부대에서 ROTC로 군 생활할 때 부하들과 찍은 빛바랜 사진을 꺼냈다. 공수특전사의 상징인 검은 베레모를 쓴 26세의 늠름한 사내가 사진 속에서 이빨을 드러낸 채 활짝 웃고 있었다. 하얀 이빨이 검게 그을린 얼굴과 대비되어 그를 더 강인하고 타고난 군인처럼 보이게 했다. 사진 속에서 윤진수 중위는 그의 부하들로 보이는 군인과 함께 모두 상의를 탈의한 채 알몸으로 사진을 찍었다. 윤 중위와 나란히 서 있는 군인들은 사각형의 두툼한 대흉근, 목에서부터 양어깨 쪽으로 완만한 기울기를 만들며 뻗어 나간 승모근, 식스팩의 복근을 자랑하고 있었다.

대학에 재학하던 중에 학생군사교육단(ROTC)을 통해 졸업 후 군 복무를 시작한 윤진수는 휴전선 인근 전방 사단과 특전사 복무를 끝으로 군대 생활을 마쳤다. 공수특전사 장교로 국방 의무를 마쳤다는 것은 윤진수의 뿌듯한 자부심이었다. 그래, 그깟 사냥 따위에 겁먹을 내가 아니지. 그는 배철수에게 전화를 걸어 사냥에 동행하겠다고 했다.

산속의 집에는 어둠이 금세 찾아왔다. 윤진수는 저녁 식사를 하는 동안 스탠드 전등만 켠 채 천장의 불을 켜지 않았다. 마당 뒤편에 매어 놓은 라산이 컹컹거리며 짖는 소리가 들렸다. 그는 어둠 속에서 바지를 입은 채로 침대 위에 몸을 뉘었다. 똑바로 누워 그 자세 그대로 십여 분 동안 천장을 바라보았다. 몇 번 베개의 앞뒤와 상하를 뒤집어 바꾸고 이불을 가슴께로 끌어올려 몸을 덮었다. 그는 천장을 올려다보는 자세를 바꾸지 않은 채 그대로 눈만 감았다. 주위에 아무도 없다. 아내도, 자식도, 친구도, 이웃도…… 그는 잠이 들었다.

그는 20대 특전사 군인의 모습으로 부하들과 함께 열린 비행기 뒷문 쪽에 서 있었다. 부하들이 두 팔을 벌리고 캄캄한 허공에 차례로 몸을 던졌다. 윤진수의 차례였다. 어찌된 일인지 그는 뛰어내리지 않고 비행기 뒷문에서 안쪽으로 뒷걸음질 쳤다. 윤진수의 뒤에서 낙하 순서를 기다리던 동료 특전대원들이 야유를 보냈다. 그중 일부는 손가락질을 하며 그에게 경멸을 보냈다.

"저런 겁쟁이가 특전사 장교라고?"

꿈속에서 그는 "아니야, 아니야!"라고 소리를 질렀던 것 같았고, 잠에서 깨자 온몸이 식은땀에 젖어 축축했다. 윤진수는 몸을 한 번 부르르 떨었다. 이불 바깥으로 나오자 오소소 소름도 돋았다. 그는 침대에서 일어나 어떤 목적지를 향하듯 책상 쪽으로 걸어갔다. 그리고 스탠드의 전원 스위치를 켜고 책상 모서리에 유령처럼 쪼그려 앉아 있는 검은색 전동 타자기를 가슴 가까이 당겼다.

"마감이 한 달밖에 남지 않았어."

마음 같아선 순식간에 어떤 글이든 써 내려갈 수 있을 것 같은데 몸이 반응하지 않았다. 타자기에 걸린 종이를 물끄러미 내려다보면서 윤진수는 한참 동안 가만히 앉아 있었다. 삶이 지루했다.

윤진수는 현관문을 열고 밖으로 나왔다. 마당을 향해 손전등을 비추자 캄캄한 마당에 불빛에 반사된 늦가을의 여린 빗방울들이 추적추적 떨어지고 있는 것이 보였다. 윤진수는 우산도 쓰지 않은 채 전등을 비추며 뒷마당으로 걸어갔다. 강한 불빛에 놀랐는지 새 한 마리가 푸드덕거리며 앉아 있던 나무에서 다른 나무로 자리를 옮겼다. 나뭇잎에 가려 새의 모습은 보이지 않았지만 윤진수는 구슬픈 울음소리만으로 그 새가 멧비둘기라는 것을 알아차렸다. 그는 숲을 향하던 불빛을 마당으로 잡아당겼다. 손전등의 불빛이 도달한 끝자락에 두 개의 녹색 인광이 반짝거렸다. 비 오는 캄캄한 어둠 속에서 인광은 전등 불빛을 따라 움직였다. 라산이었다. 개는 비를 맞으며 제 집 앞에 엎드려 있었다. 윤진수가 집에서 나올 때부터 지켜보고 있었다는 것을 느낄 수 있었다.

안 잤니? 윤진수가 다가가자 라산은 그제야 몸을 일으켜 세우고는 앞발을 그의 몸통에 얹고 꼬리를 흔들었다. 마음만 먹으면 개 한 마리쯤 해치우는 것은 전혀 문제가 없다. 특전사의 주임무가 적군 주요 산업시설 파괴와 적의 주요 인물을 암살하는 것이기에 윤진수는 군 생활하는 동안 총뿐 아니라 특수부대용 칼로 단칼에 적을 죽이는 훈련을 수없이 받았다. 그는 제대할 때 특수 제작된 군용 검을 몰래 가지고 나왔다. 미국 인기영화 〈람보〉의 주인공 실베스터 스탤론이 사용해서 소위 '람보칼'로 불리는 단검이다. 영화의 주인공인 람보는 전직 특수부대원이었다. 이 특수 칼로 나무토막을 내리치면 두 동강 나고, 웬만한 철판도 쉽게 잘라낼 수 있다. 그러니 노인이 마음만 먹으면 안락사 따위에 기댈 필요가 없었다. 정아의 얼굴을 망쳐놓은 책임을 물어 라산의 목을 따는 것은 쉬운 일이었다. 람보칼로 개의 목을 내리치면 개는 고통을 느낄 새도 없이 금방 절명할 것이다.

"비 온다. 그만 집에 들어가."

윤진수는 개의 목덜미를 쓰다듬으며 부드럽게 말했다.

윤진수가 배철수와 사냥에 동행한 날은 올해 사냥 시즌이 시작된 첫날이었다. 11월 1일부터 2월 28일까지의 4개월이 정부가 엽사에게 사냥을 허락한 기간이었다. 청와대 게시판에까지 아프리카돼지열병과 멧돼지에 의한 농작물 피해에 대한 민원이 빗발치자 정부가 긴급 조치를 내렸다. 예년보다 보름 일찍 강원도 일대에 총기를 이용한 멧돼지 포획을 허용한 것이다. 사냥 지역은 특별한 일이 없는 한 매년 전국을 차례대로 돌아가게 되어 있었다. 그렇게 하지 않으면 반복되는 사냥으로 특정 지역의 동물이 멸종될 수 있기 때문이었다. 정부는 감염 멧돼지 폐사체가 발견된 강원도를 감염 위험 지역으로 공포하고 사체 발견 지점 8킬로미터 이내는 감염 지역, 30킬로미터 이내는 위험 지역, 300킬로미터 이내는 집중 사냥 지역으로 각각 구분하였다. 배철수와 윤진수가 오늘 사냥할 횡성군은 멧돼지 폐사체가 발견된 지역으로부터 약 110킬로미터 떨어진 사냥 집중 지역에 속했다. 위험을 무릅쓴 엽사에 대한 보상으로 마리당 20만 원의 포획 보상금도 지급한다고 했다.

"목숨을 걸어야 하는 멧돼지 사냥인데 껌 값도 아니고 마리당 이십만 원이 뭐야! 개가 죽거나 다치는 일도 나반산네 날이야. 사냥개 한 마리 제대로 키우려면 이백만 원도 더 들어갑니다. ……씨팔."

배철수는 횡성이 가까워지자 평소와는 달리 말투가 사납게 변했다.

"총은 가지고 왔수?"

"구입한 총은 가지고 왔지만 아직 수렵 면허가 없어서."

윤진수는 고개를 돌려 뒷좌석에 놓아둔 엽총을 돌아다보았다. 윤진수는 총 쏘는 것과 칼 다루기에는 자신이 있었다. 하지만 마음대로 되는 것은 아니었다. 총기를 사용해 멧돼지를 포획하려면 1종 수렵 면허가 있어야 했다. 보통 지자체에서 상하반기로 나누어 1년에 두 차례 수렵 면허 시험을 실시했다. 사냥꾼이 되는 일은 생각보다 까다로웠다. 수렵 면허 시험 합격자는 법에 정해진 수렵 강습을 받아야 하며 강습을 마쳐야 비로소 수렵 면허가 허가되었다. 정부가 매년 수렵 지역과 수렵 기간을 지정하면 수렵 면허 소지자들, 소위 사냥꾼들은 개를 풀고 총기를 이용해 멧돼지를 사냥한다. 이때도 총기 사고를 우려해 일몰 후부터 일출 전까지는 사냥을 불허하는 지자체도 있어 멧돼지 사냥은 까다로운 조건을 충족시켜야 했다. 한마디로 멧 엽사라는 명칭은 사냥 전문가를 의미하는 것으로 사냥개와 총은 있지만 아직 면허가 없는 윤진수는 사냥꾼 축에 끼지 못했다.

아침 7시였다. "씨팔, 늦었네." 손목시계를 보던 배철수는 차 속도를 높였다. 왕복 이차선의 좁은 시골 국도로 들어섰는데도 속도 게이지가 110킬로미터를 휙휙 넘어갔다. 그는 긴장감 때문인지 말끝마다 쌍욕이었다. 반면 한번도 사냥을 해본 적이 없는 윤진수는 느긋하였다. 백여 미터 앞에 검은 쇠기둥에 달린 도로 표지판이 횡성까지 9킬로미터가 남았음을 알려주고 있었다.

"천천히 갑시다. 속도를 안 높여도 십 분 안에 도착할 수 있겠소."

멀리 겹쳐진 산들 사이로 태양이 고개를 내밀고 있었다.

"해가 뜨거워지면 돼지들이 모두 숲속에 숨어서 보이지 않는단 말입니다. 일곱 시 반까지는 썰개를 풀어야 해요!"

"썰개?"

"멧돼지를 추적 수색하는 개를 썰개라 해요. 일종의 리드견이지요. 썰개가 멧돼지를 추적, 발견하면 뒷개(싸움개, 물어빵)가 포위하고 개 목에 달린 GPS 장치의 신호를 보고 뒤따르던 엽사가 총으로 쏴 죽이지요."

경력 25년의 베테랑 엽사인 배철수는 차가 횡성에 도착할 때까지 사냥 무훈담을 쉴 새 없이 풀어댔다. 윤진수는 별다른 반응 없이 듣기만 했다.

배철수가 모는 차가 마침내 오늘 멧돼지 사냥을 시작할 해발 500여 미터쯤 돼 보이는 태악산의 산 중턱에 도착했다. 바퀴에 흙을 잔뜩 묻힌 몇 대의 SUV 차량이 트렁크를 열어놓은 채 좁은 경사로에 주차되어 있었다. 일찍 도착한 엽사들은 이미 멧돼지 추적을 시작한 것 같았다. 윤진수가 차 창문을 열자 산에서 불어온 매서운 바람이 목덜미를 파고들었다. 허, 어제까지만 해도 가을이었는데……. 어깨를 한 번 들썩인 뒤 그는 검정 폴라티를 목 위로 끌어올렸다.

"강원도는 11월이면 초겨울이에요. 괴산보다 기온이 삼사 도쯤 낮을걸요."

배철수가 차 트렁크를 열고 2층으로 특수 제작된 여섯 개짜리 개 철창 문을 차례로 열었다. 문이 열리자마자 라산을 닮은 개 세 마리와 귀가 처진 핏불테리어와 라이카의 믹스견 개 두 마리가 철창에서 바닥으로 뛰어내렸다.

"라이카들은 대체로 왈왈이들이지요. 왈왈이는 멧돼지가 도망 못가게 길을 막고 계속 짖어서 주인을 부르는 개입니다. 개에 따라 다르긴 하지만 보통 멧돼지에 이빨을 들이대지는 않지요."

"그럼 아까 말씀하신 썰개는요?"

"아, 썰개요? 썰개는 멧돼지를 추적하는 리드견이지만 일단 목표물을 발견하면 이빨을 들이대고 상처를 입혀가며 사냥물을 돌려 세웁니다. 잘못하면 칼날 같은 멧돼지 송곳니에 찔려 죽기도 합니다. 그래서 썰개는 무턱대고 이빨을 들이대지 않고, 소위 치고 빠지는 개가 좋은 썰갭니다. 아시겠어요? 그래서 유능한 썰개는 멧돼지에게 마구 들이대다간 죽기 십상이라는 것을 본능적으로 알고 있어야 합니다. 멧돼지를 물어뜯는 개는 이쪽 용어로 '물어빵'이라고 하는 뒷개들이 맡지요."

배철수가 개의 목에 GPS를 채우며 알은체를 했다. 트렁크에서 마지막으로 뛰어내린 라산은 어리둥절한 눈빛으로 꼬리를 흔들며 윤진수의 주위를 맴돌았다.

"제가 분양해드린 개가 이놈이군요. 아직 경험이 없어 사냥에 써먹기는 힘들 것 같은데…… 훈련도 안 되어 있고."

"어떤 사냥개든 다 처음이 있을 것 아니겠소. 여기까지 왔는데 구경만 하고 돌아갈 순 없으니 내 개도 사냥에 참가시켜주시오."

윤진수가 단호하게 말했다. 배철수가 멈칫거렸다.

"좋습니다. 하지만 개가 죽거나 다치는 것을 염두에 두고 신중하게 결정하십시오."

"난 결정하지 않고 먼저 말하는 사람이 아니오."

그때 라산이 귀를 납작하게 뒤로 붙였다. 흉포한 멧돼지 사냥에 대한 어떤 걱정과 불안감이 느껴진 걸까? 하지만 꼬리는 힘차게 위로 말려 올라갔다. 저것은 자신감의 표현이다. 윤진수의 결심이 확고해졌다.

"어떤 일이 벌어져도 모두 내가 책임지겠소. 평생을 그렇게 살았소. 나와 라산이 오늘 사냥에 참가하겠소."

"좋습니다. 한번 해봅시다."

배철수가 사냥개들에게 멧돼지 이빨 보호용 조끼를 입혔다. 라산에게까지 돌아갈 조끼는 없었다. 그가 허리를 굽힌 채로 방한용 털모자를 귀밑까지 끌어내렸다. 흙먼지를 동반한 산바람이 칼날처럼 이들의 몸 사이를 벴다.

"가자!"

배철수의 짧은 구령이 떨어지자 바둑무늬 라이카를 선두로 개들이 숲으로 뛰어들기 시작했다. 라산도 사냥개들을 따라갔다. 라산이 여섯 마리 개들 중 세 번째로 달리는 것이 보였다.

멧돼지를 뒤쫓는 사냥개를 따라가는 길은 등산로가 아니었다. 배철수가 몸으로 길을 만들며 앞장을 섰다. 개들을 따라간 수풀 길은 가팔랐다. 제멋대로 얽힌 빽빽한 나뭇가지들과 가시덤불이 윤진수의 얼굴을 찔렀다. 흙 위로 튀어나온 돌부리와 나무뿌리들이 발에 채어 앞으로 꼬꾸라지길 반복했다. 신발은 흙투성이가 되었고 바지에는 흙과 도깨비풀이 잔뜩 달라붙었다. 계속되는 산비탈에 윤진수는 숨이 차올랐다. 그때 배철수가 자세를 낮추었다. 그가 오른쪽 검지로 입술을 누르며 소리를 내지 말라는 시늉을 했다. 윤진수에게 손짓으로 오라고 했다. 두 사람은 고개를 숙여 GPS를 들여다보았다. 사냥개의 위치가 52미터 떨어진 산비탈 위쪽을 가리켰다. 개 짖는 소리가 희미하게 들려왔다. 두 사람은 GPS의 화살표가 가리키는 방향을 향해 산을 타고 오르기 시작했다. 전신에서 땀이 비 오듯 흘러내렸다.

개 짖는 소리가 점점 더 커졌다. 멧돼지가 가까이 있다! 윤진수는 직감적으로 멧돼지와의 거리가 10여 미터밖에 떨어져 있지 않다는 것을 알아챘다. 발아래 계곡 쪽에 덤불이 보였다. 사냥개들이 덤불을 에워싼 채 맹렬히 짖고 있었다. 개들은 덤불을 향해 주둥이를 들이밀었다가 뒤로 물러서기를 반복하고 있었다.

"오늘은 운이 좋구나! 목포수도 없이 멧돼지를 사냥할 수 있겠네!"

배철수가 사냥개들이 들으라는 듯이 큰 소리로 외쳤다. 목포수란 길목을 지키고 있다가 사냥감이 다가오면 총을 쏘는 사냥꾼을 말함이었다. 주인의 목소리를 알아들은 개들은 자신감이 충만해 더 맹렬히 짖고 멧돼지를 향해 더 거칠게 입질을 하기 시작했다. 그 개 무리 속에 라산이 보였다. 라산은 목표물을 향해 한 치의 물러섬도 없었다. 그 입질이 사냥을 처음 해보는 개라고는 믿어지지 않을 만큼 용맹해 보였다. 배철수가 엽총에 탄환을 장전했다. 윤진수가 덤불을 피해 아래로 내려갔다. 계곡에 발을 디디자 3미터가량 떨어진 덤불 속에서 짙은 회색의 기다란 주둥이를 개들을 향해 들이민 괴물이 버티고 있는 것이 보였다. 주둥이 양옆으로 날카로운 어금니가 하얗게 튀어나와 있었다.

"야, 수놈이구나! 이백오십 근은 되겠네! 저 송곳니에 들이받히면 개들은 다리가 부러지거나 내장이 흘러나옵니다. 그 정도 부상을 입으면 죽거나 병신이 됩니다."

250근이면 몸무게 150킬로그램이다. 아프리카 암사자만큼 큰 놈이었다.

"무서운 놈이군요."

"내가 분양해준 라이카는 아직 일 년생인데 겁이 없군요."

"너무 겁이 없어서 부상이 걱정됩니다."

"걱정 마세요, 바로 총을 쏠 테니까요. 저 개 처음치고는 합격점을 줄 만합니다."

뒷다리를 물린 멧돼지가 잠시 쓰러지더니 다시 몸을 일으켰다. 배철수를 흘깃 쳐다본 다섯 마리의 사냥개들이 멧돼지에게 한꺼번에 덤벼들어 마구 물어뜯었다. 멧돼지와 개들은 금세 피투성이가 되었다. 라산의 얼굴과 가슴도 피범벅이 되어 있었다. 아직까지 멧돼지는 전투 능력을 잃지 않았다. 날카로운 눈빛이 살아 있었다. 조심하지 않으면 개와 사냥꾼은 언제 부상을 당할지도 모를 일이었다. 배철수가 고함을 질러 개들의 공격을 멈추게 한 뒤 4미디쯤 떨어진 거리에서 멧돼지를 향해 총을 겨누었다.

탕.

한 발의 건조한 총성이 산속에 울려 퍼졌다. 돼지는 멀쩡했다. 오히려 코와 송곳니로 무방비의 앞쪽 개들을 들이받았다. 멧돼지의 공격을 받은 라이카와 불테리어 잡종견이 공중으로 들어 올려졌다가 땅으로 떨어졌다. 그중 한 마리의 복부에서 비질비질 내장이 흘러나왔다. 총알이 돼지의 급소를 맞추지 못한 것이다. 총알을 정통으로 맞지 않은 거대 멧돼지는 더 흉포해졌고, 위험을 알아차린 사냥개들이 입질을 멈추고 뒷걸음질 쳤다. 부상 당한 두 마리의 개들을 제외한 네 마리의 개들은 멧돼지를 포위한 채 맹렬하게 짖기만 했다. 기가 꺾인 것 같았다. 멧돼지가 개들을 밀치며 덤불에서 빠져나오려고 하는 것이 보였다. 이대로라면 멧돼지를 놓친다. 배철수는 멧돼지를 둘러싼 채 좌우로 움직이는 개들 때문에 조준하기를 힘들어했다.

그때였다. 라산이 조용하게 뒤쪽으로 돌아가더니 멧돼지가 도망치지 못하게 뒷발을 깨물었다. 멧돼지가 몸을 돌려 라산을 들이받으려

하자 라산은 재빨리 같은 방향으로 돌면서 짐승의 공격을 피했다. 그러기를 수차례, 라산은 멧돼지의 공격을 피하며 오른쪽 뒷다리만 집중적으로 공격했다. 라산의 입과 멧돼지의 뒷다리에 피가 흥건했다. 공격할 동안 라산의 귀와 꼬리가 빳빳했고 살기가 가득한 눈빛에 등의 털은 바늘처럼 위로 솟구쳐 있었다. 경험이 많은 네 마리의 개들은 멧돼지와 일정한 거리를 유지한 채 엽사가 총을 쏠 때까지 도망치지 못하게만 했다. 라산만 뒷개처럼 멧돼지의 주위를 빙빙 돌며 빈틈이 보이면 입질을 계속했다. "저러다가 죽지." 배철수가 중얼거렸다. 250근이나 되는 거대 수컷 멧돼지에 제대로 들이받히면 체중 30킬로그램 남짓한 사냥개는 살아남을 수 없었다. 운이 좋으면 중상 정도였고 다친 사냥개는 부상에서 회복되어도 더 이상 사냥개로서의 능력을 잃어버린다. 배철수의 말에 의하면 극도의 고통과 공포를 맛본 개는 더 이상 멧돼지에 가까이 접근하는 것을 두려워하게 된다는 것이었다. 사람으로 치면 트라우마와 같은 것이었다.

덤불에서 빠져나오려고 하는 멧돼지를 막아서는 사냥개는 라산밖에 없었다. 부상 당한 두 마리의 개와 기세가 꺾인 듯한 나머지 세 마리의 개들은 사방으로 흩어져 더 이상 멧돼지의 적수가 되지 못했다. 멧돼지가 주둥이를 휘두르며 폭 1미터 정도의 퇴로를 만들었고, 퇴로를 막아선 라산을 들이받았다. 라산이 나뒹굴어졌다. 옆으로 쓰러진 개의 오른쪽 앞다리 아랫부분이 꺾였다. 다리가 부러진 것 같았다. 개는 일어서려고 했지만 그때마다 다리가 접혀 다시 쓰러졌다. 멧돼지가 주둥이를 쳐들고 사냥개들의 빈틈을 뚫더니 재빠르게 산비탈로 도망치려고 했다. 사냥개들이 놀라 사방으로 흩어졌다. 뒤로 물러난 어떤 사냥개는 허공을 향해 짖었고 어떤 사냥개는 고개를 숙여 흙냄새를 맡는 시늉을 하며 공격 의사가 없음을 나타냈다. 다리가 부러진 라산만 제자리에서 움직이지 않고 이빨을 드러내며 으르렁거리고 있었다. "라산! 피해라! 배 사장! 어서 총을 쏴!" 윤진수의 목소리가 찢어졌다. 라산이 움찔하며 윤진수를 바라보았다.

탕, 탕

배철수가 덤불 위 언덕에서 다시 총을 쏘았다. "내려가서 쏴요!" 윤진수의 미간이 찌푸려졌다. 멧돼지는 이미 반대편 산비탈의 숲속으로 도망쳐버렸다. 배철수가 입맛을 다셨다. 다치지 않은 사냥개 세 마리가 꼬리를 흔들며 배철수의 주위로 몰려들었다. 라산은 덤불 입구에서 옆으로 쓰러진 채 일어나지 않았다.

라산은 중상을 입었다. 부러진 다리는 두 번 수술을 했다. 다리에 깁스를 한 채 괴산의 읍내 동물병원에서 2주 동안 입원을 했는데 수술비 150만 원에 하루 입원비가 5만 원이었다. 수입이 없는 윤진수에게는 큰돈이었다. 60대 초반의 마르고 키 작은 수의사는 퇴원 수속을 밟는 윤진수를 유심히 바라보았다.

"어르신, 나이도 많아 보이는데 개에게 큰돈을 쓰시는 모습이 아름답습니다. 시골에서 나이가 많이 드신 분들은 개에게 사룟값 외에 절대 큰돈을 지출하지 않거든요. 그냥 죽도록 놔두지요."

"이놈은 살아야 할 이유가 있습니다. 갚아야 할 빚이 있어요."

"개가 빚이라뇨?"

"예, 이놈은 큰 빚을 진 개입니다."

"개가 빚이라……."

라산은 눈을 빤히 치켜뜨고 은회색의 철장으로 만든 개 입원실 안에서 엎드려 있었다. 입원하기 전보다 마르고 쌍꺼풀이 굵게 패여 있었다. 수의사는 라산을 꺼내 윤진수에게 건네주었다. 그는 개에게 집에서 가져온 목줄을 채우고 고리에 쇠줄을 걸었다. 라산이 나쁜 기억을 털어버리려는 것처럼 몸을 한 번 부르르 떨었다.

라산의 상처가 아물어갈 때쯤 윤진수는 본격적으로 사냥을 하기 위해 면허 시험을 치렀고 한 번에 합격했다. 그동안 한 달 보름이 지났다. 라산의 송곳니가 더 커졌고 체격은 돌멩이처럼 단단해졌다. 12월도 하순에 이르러 영하 10도가 넘는 날들이 계속되었다. 윤진수는 배철수에게 전화를 걸었다.

"배 사장, 해 넘기지 말고 사냥 한번 떠납시다. 수렵 면허증도 땄고 교육도 이수했어요."

"축하합니다. 며칠 있으면 크리스마슨데 그전에 떠날 수 있겠습니까?"

"날짜는 당신이 잡으시오."

"그럼 24일에 출발하도록 하죠. 마침 아프리카돼지열병이 남하하기 때문에 경기도에서 멧돼지 포획단을 모집하고 있습니다."

"나도 뉴스에서 봤소. 여주, 양평, 남양주를 최후 보루로 삼고 멧돼지를 포획한다고 합디다."

"그럼 24일 아침 8시까지 제 농장으로 오세요."

"제 개도 데려가고 싶은데요, 괜찮겠소?"

"저야 괜찮지만…… 지난번 사냥 때 많이 다쳐서 멧돼지를 보면 도 망치기 바쁠걸요. 하하."

배철수가 유쾌하게 웃었다. 윤진수의 고집이 어지간하다고 생각한 것 같았다.

"그럼, 모레 새벽에 봅시다."

윤진수는 전화를 끊고 자리에서 일어나 방문을 열고 나갔다. 현관 벽면에 걸린 전신거울 앞에 그는 잠시 멈췄다. 또 다른 세상 속에서 늙 은 노인 한 명이 자신을 뚫어지게 보고 있었다.

윤진수는 얼굴이 말상이었다. 눈썹부터 이마 끝까지의 길이가 턱 부터 눈 아래까지 길이와 거의 비슷했다. 콧대는 섰으나 콧볼이 빈약 했고 입은 일자형으로 웃으면 입술 양 끝이 두 눈의 양 끝과 평행했 다. 턱을 향해 광대뼈 아래쪽으로 티그리스, 유프라테스 강의 물줄기 처럼 아래로 흘러내린 일자 주름이 간격을 두고 두 가닥으로 접혔다. 눈동자는 짙은 갈색이었으며 그 나이 또래의 노인들과 달리 눈꺼풀이 아래로 처지지 않고 귀를 향해 일자로 벋어 있었다. 어깨가 넓었으며 몸은 전체적으로 길고 튼튼해 보였다. 얼굴에 살집이 없어 얼핏 보면 마른 듯했으나 70대 노인이라고는 보기 힘들 만큼 단단한 체격을 갖 고 있었다.

윤진수는 갑자기 야전상의와 턱까지 올라온 회색 폴라티, 체크무 늬 셔츠, 러닝셔츠 순서로 차례차례 윗옷을 벗었다. 알몸의 그는 밑으로 처지긴 했지만 가운데가 갈라진 대흉근, 목에서 어깨로 미끄러지는 삼각주 모양의 승모근, 적당히 볼륨이 잡힌 이두근과 삼두근 등 나름의 근육을 갖고 있었다. 키가 1미터 80센티미터쯤 되었으니 그 나이의 노인치고는 큰 키에 속했다. 그가 알 듯 말 듯한 미소를 지었다.

윤진수는 옷을 다시 입고 사냥개가 묶여 있는 뒷마당으로 향했다. 그는 독일 병사들처럼 각진 걸음걸이로 걷다가 멈춰 섰다. 그는 한동안 아무 말 없이 12월 하순의 꽁꽁 얼어붙은 하늘에서 별자리를 찾는 듯 눈동자를 이리저리 움직였다. 캄캄한 밤하늘을 배경으로 그의 눈 가까운 곳에 별들이 보석처럼 박혀 있었다. 더 먼 밤하늘에는 오리온 별자리가 눈에 잡혔다. 윤진수는 하늘에서 눈을 떼며 지금은 밤 10시가 넘었을 거라고 생각했다. 그때 현관 처마 밑 외등 불빛에 하얀 벌레들이 떼 지어 반짝거리며 날아다니기 시작했다. 흰 벌레들은 천천히 또 빠른 속도로 위아래와 좌우로 움직였다. 윤진수의 손등에 내려앉은 차가운 벌레의 감촉이 느껴졌다. 첫눈이었다. 12월 하순에 첫눈이 오다니. 기상이변인지 올해는 첫눈이 반달쯤 늦었다. 그는 손등을 위로 올려 입으로 차가운 벌레를 핥아먹었다. 죽은 아내가 생각났다.

사실 딸 아림은 업둥이였다. 윤진수의 아내는 난소 배란 장애와 자궁근종으로 결혼 7년 동안 임신이 안 되었다. 지금이야 발달된 의술로 치료가 가능한 병이지만 당시만 해도 산부인과 의사는 더 이상 임신을 기대하지 말라고까지 했다. 자식 복이 없다고 아이를 포기하고 있던 어느 겨울날, 중대별 동계훈련에서 전방부대 소대장이던 윤진수의 소대가 산악 행군 부문 1등을 했다. 12월 15일부터 각 분대원들이 차례로 3박 4일의 포상휴가를 받았다. 윤 대위는 2분대와 휴가를 같이 받기로 했다. 2분대는 운 좋게 크리스마스부터 27일까지 휴가를 받았다. 크리스마스를 가족과 함께 보낼 수 있게 된 것이다.

윤진수는 기분이 들떴다. 크리스마스 포상휴가라니! 초인종을 누르면 현관 입구에서 아내가 웃으며 맞아줄 것이다. 오후 내내 차를 갈아타고 아파트 입구에 도착했다 현관 출입문 쪽으로 걸어가는데 눈이 내렸다. 함박눈이었다. 눈발이 목화송이처럼 희고 토실토실했다. 밑에서 올려다본 5층짜리 계단식 주공아파트의 3층 왼쪽에 위치한 그의 집은 캄캄했다. 창문의 불이 꺼져 있었다.

윤진수는 아내를 놀라게 해주고 싶은 짓궂은 마음이 들어 포상휴가를 나간다는 전화를 하지 않았다. 윤진수는 비상계단을 통해 위로 걸어 올라갔다. 계단은 유모차와 자전거, 아이들 장난감이며 장독까지 놓여 있어서 비좁았다. 2층에서 윤진수의 집이 위치한 3층으로 통하는 방화문이 손가락 한 마디쯤 열려 있었다. 계단 층계참에 창문이 있어 보온을 위해 보통 겨울밤에는 방화문이 닫혀 있어야 하는데 누군가 문을 닫지 않았다. 윤진수는 방화문 손잡이를 오른쪽으로 돌렸다. 육중한 철제문이 비명을 질렀다. 늦은 밤이라 그 소리가 더 크게 들렸다. 아, 그리운 내 집. 방화문 오른쪽 302호가 그의 집이었다. 그런데 집 현관문 앞에 희끄무레한 무엇인가 보였다. 당시 주공아파트 복도에는 각층마다 센서등이 아닌 수동식 전원 스위치가 달려 있었다. 스위치를 켜야 복도에 불이 들어오는 구조였다. 누가 선물을 보냈나? 명절도 아닌데, 그럴 일은 없었다.

스위치를 켜고 가까이 가서 들여다본 그것은 라면 상자 크기의 박스 안에 이불에 돌돌 싸인 정체불명의 그 무엇이었다. 솜이불로 상자 내부를 두텁게 싼 박스 안에 아기가 강보에 돌돌 말려 있었다. 이게 뭐야? 윤진수는 현관문 초인종부터 눌렀다. 아내는 현관문을 열다가 그를 보더니 예상치 못한 귀가에 깜짝 놀라 손으로 눈 밑을 문질렀다. 운 흔적이 있었다.

"왜? 무슨 일 있어?"

윤진수가 아내의 손을 잡았다.

"일은 무슨…… 어머, 그런데 이게 뭐야?"

아내는 물기가 묻어 있는 눈 밑을 비비다가 발아래 놓여 있는 아기를 보고 깜짝 놀랐다.

"정말, 이게 뭐야?"

윤진수가 더 놀란 표정을 지었다.

"일단 안으로 들고 가. 복도도 영하야."

거실도 추웠다. 돈을 아낀다고 난방을 하지 않은 것 같았다.

"집이 왜 이래 추워? 한겨울에 난방도 안 해?"

"아기도 없는데 난방을 왜 해. 나 혼자는 전기장판이면 충분해. 근데 연락도 없이 웬일이야?"

"동계훈련에서 우리 소대가 일등 해서 포상휴가 받았어."

"근데 왜 전화도 안 했어? 마누라 바람 피울까 봐 몰래 들이닥친 거야?"

아내가 눈을 흘기고 윤 중위가 웃었다.

"못된 말 한다. 여덟 시에 도착했는데 집 앞 포장마차에서 최 중사와 한잔했어. 그 집 곰장어가 맛있더라. 주인 여자 고향이 전남 함평인데 역시 음식은 전라도야."

윤진수는 벽에 붙은 난방 계기반의 전원 스위치를 켜고 실내온도 25도에 난방 다이얼을 돌려 맞췄다.

"누가 아기를 이 엄동 설한에 버렸을까!"

윤진수의 말을 흘려버린 아내가 혼자 중얼거렸다.

아기가 눈을 잠깐 뜨더니 다시 눈을 감았다. 잠이 깬 듯했지만 울거나 보채지 않았다. 윤 중위의 눈에 그 모습이 너무 예쁘고 사랑스러워 보였다. 아기는 눈을 감은 채 앞으로 펼쳐질 자신의 미래에 대해 생각하고 있는 듯했다.

"얘, 업둥이잖아."

아내가 상자를 안방 전기장판 위에 옮겼다. 그리고 상자 안과 강보 속으로 손을 집어넣어 무엇인가를 찾고 있었다.

"비정해라. 편지도 없네."

"아들이야, 딸이야?"

윤진수가 강보 속으로 손을 집어넣어 아기의 히체 부위를 너듬었다. 손이 허전했다.

"손도 안 씻고 뭐 하는 거야, 빨리 손 빼!"

윤진수의 갑작스러운 행동에 아내가 소리를 꽥 질렀다.

"방금 당신도 그래놓고 왜 나한테만……."

그가 무안한 표정을 지으며 볼멘 소리를 했다.

"난, 엄마잖아."

"엄마라니?"

"여자라고. 그리고 업둥이는 무조건 받아들여야 해."

"생각 좀 해보자."

"생각은 무슨……. 난, 이미 결정했어."

크리스마스 밤 11시 20분, 그렇게 윤진수의 집 앞에 버려진 업둥이는 딸이 되었다. 휴가 마지막 날 이름을 아림으로 짓고 출생신고도 했다. 아기에 대한 인적사항이 없어 생일은 아기를 발견한 12월 25일로 정했다. 아이는 별 탈 없이 무럭무럭 자라주었다. 잘 웃었고 웃을 땐 목젖이 다 보일 정도로 입을 크게 벌렸다. 성격도 발랄하면서 야무졌다. 윤진수는 커가는 딸을 보면서 행복했고, 아이를 거두어준 아내의 결정에 감사했다. 더 이상 아내의 눈 밑에는 눈물 자국이 보이지 않았다.

윤진수는 서재로 돌아와 앉아 타자기로 소설을 쓰기 시작했다. 이번 주 중으로 소설을 마무리 지을 예정이었다. 팔꿈치 오른편에 놓인 재떨이에 피다 만 담배꽁초가 수북이 쌓여 있었다. 담배를 끊어야 하는데 생각하면서도 글이 마음대로 풀리지 않으면 저절로 담뱃갑에 손이 가는 것은 어쩔 수 없었다. 지금 쓰고 있는 소설은 멧돼지 사냥에 관한 이야기였다. 인간과 사냥개와 멧돼지의 삼각 혈투와 생명체들의 실존을 다루고 싶었다.

그는 팔순을 맞이할 생각이 없었다. 홀로 된 70세 노인의 삶은 비루

했다. 그래서 윤진수는 큰 병 없이 일흔다섯 살까지만 살다가 한 달쯤 투병한 뒤 임종을 맞고 싶었다. 아내는 죽었고 자식이라곤 아림밖에 없으므로 사실 임종을 지켜봐줄 사람도 없었다. 그것이 오히려 홀가 분하다는 생각이 들었다. 희망대로라면 이제 살날이 5년 정도 남았다. 지금 살고 있는 시골집은 아림에게 유산으로 물려줄 생각이었다. 아 림만 행복해질 수 있다면 그 어떤 일도 마다하지 않겠다고 생각했다.

7시 40분이었다. 늦었다! 배철수가 8시까지 오라고 했는데…….

씻는 둥 마는 둥 하고 농장에 도착하니 8시 5분이었다. 배철수는 지 난번과는 달리 시간에 대해서 별다른 반응 없이 서두르지 않았다. 전 날 술을 마셨는지 눈알이 충혈되어 있었다. 윤진수는 배철수의 옆자 리에 올라타서 차가 출발하기 전 혹 빠트린 것이 없나 싶어 하나씩 확 인해봤다. 맨 먼저 총. 뒷좌석에 놔두었다. 개. 배철수가 라산을 다른 사냥개와 함께 뒤 트렁크 개집의 위쪽 칸에 태우는 것을 봤다. 람보칼. 오른쪽 종아리를 더듬자 부피감이 느껴진다. 종아리 바깥쪽에 매달려 있다. 총알. 허리에 탄창을 두르고 있다. 위성항법장치. 그것은 배철수 가 준비한다고 했다. 아, 한 가지 깜빡했다. 인터넷으로 구입한 멧돼지 이빨 방지용 개 보호 조끼. 집으로 돌아가기엔 너무 늦었다. 늦잠을 잔 것이 화근이었다. 하지만 윤진수는 금세 마음을 바꿔먹었다. 까짓것, 복부에만 안 받히면 되지.

"출발합시다."

"내일 크리스마스 날 대박 한번 터뜨려봅시다."

배철수가 윤진수를 돌아보며 웃었다.

"내일이라고요? 그럼 오늘은 사냥 안 합니까?"

윤진수의 얼굴에 의아함과 실망스러움이 뒤섞였다.

"연천까지 네 시간은 가야 할 텐데, 오늘은 가볍게 몸만 풀 생각입니다. 오랜만에 한잔한 뒤 모텔에서 푹 자고 내일 새벽에 사냥을 할까 해서요."

평소 술을 즐기는 배철수는 '오랜만에'라는 말에 방점을 찍고 힘 주어 말했다. 그의 '오랜만에'라는 말은 술에 관한 한 최대 삼 일 정도 안 마셨을 때 쓰는 말이었다. 삼 일을 넘은 그 이상의 금주에는 '일 년 만에' 혹은 '지구가 태양을 한 바퀴 돌 동안'과 같은 허풍을 늘어놓았다. 배철수는 자신의 과한 술 습관을 언제나 합리화하는 편이었다. 윤진수야말로 술을 마셔본 지 오래되었다. 아내가 죽은 뒤 자의 반 타의 반으로 술을 마시지 않았으니 단주한 지 엄청 오래되었다. '한창때는 나도 말술이었는데.'

"배 사장 덕분에 오랜만에 나도 술 한 번 마셔볼까요? 하하."

"형님 술배가 만만치 않겠는데요."

배철수가 윤진수를 형님으로 불렀다. 남자들은 퇴직 후 나이가 들면 모두 사장들이다. 마땅한 호칭이 없을 땐 성씨 뒤에 무조건 사장을 갖다 붙인다. 배철수도 지난번까지 윤 사장님이라고 불렀다. 아무렴 어떠랴, 형님이 더 듣기 좋구먼.

"오늘 술값은 이 형님이 내도 되겠소?"

"그럼 이 아우는 황송할 따름입니다."

장단이 척척 맞았다. 유쾌한 기분에 서로 말을 주고받다 보니 배철수가 은근히 귀여운 데가 있었다. 오늘따라 그는 무슨 꿍꿍이속이 있는지 말끝마다 예, 형님 하며 윤진수를 살갑게 대했다. 그의 꿍꿍이속이 무엇이든 간에 쉽게 속을 내가 아니다. 하지만 동시에 '외로운 노후에 이런 이웃 동생 한 명쯤 두는 것도 복이다' 싶은 마음이 뒤따랐다. 두 명의 사냥꾼과 다섯 마리의 사냥개를 실은 승합차가 연천을 향해 내달렸다.

사냥터에 도착하자마자 개를 풀었다. 낮 3시까지 사냥개들은 우왕좌왕했고 멧돼지는 아무런 흔적을 남기지 않았다. 사냥개들을 따라다니느라 배철수와 윤진수는 탈진 상태가 되었다. 처음 사냥개를 풀어놓았을 때 개들은 분명 무슨 냄새를 맡고 계곡을 향해 내달렸다. 경사로에 접어들자 개들은 비탈에 쌓인 상수리나무 낙엽들을 쓸고 내려갔다. 사냥개들이 눈앞에서 사라지고 5분쯤 뒤에 개 짖는 소리가 희미하게 들려왔다.

"멧돼지다!" 배철수가 총알을 장전하고 있는 윤진수를 돌아다보며 소리쳤다. 그런데 개들이 되돌아오고 있었다. 멧돼지를 놓친 것이다. 능선에서 계곡 쪽으로 부는 바람 때문이었다. 얼마나 영리하고 흉악한 놈인지 개 냄새를 맡자마자 포위를 뚫고 산등성이 위로 도망친 것이다. 산 아래쪽이면 쉬운데 죽을힘을 다해 산 정상으로 도망친 놈은 사냥꾼은 물론이고 사냥개들조차 추적하기가 쉽지 않았다. 능선을 타고 다른 산 능선으로 도망치면 그날의 사냥은 포기해야만 했다. 윤진수는 도망친 멧돼지가 산 반대편 인가 쪽으로 내려가 사람을 공격하면 어떻게 하나, 걱정하며 반드시 오늘 중으로 이놈을 잡아야겠다고 결심했다.

두 사냥꾼은 오후 4시까지 멧돼지를 추적했지만 허사였다. 개들도 지쳐 있었다. 당장의 포획에는 실패했지만 느낌이 왔다. 돼지감자를 난폭하게 파먹은 걸로 봐서 사냥개와의 전투 경험이 축적된 수돼지일 거라는 것, 발자국 크기로 봐서 지난번 멧돼지와는 비교도 되지 않을, 350근은 넘을 대물이라는 것, 능선을 타고 다른 산으로 도망친 것이 아니라 능선을 탔다가 순간적으로 낮은 계곡 쪽으로 방향을 선회함으로써 추적에 실패하도록 속임수를 썼다는 것이었다.

"외통수다."

윤진수가 혼잣말로 중얼거렸다.

"형님, 방금 뭐라 하셨소?"

윤진수를 뒤따라오던 배철수가 그의 뒤통수에 대고 물었다. GPS에 나타난 개들의 위치는 분명 150미터쯤 떨어진 계곡 쪽이었다. 윤진수는 군대 시절부터 독도법에 뛰어났기 때문에 GPS항법장치를 보고는 개들이 향하고 있는 목적지가 어느 곳이라는 것을 정확하게 짚어냈다. 방금 전 윤진수가 외통수라고 말한 이유는 개들을 무작정 따라가는 것이 아니라 시간 여유를 가지고 현재 위치에서 U자형으로 꺾여 있는 계곡을 가로질러서 멧돼지를 사냥개 방향으로 모는 방법을 생각해냈기 때문이었다. 계곡에 갇힌 멧돼지는 사냥개들이 추적하는 방향으로 계속 도망치기 때문에 개들이 따라잡기 힘들다. 하지만 U자형으로 구부러진 계곡을 가로지르면 멧돼지를 앞에서 기다릴 수 있다. 사냥꾼 냄새를 맡은 멧돼지는 방향을 틀어 왔던 길로 되돌아 도망치려 들 것이다. 그 방향에 사냥개가 추적해 오고 있는 것이다. 그것이 윤진수가 외통수라고 무릎을 쳤던 이유였다.

계곡을 가로지르는 것은 만만치 않았다. 잎이 다 떨어져 앙상한 나뭇가지들이 무방비로 윤진수의 눈을 할퀴었고 가시나무에 찔린 얼굴에서 피가 흘렀다. 계곡으로 내려가는 길과 위로 올라오는 길은 급경사였다. 배철수가 계곡을 내려가다가 발을 헛디뎌 데굴데굴 굴렀다. 그는 절뚝거리며 간신히 몸을 일으켰다. 발이 접질린 것 같았다. 그 상태로는 더 이상의 사냥이 불가능했다. 오후 5시의 겨울 산은 바람이 드세지더니 어둠이 야금야금 발밑을 갉기 시작했다. 윤진수는 사냥을 포기했다. 그는 손전등을 비추며 배철수를 부축하여 산을 내려올 준비를 했다. '너, 이놈 내일 반드시 너를 잡으리라.'

배철수가 입을 모아서 호각을 불었다. 잠시 뒤 수풀을 헤치고 지친 개들이 한 마리씩 모습을 드러냈다. 개들을 태우고 읍내로 향했다. 브레이크를 밟을 때마다 배철수의 입에서 신음 소리가 새어 나왔다. 접질린 발목 때문이었다. 저녁 먹을 시간이 훨씬 지났지만 윤진수는 배고프지 않았다. 술 생각만 났다. 배철수도 같은 기분인 모양이었다. 그들은 읍내의 주점으로 향했다.

새벽 5시, 윤진수가 일어났다. 두 사람은 어젯밤 만취하여 11시쯤 모텔에 들어오자마자 불도 끄지 않은 채 이불 위에 쓰러져 잠이 들었다. 일어나 보니 양말 한 짝은 침대에, 나머지 한 짝은 침대 아래 떨어져 있었다. 배철수는 양말을 신은 채 머리를 이불 위에 처박고 코를 골고 있었다.

윤진수는 가방을 열어 200자 원고지 뭉치와 지우개가 달린 연필을 꺼냈다. 어제 멧돼지를 잡지 못했지만 오늘은 지금 쓰고 있는 「멧돼지 사냥기」의 마무리를 할 생각이었다. 처음 계획대로라면 멧돼지를 포획하는 장면으로 소설의 마무리를 지을 계획이었는데 멧돼지를 못 잡았으니 그냥 상상만으로 소설의 끝을 써나가기로 했다. 지금이 새벽 5시니 앞으로 두세 시간쯤 소설을 쓸 시간적 여유가 있다. 배철수를 깨울 아침 7시에는 소설 한 편이 완성되어 있을 것이다.

어젯밤 난방 스위치를 누르지 않고서 잠이 들어서 방 안 공기가 싸늘했다. 그는 냉장고에서 캔커피 하나를 꺼내 와 뚜껑을 땄다. 캔을 쥔 손바닥에 섬뜩할 정도의 찬 기운이 전해졌다. 고개를 반쯤 젖히며 한 모금을 마셨다. 차가운 커피가 식도를 타고 위장으로 내려갔다. 술기운 때문에 아직 더운 몸의 내부에 여름날 등목을 할 때처럼 싸한 느낌이 훑고 지나갔다.

윤진수는 천장의 불빛을 등 뒤로 흘려보내는 구부정한 자세로 테이블 위에 앉았다. 빈 원고지가 망망대해처럼 그의 눈앞에 펼쳐져 있었다. 윤진수는 소설을 대화체로 시작해야겠다고 생각하며 쥐고 있는 연필에 힘을 주었다. 그는 마지막 단락의 첫 문장을 쓰기 시작했다.

"라산, 물러서! 라산 물러서!"

보호 조끼도 입지 않은 라산이 수컷 멧돼지가 좌우로 흔들어대는 머리통에 달라붙어 귀를 물어뜯었다. 350근은 족히 되어 보이는 대물이었다. 나머지 사냥개 네 마리는 멧돼지의 주위를 돌며 맹렬하게 짖어댔다. 산조팝나무 사이를 뚫고 들어온 햇빛에 멧돼지의 허연 송곳니가 반사되었다. 면도날 같은 송곳니에 반사된 햇빛이 파르르 몸을 떨며 사방으로 부서졌다. 섬뜩했다. "저러다 죽지." 배철수가 멧돼지와 3미터 정도 떨어진 거리에서 중얼거렸다. 그때 깽! 하며 라산이 외마디 비명을 질렀다. 윤진수의 눈에 멧돼지의 송곳니가 개의 복부를 뚫고 들어가는 것이 보였다. 우려하던 일이 두 사냥꾼의 눈앞에서 벌어진 것이다. 라산이 고개를 숙여 멧돼지의 이빨을 물어뜯으려 했지만 어림도 없는 일이었다. 고개를 구부릴수록 송곳니는 점점 더 깊숙이 라산의 복부를 파고들었다. 배철수가 경고했던 대로 라산이 죽을 것 같았다. 두 마리의 생명체가 물고 물리며 엎치락뒤치락하는 상황이고 멧돼지의 주위에 사냥개들이 달라붙어 있어서 총을 쏘기가 쉽지 않았다.

윤진수는 지금 자신의 삶이 아주 위태로운 상황에 놓여 있다는 것을 느꼈다. 그는 두 마리의 짐승이 뒤엉겨 있는 것을 보고 있다가 목표물을 겨누고 있는 총을 내려놓았다. 그는 문득 위태롭다고 느낀 자신을 둘러싼 삶의 상황이 어떤 것인지 하나씩 정리해나가기 시작했다. 그 시간은 채 30초가 되지 않는 짧은 시간에 불과했지만 일련의 질문들이 머릿속을 두드렸다.

그는 맨 먼저 물었다. 아림은 자신을 둘러싼 출생의 비밀을 알았더라도 여전히 내 딸이 맞는가? 그는 일 초의 망설임도 없이 고개를 끄덕였다. 윤진수는 남은 재산을 아림과 손녀 정아에게 물려주겠다고 결심했다. 다음 질문을 던졌다. 손녀 아림을 문 죄를 물어 라산을 안락사시켜야 하는가? ……그는 영화 〈25시〉의 안소니 퀸 같은 알쏭달쏭한 표정을 지었다. 죽일 수도, 죽이지 않을 수도 없는 상황. 라산을 죽여야 한다면 지금 멧돼지의 송곳니에 찔린 이 상태로 그냥 두면 된다. 5분 내로 라산은 내장을 흘리면서 비참하게 죽을 것이다. 아니면 엽총으로 멧돼지를 쏠 때 실수한 척하고 라산에게도 방아쇠를 당기면 죄책감 없이 간단히 해결될 것이다. 비록 멧돼지와 사냥개가 뒤섞여 있는 상태지만 그 틈 사이로 짐승 두 마리의 두개골을 정확히 맞히는 것쯤은 충분히 해낼 수 있다고 생각했다.

윤진수는 어금니를 질끈 씹었다. 직사각형의 어금니가 세로형 주름이 팬 볼을 바깥으로 밀어냈다. 중대한 결심을 할 때의 습관적인 그의 버릇이었다. 윤진수는 총을 땅에 내려놓았다. 그는 바짓단 안쪽 불룩하게 솟아오른 곳에 손을 집어넣어 람보칼을 꺼냈다. 배철수가 놀랐다.

윤진수는 배철수가 말릴 새도 없이 멧돼지의 앞다리 방향으로 몸을 날렸다. 이어서 머리를 짐승의 복부 밑으로 밀어 넣은 뒤 멧돼지의 앞다리 안쪽의 움푹 팬 곳에서 가슴 쪽으로 칼을 찔러 넣었다. 그것은 심장을 관통하는 길이었다. 위기상황이 닥치자 특전사 장교 시절의 몸에 밴 훈련이 노인에게 본능적으로 되살아났다. 윤진수는 기합을 내뱉으며 칼을 쥔 한 손에 나머지 손을 보탰다. 그리고 멀고 캄캄한 멧돼지의 몸 안으로 자신을 밀어 넣었다. 칼등에 톱날처럼 팬 쏘(saw)가 짐승의 살 속을 지나가면서 손에 까칠까칠한 느낌이 전해졌다. 그는 칼날의 가드 부분이 멧돼지의 가죽에 걸릴 때까지 심장을 향해 칼을 박아 넣었다. 멧돼지가 쇠 긁는 비명을 질렀다.

됐다! 윤진수는 그제야 몸을 일으켜 라산의 몸통을 멧돼지로부터 조심스럽게 잡아당겼다. 라산의 복부를 빠져나오는 멧돼지의 송곳니가 조금씩 보이기 시작했다. 개는 그때까지도 멧돼지의 귀를 물고 늘어졌다. 윤진수는 주먹으로 라산의 주둥이를 쳐서 이빨을 풀게 했다. 마침내 개와 멧돼지가 분리되었고 윤진수는 칼을 빼내 피가 흥건히 달라붙은 칼의 블레이드를 손으로 훔친 뒤 칼이 빠져나온 그 옆자리를 한 번 더 찔렀다. 그는 온 힘을 다해 칼의 가드 부분이 걸릴 때까지 칼날을 멧돼지의 살 속으로 밀어 넣었다. 칼날 끝에 몰캉거리는 감촉이 느껴졌다. 이것! 심장일 터였다. 멧돼지는 뒷다리를 허공을 향해 탁탁, 뻗어대며 버둥거렸다. 윤진수는 칼을 그대로 꽂아둔 채로 몸을 돌려 멧돼지로부터 떨어져 나왔다. 라산은 조용히 옆으로 쓰러져 있었다. 송곳니에 찔린 부위에서 흘러내린 피가 낙엽을 흥건하게 적시고 있었다. 희미하게 개의 옆구리가 올라왔다가 내려가는 것이 보였다. 아직 살았다!

"배 사장, 빨리 내려가서 차 시동 걸어!"

"예, 형님!"

윤진수는 개의 몸통을 두 손으로 안아 들었다. 개의 입에서 멧돼지의 피 냄새가 물씬 풍겨왔다. 옆구리에서 흘러내리는 피가 윤진수의 상의를 흥건히 물들였다. 라산은 죽은 시체처럼 미동이 없었다. 그러나 아직 호흡이 살아 있었다. 그는 미친 듯이 산 아래를 향해 내달렸다. 넘어지면 일어나고 고꾸라져도 그 즉시 일어났다. 윤진수가 배철수를 앞질렀다. 멀리 타고 온 차가 보였다.

"꼭 살려야 한다! 시내 동물병원으로 가자!"

"예, 형님."

배철수의 입술이 파랗게 떨렸다.

동물병원에 도착하자마자 라산의 수술이 시작되었다. 수술은 세 시간 넘게 걸렸다. 마취가 풀리자 온몸을 붕대로 싸맨 라산과 윤진수의 눈이 마주쳤다. 개는 어떠한 신음 소리도 내지 않은 채 다만 간절한 눈빛으로 그를 쳐다보기만 했다.

"살겠습니까?"

"오늘 밤을 넘겨봐야지 알겠습니다."

가운 여기저기에 피가 묻은 수의사가 건조한 음성으로 말했다.

윤진수의 바지 주머니에서 전화가 울렸다. 액정 화면에 '딸 아림'이라는 세 글자가 떴다. 그는 화면을 한참 동안 들여다보다가 도로 주머니에 집어넣었다. 그렇게 한차례 벨소리가 울리다가 잠시 멈춘 뒤 다시 전화 벨이 울렸다. 아림은 윤진수가 전화를 받을 때까지 계속 전화를 할 것 같았다.

"형님, 누군데 전화를 안 받아요?"

"……."

윤진수는 생각했다. 인생이란 그런 것이다. 세상은 전화 벨이 세 번울릴 때까지 전화를 안 받으면 바로 끊어버리는 사람, 전화 벨이 끊길 때까지 기다리는 사람, 상대편이 전화를 받을 때까지 발신번호를 계속 누르는 사람들이 어울려 사는 곳이 세계다. 나는 신춘문예가 나를 받아들일 때까지 계속 응모할 것이다. 인생은 상대가 누구인지 모를 땐 끝까지 맞서 싸워 이겨야 하는 거야. 성경의 야곱이 하느님이 보낸 천사인 줄 모르고 싸워 이겼듯, 나도 그 정체를 모르는 죽음과 끝까지 싸울 테다.

윤진수는 비로소 자신의 삶의 목적이 무엇인지 질문하기 시작했다. 그것은 곧 닥쳐올 죽음의 목적과 같은 것이 아닐까? 지금까지 30여 년간 신문기자로 근무하면서 나름 열심히 살았다고 생각했다. 그러나 퇴직과 아내가 죽은 뒤의 외로움은 그런 자부심을 한꺼번에 갉아 먹어 버렸다.

주머니 속의 전화벨이 계속 울렸다 '날 닮아 끈질긴 녀석, 넌 내 딸이 맞아.'

"왜 대답이 없수?"

배철수가 아무것도 아닌 일로 조급증을 냈다.

"……."

"형님!"

"오늘이 성탄절이지?"

한참 만에 윤진수가 지나가는 듯한 말투로 물었다.

"뜬금없이 크리스마스는 왜요?"

그 순간 윤진수는 아림을 업둥이로 받아들인 열흘 뒤 아림의 친부로부터 아이를 데려가겠다는 편지 한 통을 퇴근길 현관문 앞에서 발견한 기억이 떠올랐다. 편지 내용은 부부 이혼과 사업 실패로 아이를 버렸지만 막노동이라도 해서 아이를 키우겠다는 일방적인 통보였다. 그런 편지질이 계속되었고 윤진수의 아내도 그 사실을 알게 되었다. 아내는 친부의 협박에 못 이겨 아림을 돌려주려고 했다. 윤진수는 친부를 만났고 그는 예상대로 돈을 요구했다. 윤진수는 친부라는 사내의 뺨을 후려갈긴 뒤 그가 요구했던 돈을 현금으로 주었다. 벌써 수십 년이 지난 일이었다.

윤진수는 팔을 들어 올려 손목시계를 보았다. 오후 5시 55분이었다.

"아휴, 피 냄새!"

배철수가 얼굴을 찡그렸다.

"몸 씻으러 사우나나 갔다 옵시다."

"요즘 케이크 하나 얼마쯤 하나?"

"이삼만 원 정도 하지 않겠소?"

"메리 크리스마스가 되려면 어떻게 해야 하나? 케이크의 생크림 같은 하얀 눈이 내려야 하겠지?"

윤진수는 유난히 눈을 좋아하는 아림의 생일을 떠올리며 오늘 일어난 모든 것을 잊어버린 것 같은 쾌활한 목소리로 물었다.

"그거야 크리스마스 마음이 아니겠소."

배철수가 '무슨 질문이 그래요?' 하는 것처럼 퉁명하게 대답했다.

차가 사우나를 향해 출발하자 언제 나타났는지 어두운 하늘과 강력한 콘트라스트를 이루는 하얀 벌레들이 차창에 몇 마리씩 달라붙었다가 금세 바람에 밀려났다. ✱

사육사들

문제의 팀원 회의를 소집한 일주일 뒤였다. 정미경은 출근하자마자 몸이 안 좋아 조퇴를 하겠다고 했다. 최육태 팀장은 정 사육사가 내민 조퇴계에 사인을 했다. 직원들과 점심을 먹은 뒤 그가 잠시 신문을 읽고 있는데 정 사육사 대신 우리 청소 담당이 된 신참 사육사가 고개를 갸웃거리며 전화를 연결해주었다.

"팀장님, 전화 받아보세요. 경찰서라고 하는데요."

"경찰서?"

육태가 전화를 당겨 받았고 금방 표정이 굳었다.

"최육태 씨죠? 북암경찰서 박성배입니다."

수화기 속 딱딱한 목소리의 남자는 형사였다.

"내일 오전에 형사2계로 나와주셔야겠습니다."

형사의 목소리는 부드러웠지만 마치 범죄자를 대하듯 명령조로 말했다. 육태는 형사의 목소리가 남긴 여운이 기분 나빠 따지듯 물었다.

"무슨 일인가요?"

"그건 본인이 더 잘 알잖아요. 일전에 정미경 씨가 당신에게 강하게 항의를 했다는데요."

"예? 갑자기 정 사육사가 왜 저한테⋯⋯."

"정미경 씨가 당신을 성희롱과 성추행으로 고발했습니다. 내일 나오지 않으면 체포영장을 발부할 테니 알아서 하세요."

형사의 말투가 점점 고압적으로 변하기 시작했다. 이게 무슨 일인가? 육태는 잠시 생각을 가다듬었다. 그는 자신에게 닥친 상황을 정리할 시간이 필요해서 전화를 끊은 뒤 자판기에서 커피를 한 잔 뽑아 들고 나자 우리를 향해 천천히 발걸음을 옮겼다.

라샤는 잠들어 있었다. 태어난 지 1년 반이 지난 녀석은 무성한 갈기에 뒤덮여 제법 수사자로서의 위용을 드러내고 있었다. 육태가 철창을 흔들자 눈을 뜬 라샤는 몸을 일으키지는 않은 채 그를 한 번 쳐다보고는 조그맣게 그르렁거리는 소리를 뱉어냈다. 그 소리는 기분이 좋을 때 내는 라샤의 오랜 습성이었다. 만약 육태가 우리 문을 따고 안으로 들어서면 당장이라도 벌떡 몸을 일으켜 앞발로 육태의 가슴팍을 긁으며 얼굴을 비빌 것이다. 그건 라샤의, 육태에 대한 최대한의 애정 표현이었다.

평상시 같으면 육태 역시 라샤의 입안에 손이나 심지어 머리를 집어넣으며—일전에 간부들과 함께 점검을 나온 부사장은 이 모습을 보며 기겁을 했다—장난을 쳤을 것이다. 하지만 오늘은 같이 놀아줄 기분이 아니었다. 대신 라샤야, 하고 나지막이 녀석의 이름을 불렀다. 라샤가 앞발을 위로 든 채 목구멍 안에서 그르렁거리는 소리를 냈다. 그 모습을 가만히 지켜보니 라샤의 상태가 어쩐지 이상했다. 기운이 없어 일어나기도 힘들어 하는 것 같았다. 윤기 나던 금빛 털은 기름기가 다 빠져나간 채 몇 가닥씩 뭉쳐져 있었다. 갈빗대가 밖으로 드러나는 등 살도 많이 빠진 듯했다. 우리 바닥엔 라샤가 쏟아놓은 물변이 고약한 냄새를 풍기며 여기저기 말라붙어 있었다. 사무실로 돌아온 육태는 정 사육사에 대한 조류 방사장으로의 직무 이동 건의서를 작성했다. 덧붙여 팀장 의견란에 한마디 덧붙였다. 이동을 거부하면 회사는 정미경의 퇴사를 적극 검토할 필요가 있음.

형사계는 생각보다 조용했다. 사건이 없는지 형사들은 책상에 다리를 올려놓고 졸고 있었다. 몇몇 형사들은 복도에 설치되어 있는 자판기에서 커피를 뽑아들고 선 채로 마시고 있었다. 형사들이 근무하는 곳을 영화나 드라마에서는 자주 보았지만 직접적으로 와보는 것은 이번이 처음이었다. 범죄자에게 소리를 치거나 험악한 인상을 쓰는 형사도 보이지 않았다. 육태는 자신에게 전화를 건 박 형사를 찾아 그의 책상 앞에 놓인 철제 의자에 앉았다. 박성배 형사는 밤을 새웠는지 세수를 하고 오겠다며 잠시 기다리라고 했다. 5분 뒤쯤 손수건으로 얼굴을 닦으며 그가 돌아왔다.

"최육태 씨죠."

"예."

"조사를 바로 시작하겠습니다. 먼저 이름과 주민등록번호를 말해주세요."

"그전에 내가 이 조사를 왜 받아야 하는지 모르겠습니다."

육태는 잔뜩 찌푸린 얼굴로 형사에게 물었다. 다른 것도 아닌 성추행으로 경찰서를 왔다는 사실이 너무 치욕스러워 쥐구멍에라도 숨고 싶은 기분이었다. 아까부터 형사들과 내방객들이 자신을 힐끔거리는 것 같아 수치심이 들었다. 그러자 자신을 호출한 형사에게 은근히 화가 났다.

"일단 고발이 있으면 우리는 조사를 해야 하고 죄가 있으면 처벌을 받아야 하는 것이 대한민국의 법입니다."

박 형사는 눈썹 밑으로 내려온 머리를 위로 쓸어 올리며 이상야릇한 미소를 지었다. 성추행을 했으니 고발당했지, 하는 조소의 표정이 번들거리는 이마 위로 스쳐 지나갔다.

"난 아무 짓도 안 했어요."

육태가 항변했다.

"직원들 앞에서 정미경 사육사의 엉덩이를 두세 번 만졌다면서요?"

형사의 목소리가 높아졌다.

"제가 엉덩이를요?"

"이 친구, 점잖게 대해줬더니 완전 오리발이네."

육태가 어이없는 표정을 지으며 고개를 흔들자 아까부터 그 모습을 못마땅하게 지켜보던 형사는 숫제 반말이었다.

"정 사육사의 관리 태만으로 계속해서 동물들이 죽어나가자 내가 팀원 회의 때 주의를 주었고 그녀가 울먹거려서 위로 차원에서 어깨와 허리를 두어 번 두드려준 것밖에 없단 말이에요! 십여 명의 사육사들이 다 지켜보았어요. 여기 부르면 모두가 내 무고함을 증언해줄 수 있어요."

"증언?"

박 형사는 육태의 말을 따라 한 뒤 혼자 낄낄거렸다. 육태는 완전히 성추행범이 된 기분이었다. 형사는 그를 이미 성추행을 한 범죄자로 간주해놓고 질문을 던졌고, 석태가 반발하는 내용과 태도까지 일일이 조사서에 기록했다. 형사의 말을 종합하면 육태가 상사의 지위를 이용하여 정 사육사를 근무 시간 중간에 수시로 사무실에 불러 어깨와 엉덩이를 쓰다듬거나 심한 모욕감을 느낄 정도의 야한 말을 지껄인다는 것이었다. 그것도 동물의 사랑과 교미에 관한 것을 예로 들며 교묘하게 성적 희롱을 계속해서 더 이상 참지 못하고 경찰에 고발하게 되었다는 것이다.

완전한 거짓말이었다. 육태는 말문이 막혀 더 이상 아무런 항변도 하고 싶지 않았다. 지난번 정 사육사에게 했던 "동물을 애정으로 대하라."는 훈시조차 그때가 처음이었다. 그것도 전체 사육사가 보는 앞에서 교육적 차원에서 했던 말이고 그녀가 울먹거리자 어색한 분위기를 바꾸고자 어깨와 허리께를 두어 번 툭툭 치며 위로했던 것뿐이었다. 무엇보다도 육태 스스로 자신의 행동이 성희롱이나 추행과는 전혀 관계가 없는, 부하직원에 대한 주의와 훈육 차원에서 이루어진 것임을 잘 알고 있었다.

"내가 사무실에서 정 사육사를 따로 불렀던 적은 한 번도 없습니다. 일주일 전 팀장 회의 때 그녀를 툭툭 친 적은 있는데 그것은 내 지적을 받고 그녀가 울먹거려서 달래주려는 의도에서 했던 것뿐입니다. 우리 팀 전체 사육사가 그 장면을 지켜보고 있었기 때문에 불러서 확인해보면 내 말이 틀리지 않았다는 것을 알 수 있을 겁니다. 그리고 엉덩이가 아니라 허리 부분이었습니다."

"좋습니다. 일단 가장 최근의 행동이 이 시간에서 제일 중요하니 내일까지 그 사실을 증언할 수 있는 팀원 한 명을 증인으로 채택해서 저에게 전화해주세요. 사실, 같은 남자의 입장에서 성희롱, 성폭행이라는 게 코에 걸면 코걸이고 귀에 걸면 귀걸이가 되기도 해요. 어쨌든 평소 부하직원으로부터 신뢰를 잃었으니 이런 일이 벌어졌다는 사실만은 반성해야 할 거예요."

육태의 강력한 항의와 저항에 박 형사는 다소 누그러진 목소리로 도덕 선생처럼 일장 훈계를 늘어놓은 뒤 조서에 지장을 찍고 일단 돌아가라고 했다. 주민등록증과 운전면허증을 만들 때 외에 태어나 처음으로 찍어본 손도장이었다.

육태는 사무실에 돌아와 정미경을 불렀다. 맹수들에게 저녁 먹이를 준 뒤의 휴식 시간이었지만 지은 죄가 있어서인지 정 사육사는 금방 달려왔다. 그녀의 눈두덩이에 붉은빛이 감돌았고 조금 부어 있었다. 울었던 모양이었다. 육태는 직무에 불성실하고 값비싼 맹수들의 폐사로 회사에 끼친 손해 등 자신의 잘못된 행동을 전혀 반성하지 않는 그녀가 싫었다. 게다가 직속 팀장의 정당한 지적에 반발하며 모함과 변명으로 일관하기까지 한 정미경의 울음을 전혀 이해할 수 없었다. 경찰서 문을 나서던 조금 전 마음으로는 뺨이라도 한 대 때려주고 싶었지만 분노를 억누르며 그녀에게 물었다.

"내가 언제 정 사육사를 성추행했지?"

"지난번 팀원 회의 때 제가 분명히 성추행이라고 말씀드렸잖아요."

정미경이 눈을 똑바로 뜬 채 또박또박 대들었다.

"자네를 위로한다고 어깨와 허리 뒤춤을 툭툭 친 것이 성추행이라는 말인가?"

육태도 물러서지 않고 정미경의 눈을 똑바로 응시했다. 도덕적으로 아무런 부끄러움이 없기에 육태의 눈동자는 전혀 흔들림이 없었다.

"그건 팀장님이 판단할 문제가 아니에요. 제가 팀장님의 말과 행동에서 성적으로 모욕감을 느끼면 성추행이 되는 거예요. 사실 그날 이후 전 자살까지도 고민했다고요!"

"넌 동물에 대한 사랑이 뭔지도 모르는 여자야. 인조인간처럼."

육태는 그 순간 왜 자신의 입에서 '사랑'이라는 말이 터져 나왔는지 스스로도 잘 이해되지 않았다. 아마도 자신이 관리하고 있는 동물에 대한 무관심과 최근 들어 폐사한 하이에나들에 대한 책임 사육사로서 그녀의 잘못을 지적하고 싶었던 모양이었다. 하여튼 상대할 가치가 없는 여자였다. 동물에 대한 자신의 냉정함이나 무관심 등을 무마하기 위해 상대방에게 어떤 죄라도 뒤집어씌울 수 있는 인간이라는 생각이 들자 그녀에 대한 분노와 혐오감이 머리끝까지 치솟았다. 그때였다. 정미경의 입술이 파르르 떨리더니 날카로운 목소리를 내질렀다.

"팀장님은 수시로 사랑, 사랑 하시며 노래를 부르시는데, 자신이 사랑하는 동물을 위해 살아 있는 다른 동물을 죽이는 것, 그게 우리 동물원과 팀장님의 사랑법인가요?"

"......"

육태는 머리끝이 공중으로 쭈뼛 치솟아 오르는 걸 느끼며 의자에 털썩 주저앉았다. 정미경이 지금 따지고 있는 것은 육태가 팀장이 되기 전 맹수 3팀 소속의 특수업무과장 때의 일을 지적하고 있는 것이었다. 특수업무과는 맹수들의 먹이 조달을 위해 개체 수가 늘어나는 초식동물, 이를테면 기린이나 얼룩말, 사슴 종류를 전기충격기로 안락사시키는 업무를 맡고 있었다.

그 사실은 사장과 특수업무팀 외에는 철저한 대외비에 붙여졌는데 그녀가 이 사실을 어떻게 안단 말인가? 육태는 그녀의 정보 습득력에 놀라 한동안 입을 다물지 못했다. 회사는 입막음을 위해 특수업무팀에 근무한 직원들에게 일정한 직무수당을 별도로 쥐여주고 동물원 유관 업체로 이직시키거나 그들 중 능력이 있는 자들은 팀장으로 승진시켰다. 육태는 특수업무과장으로 만 5년을 근무했으며 그때의 업무 능력을 인정받아 현재의 맹수 3팀장으로 승진했던 것이다. 안락사한 동물들의 사체는 직원들이 다 퇴근한 심야에 조각조각 절단되어 나음 날 아침이면 맹수들의 먹이로 던져졌다.

정미경은 자신이 맹수들을 싫어하는 이유는 육식동물들을 살리기 위해 초식동물들이 죽어야 하는 것 때문이라고 했다. 그리고 더 이상 자신을 괴롭히면 그동안 동물원에서 일어난 일을 언론에 다 까발리겠다고 은근히 협박했다. 육태의 맹수 사랑에는 다른 동물들에 대한 잠재적인 살의가 깔려 있다는 말도 했다. 정 사육사는 그날 육태가 자신의 어깨와 허리를 툭툭 쳤을 때 전기충격기에 감전된 듯한 섬뜩한 공포를 느꼈다는, 말도 안 되는 이야기를 꾸며대며 흐느꼈다. 육태의 눈에는 늘 육식의 살의가 번뜩거린다고, 알아듣지도 못할 소리를 지껄이다가 갑자기 바닥에 쪼그리고 앉아 무릎 사이에 얼굴을 파묻었다. 그녀는 고개를 들지도 않은 채 자신이 맹수들을 소홀히 한 것은 사실이지만 그것은 동물에 대한 애정이 없다거나 불성실해서가 아니라 인간의 이해에 의해 죽어간 모든 생명들에 대한 최소한의 애도라고 억지를 부렸다.

"동물원은 디즈니랜드 같은 놀이공원이 아니야. 인간들에 의해 서식지를 빼앗긴 동물들의 마지막 안식처지. 우리는 그들의 건강을 유지하고 생명을 보호하기 위해 어쩔 수 없이 살생을 해야 될 때가 있어. 근친교배를 막기 위해서 죽이기도 하지. 누군들 좋아서 그 짓을 한 줄 알아!"

육태는 그녀를 내보낸 뒤 다시 팀원 회의를 소집했다. 물론 정미경은 참석시키지 않았다.

팀원들은 사건의 내막을 대충 알고 있는 듯한 눈치였다. 늦은 오후의 뜨거운 햇빛이 컨테이너 두 개를 연결한 사무실의 좁은 창문을 통해 육태의 얼굴 위에 끈덕지게 달라붙었다. 그는 무리에서 쫓겨난 한 마리 늙은 수사자처럼 초췌해 보였다.

"대강 알고 있겠지만 정 사육사가 나를 경찰에 고발했어. 죄목은 내가 지난번 팀원 회의 때 정 사육사를 성추행했다고 하네. 내가 경찰서에서 아무리 부인해도 형사가 믿어주지 않아. 내 무죄를 증언해줄 사람이 필요해서 부탁하는 건데, 누가 내일 나와 함께 경찰서에 동행해 줬으면 하는데……."

육태는 한꺼번에 여러 명이 지원하면 누굴 데려갈까 잠시 고민했다. 하지만 기대했던 것과는 달리 팀원들은 고개를 푹 숙인 채 아무도 선뜻 나서지 않았다. 나름 애정과 사랑으로 부하직원들을 대했다고 생각한 것이 자신만의 착각이었다는 실망감과 함께 팀장으로서의 심한 자책감이 해일처럼 밀려왔다.

"아무도 증언해줄 사람이 없어? 그렇다면 내가 진짜 정 사육사를 성추행했단 말인가! 여러분들이 그날 다 지켜봤잖아!"

육태는 소리를 내지른 뒤 문을 열고 밖으로 나갔다. 자신의 초라한 그림자 외에 아무도 뒤따라오지 않았다. 경찰서에서 조사를 받을 동안 진동으로 해놓은 호주머니 속의 핸드폰이 부르르 떨었다. 수족관 서윤영 팀장이 보낸 장문의 문자가 세 통이나 찍혀 있었다.

'최 팀장님, 정미경 때문에 힘드시겠어요. 제가 그래서 우리 팀에서 그 애를 내보냈는데 설마 맹수팀으로 발령이 날 줄은 예상치 못했어요. 제가 팀장님에게 본의 아니게 폐를 끼치게 되었네요. 근데 정 사육사가 형편없는 인간인데도 여태 안 쫓겨나고 있는 이유를 모르시나요? 걔의 큰아버지가 동물원을 관리 감독하는 정부기관의 차관보래요. 그 사람에게 찍히면 사설 동물원 따윈 하루아침에 문을 닫아야 하는 것을 사장님이 잘 알고 계신 거지요. 웬만하면 미경이와 화해하고

그냥 참으세요. 똥이 더러워 피하지 무서워 피하나요?' 대략 이런 내
용이었다.

육태는 이제야 팀원들의 냉랭한 태도와 침묵을 조금은 이해할 수
있을 것 같았다. 오직 동물들을 보살피고 사랑하는 것 외에 회사에 떠
돌아다니는 정보에 완전히 무관심했던 자신에 비해 사육사들은 어느
정도 정미경의 탄탄한 백그라운드에 대해 이미 눈치를 채고 있었던
것이다. 비교적 정의감이 강한 서윤영 팀장이 몇 차례나 정미경에 대
한 퇴사 건의서를 사장에게 올렸지만 번번이 거부당했다는 것도 뒤늦
게 알게 되었다. 그래서 지난번 인사이동 때 그녀를 내친 것이 수족관
팀장으로서 최대한의 선택이었는지도 모른다. 모든 팀장이 손을 휘휘
내저은 그녀를 선뜻 팀원으로 받아들인 일은 육태의 정보에 대한 무
지가 불러온 악재였던 것이다. 팀원들의 인사이동을 귀띔해주며 "힘들
어도 한 일 년만 데리고 있어."라며 부사장이 빙그레 웃던 뜻을 이제야
알 것 같았다.

오후 늦게 육태를 호출한 사장은 정미경과의 화해를 종용했다. 화
해하기 싫으면 성희롱에 대해 그녀에게 최소한 사과라도 하라고 으
질렀다. 특수업무과의 비리를 언론에 까발리겠다는 정미경의 협박이
어떤 경로를 통해 사장에게 전달된 모양이었다. 육태는 생각했다. 내
가 퇴사하거나 무릎을 꿇으면 그녀는 갖가지 교활한 방법을 동원해서
이번엔 라샤를 죽일 것이다. 죽이지 않더라도 매일매일 배를 곯게 만
드는 고통을 가하거나 신체 부위 중 어느 한 부분을 최소한 불구로 만
들 것 같았다. 아무리 무서운 맹수라 해도 사육사가 나쁜 마음을 먹으

면 빠져나갈 구멍이 없다는 것을 육태는 같은 사육사로서 잘 알고 있었다. 그래서 더더욱 사장의 지시를 따를 수가 없었다.

"절대 성추행을 하지 않았기에 전 화해할 마음도 사과할 마음도 없습니다. 정미경을 동물원에서 퇴사시키는 것만이 우리 동물원을 살리는 일입니다."

사장의 화난 얼굴을 뒤로 하고 육태는 사육사 사무실로 돌아와버렸다.

육태는 맹수 우리를 일일이 점검한 뒤 입사 30년 만에 처음으로 일찍 퇴근하기로 마음먹었다. 대부분의 우리는 깨끗하게 청소되어 있었으며 점검표에 담당 사육사들의 사인이 되어 있어서 안심하고 육태는 퇴근을 서둘렀다. 다만 정미경이 맡고 있는 맹수 3팀의 우리는 여전히 악취가 진동했고 그녀의 점검 사인도 없었다. 육태는 분노가 치밀어 올랐지만 오늘은 더 이상 그녀의 얼굴을 보고 싶지 않아서 신입 윤 사육사에게 몸이 안 좋아 먼저 퇴근한다는 말을 남기고 동물원을 나섰다. 오늘 라샤는 먹이를 배불리 먹었을까. 차가 정문을 통과할 무렵 라샤의 우리를 돌아보지 못한 것이 마음에 걸렸다. 사자 우리는 동물원의 외곽에 위치해 있어서 한 번 다녀오려면 도보로 족히 30분이 넘게 걸렸는데 오늘은 한시라도 빨리 동물원을 벗어나고 싶은 마음에 우리 점검을 빼먹은 것을 후회했다.

육태는 집 앞 곱창 집에서 안주도 먹지 않고 빈속에 소주 두 병을 마셨다. 아내보고 나오라고 했으나 몸이 안 좋으니 혼자 마시라는 시큰둥한 대답이 돌아왔다. 젊은 시절 사업 실패로 절망에 빠져 허우적 거릴 때 육태는 매일 술독에 빠져 하루하루를 연명했고, 그때의 좋지 않은 기억을 갖고 있는 아내는 육태가 동물원에 취직을 한 뒤에도 절대 그와 술자리를 함께하려 들지 않았다.

"난 그냥 집에 있을게. 안 좋은 일 있으면 밖에서 기분 풀고 와."

아내의 뾰족한 목소리를 흘려들으며 육태는 상가 2층의 카페로 향했다. 한 번도 들른 적이 없지만 오늘은 맥주나 소주는 성에 차지 않았으며 보드카 같은 독한 술을 마시고 싶어 자연히 발길이 그곳으로 향했다.

주인 여자는 파티션이 쳐져 있는 컴컴한 구석 자리로 육태를 안내했다. 접대부인 듯 짙은 화장을 한 30대 초반의 여자가 옆에 앉았다. 매상을 올리기 위해 카페에서 고용한 접대부로 보였지만 육태는 굳이 뿌리치지 않았다. 그는 그만큼 취해 있었고 정미경의 고발과 사장의 사과 종용으로 기분이 상해 있었다.

언제 기억이 사라졌는지 알 수 없었다. 눈을 떴을 때 육태는 경찰서 형사계에 있었다. 그는 자신이 왜 여기에 와 있는지 알지 못했지만 사무실과 주변 집기들은 낯익은 풍경이었다. 찬찬히 살펴보니 어제 정미경의 고발 건으로 조사를 받았던 북면경찰서의 바로 그 형사계였다. 정미경 사건 담당이었던 박 형사가 한마디를 던지며 옆으로 지나갔다.

"이 친구 상습범이구만. 성추행에 이번엔 술 먹고 폭행까지. 당신, 내일까지 무죄를 증언해줄 동료를 못 데려오면 사전구속영장이 청구

될지도 몰라."

기억을 더듬어보니 카페 사건의 내막은 이랬다. 술에 취한 육태에게 접대부는 계속 술을 더 시킬 것을 강권했고, 주머니가 가벼운 그가 거절하자 접대부가 쩨쩨한 남자라며 자존심을 긁은 모양이었다. 정미경 건으로 속이 뒤집혀 있던 육태가 화를 참지 못하고 앞에 있던 술판을 뒤집었는데 술병이 깨지면서 그 파편에 접대부의 안면이 부상당한 사건이었다.

정미경이 맹수팀으로 온 뒤 왜 자신에게 연속적으로 불운이 닥치는지 너무 속이 상했다. 하지만 현행범으로 경찰서에 잡혀온 이상 합의를 보는 것 외에 별 뾰족한 수가 없었다. 머리가 아프다고 형사에게 사정해 경찰서 앞마당에 잠시 나온 육태는 담배를 피워 물었다. 불행에서 벗어난 줄 알았던 자신에게 또다시 들이닥친 일련의 사건들이 기억에서 지우고 싶은 과거의 일들을 물고 늘어지기 시작했다.

3년 전 1남 1녀를 모두 출가시킨 뒤 육태의 마음은 늘 허전하였다. 사실 자녀들이 태어날 무렵 그가 운영하던 장난감 제조업체의 파산으로 하루가 멀다 하고 고주망태가 되어 귀가하였고 육아에 관한 한 그가 한 일이라고는 아무것도 없었다. 애들이 가까이 올라치면 손을 내젓기 일쑤였다. 술을 많이 먹고 귀가한 다음 날 아침에는 사업 실패로 인한 절망감에 사로잡혀 가족에게 소리를 지르거나 접근 자체를 원천 차단 할 때도 있었다.

당시 그의 아내는 가출해서 친구 집을 떠돌다가 노래방 도우미로 일하며 두 아이들과 먹고사는 호구지책을 마련했다. 육태가 머리끄

덩이를 잡아끌고 집으로 귀가시켰지만 그때부터 두 사람은 각방을 썼다. 아이들과의 대화도 완전히 끊겼으며 집안 분위기는 시베리아 날씨같이 꽁꽁 얼어붙었다. 설상가상으로 육태가 어떤 여자와 모텔로 들어가는 걸 보았다는 이웃집 여자의 잘못된 귀띔 때문에 아내와는 한집에 살긴 하지만 사실상 남남이나 다름없었다. 아내가 노래방 도우미 생활을 한 것을 알게 된 날, 화가 치민 육태가 술에 취해 몸을 가누지 못하자 술집 여주인이 부축해서 근처의 모텔로 데려다준 것인데 그 장면을 동네 여자가 보았던 모양이었다. 변명이 통할 리 없었다. 그때부터 육태는 완전히 불륜 가장이 되어버렸고, 아이들도 아내로부터 그 사실을 들었는지 육태와의 대화를 거부했다. 그는 모든 것을 포기했다. 그저 자신의 운명이려니 하고 입을 다문 채 지냈다. 그런 세월이 지금까지 계속되었다. 지난달 육태 생일날에 아내와 아이들은 외출했다가 밤 12시가 넘어서야 귀가했다. 아무도 육태의 생일을 챙겨주지 않았고 그는 소주 한 병과 쥐포를 뜯어 먹으며 58번째의 생일을 자축했다.

시골 출신인 육태는 어릴 때부터 동물들을 유난히 좋아했다. 시골에서 살 땐 부모님을 도와 소와 돼지를 돌봤고 산에서 야생 오소리 새끼를 데려와 뒤뜰에서 한동안 키우기도 했다. 육태의 이러한 동물 사랑을 잘 알고 있던 고향 선배가 자신이 부사장으로 있던 S시의 사설 동물원에 입사를 권했는데, 육태는 그날부터 환갑이 내일모레인 지금까지 이곳 동물원의 사육사로 평생을 바쳤다. 당시만 해도 동물원에 대한 국가의 관리나 법규가 미비했고 사육사 역시 동물 관리에 대한 전문적인 지식보다는 동물에 대한 사랑이 우선했기에 육태의 동물원 입사와 맹수 사육팀장으로서의 승진 또한 가능했다.

입사 후 20여 년 동안 평온한 날들이 계속되었지만 일은 두 달 전에 미리 예고가 된 것이나 다름없었다. 그날은 동물원 정기 인사가 있은 뒤 보름 후였다. 예상치도 않게 돌고래 수족관 여자 사육사인 정미경이 상반기 정기인사에서 맹수 사육사로 발령을 받았고—수족관 팀장이 성격이 까탈스러운 미스 정을 다른 팀으로 밀어냈다는 소문이 돌았다—맹수 사육팀장인 육태는 내키지 않았지만 상사인 부사장의 부탁으로 어쩔 수 없이 부하직원으로 받아들였다. 하지만 그녀를 받아들인 것 자체가 엄청난 실수였다는 것을 깨닫기까지는 그리 오랜 시간이 걸리지 않았다. 동물원 사육사의 기본적인 임무인 우리 청결을 등한시할 뿐만 아니라 식탐이 많은 맹수의 경우 철저한 먹이 관리가 무엇보다 중요한데 제대로 계량도 하지 않고 들쭉날쭉하게 먹이를 투입했다. 결과는 금방 나타났다. 그녀가 맡고 있는 맹수 3팀의 하이에나 열 마리 중 세 마리가 죽었다. 비싼 값으로 수입한 눈표범 한 쌍 중 암놈이 장염과 영양 불균형으로 시름시름 앓다가 과천 동물원 수의사팀에게 수송되어 집중 치료를 받았지만 회복이 힘들다는 통보를 받기에 이르렀던 것이다. 그 책임이 당사자인 미스 정뿐 아니라 관리 책임자인 육태에게도 떨어졌음은 물론이다. 그는 부하직원에 대한 관리 태만으로 경고 조치를 받았다. 그나마 고향 선배인 부사장이 중간에 힘을 써 준 덕분에 해임이나 감봉 조치까지는 면할 수 있었다.

맹수팀의 사육사들은 은근히 미스 정의 퇴사를 바라고 있는 눈치였지만 육태는 개인의 인격과 자존심을 고려해 그 말만은 입밖으로 꺼내지 않았다. 사정이 이러한데도 불구하고 정미경의 태도는 전혀 바뀌지 않았다. 더럽고 냄새가 난다는 이유로 하루에 두 번씩 치워야 하는 맹수들의 오물을 치우지 않았으며 먹이 투입도 무게와 시간을 지키지 않고 들쑥날쑥하거나 빼먹기조차 했다. 이대로 뒀다간 동물들이 집단 폐사할 우려마저 있었다. 고민 끝에 육태는 맹수 3팀을 긴급 소집했다. 그는 사육사들에게 위생 관리와 정시 정량의 먹이 투입에 대해 다시 한번 주의를 단단히 주었고 미스 정이 그 이유를 알아챘으면 했다. 그러나 정미경은 자신 때문에 소집된 팀원 회의인데도 손톱을 물어뜯는 둥 딴전을 피우거나 창밖을 멍하니 바라보기만 했다. 참다못한 육태가 미스 정을 겨냥해 한마디했다.

"정미경 씨, 사육사의 제1조건은 동물에 대한 애정과 사랑이야. 전문적인 지식은 그 다음이야. 애정과 사랑이 없으면 머릿속에 들어 있는 지식은 아무 소용 없어. 다시 말해 여기서는 학력이 아닌 사랑이 곧 지식이라는 뜻이야."

정 사육사는 육태의 말에 쉽게 수긍하려 들지 않았다. 다른 사육사들의 스펙에 비해 해외 유학 경험이 있고 명문 여대를 나온 그녀는 사육사라는 직업 자체를 탐탁지 않게 여겼으며 동료들조차 깔보기 일쑤였다. 눈을 치켜뜨고 있는 그녀의 표정은 고졸인 육태를 깔보고 있는 것이 틀림없었다.

"팀장님, 동물을 사랑하는 것이 꼭 사나운 맹수들과 함께 뒹굴어야 하는 것은 아니잖아요."

입술을 잘근잘근 씹고 있던 미스 정이 기어이 논리적으로 따지고 들기 시작했다.

"뭉군다는 것은 우리가 책임지고 있는 동물들의 위생과 먹이에 최선을 다한다는 뜻이야. 그게 곧 그들에 대한 인간의 애정과 사랑이거든. 동물들은 우리를 믿고 자신의 생명을 맡겨놓고 있잖아!"

육태는 미스 정의 이기적인 태도에 화가 나서 소리를 높였다. 직원들에게 한 번도 큰 소리를 낸 적이 없는 그였지만 잘못을 깨닫기는커녕 자신의 무죄를 증명하기 위해 따지고 드는 그녀의 이기적인 태도가 너무 거슬렸다. 육태의 화난 언성에 고개를 내리깔고 있던 사육사들이 움찔했고 동료 사육사들 앞에서 직접적인 면박을 당한 미스 정의 눈빛이 맹수처럼 파랗게 타오르며 눈물이 글썽거렸다. 육태는 그 모습이 안돼 보여 그녀의 상처 입은 자존심을 토닥거려주려고 농담을 던졌다. 그는 미스 정의 어깨와 허리께를 손으로 툭툭, 두 번 치며 말했다.

"사람이나 동물이나 살아 있는 모든 동물들은 스킨십이 중요한 거야. 동물들에게는 특히 스킨십이 더 중요하지. 원숭이가 서로의 이를 잡아주는 행동이 바로 사랑을 확인하는 스킨십이야. 널 좋아하며 공격할 뜻이 없다는 것을 몸으로 전달하는 거지."

그 순간 미스 정이 입술을 깨물며 소리쳤다.

"팀장님, 방금 저한테 하신 행동은 사랑이 아니라 성추행이에요!"

"성추행?"

육태는 어이가 없었다. 길을 걸어가다 갑자기 커다란 돌멩이에 뒤

통수를 얻어맞은 것 같았다. 수족관 팀장이 미스 정을 내보내면서 그녀의 이상한 성격과 남을 모함하는 못된 습성을 귀띔해주긴 했지만 육태의 방금 전 행동을 성추행으로 몰아가고 있는 그녀의 태도를 보자 그제야 정신이 번쩍 들었다. 동료 사육사들이 혀를 끌끌거리며 미스 정에게 야유를 보냈다. 특히 고참 여사육사인 김윤희는 "얘, 그만해!"라며 노골적으로 핀잔을 주기까지 했다. 그는 정미경 사육사를 더 이상 데리고 있을 수 없다는 생각에 조만간 사장에게 그녀의 불성실한 근태와 동료들 사이에서의 불화를 정식으로 보고하기로 결심한 뒤 회의를 서둘러 끝냈다.

사실 정미경은 사육사로서 전혀 자격 미달이었지만 육태는 그녀를 잘 훈련시켜볼 요량으로 지금껏 참고 있었다. 그녀가 맡고 있는 하이에나와 치타는 맹수들 중에서 그나마 제일 공격성이 낮은 동물이었다. 그것 또한 맹수팀장인 육태의 배려였는데 그녀는 그런 사실조차 전혀 모른 채 안하무인으로 행동하고 있었다. 동료 사육사들과의 사이도 극도로 나빴고 하이에나와 치타들은 그녀가 나타나면 고개를 돌려 외면하거나 으르렁거리며 이빨을 드러내는 등 공격성을 내보이곤 했다. 아무리 육식동물이라 해도 자신을 돌봐주는 사육사에게 이빨을 드러내진 않는데 동물들의 그러한 행동은 이미 사육사와 동물들 사이에 신뢰와 애정의 고리가 완전히 끊어졌다는 것을 의미했다. 동물들이 그런 행동을 보이면 대부분의 사육사들은 자신의 행동을 반성하고 더 많은 애정을 쏟는 데 반해 정미경은 정반대였다. 맹수들에 대한 노골적인 반감과 혐오감을 드러내는가 하면 동료 사육사에게 최 팀장의 무식함과 사육사라는 직업에 대한 불평을 늘어놓기도 했다. 하지만 퇴사할 생각은 눈곱만치도 없어 보였다. 한마디로 아무리 경제적인 이유라 해도 미스 정은 사육사를 직업으로 선택하지 말았어야 하는 여자였다.

형사의 재촉 때문에 육태는 서둘러 담배를 끄고 형사계로 발걸음을 옮겼다. 멀리 날개란으로 얼굴을 문지르고 있는 접대부가 보였다. 주인 여자와 깔깔거리며 잡담을 나누고 있다가 육태와 얼굴이 마주치자 금세 표독스러운 표정으로 돌변해 얼굴을 부여잡고 고통스러운 낯빛을 만들어내었다. 돈을 우려낼 심산이 틀림없었다. 정미경이 맹수팀으로 온 뒤 왜 자신에게 연속적으로 불운이 닥치는지 너무 속이 상했지만 현행범으로 경찰서에 잡혀 오기까지 한 이상 합의를 보는 것 외에 별 뾰족한 수가 없었다.

육태는 접대부와 치료비 2백만 원에 합의를 하고 조사를 받은 뒤 경찰서를 나왔다. 시계를 보니 새벽 2시 반이었다.

새벽은 경찰서를 나온 50대 후반의 사내에게 어떤 위로도 안식처도 제공해주지 않았다. 그저 아스팔트 뒤에 숨어 푸른 안개만 뿜어내고 있었다. 안개는 말발굽들이 일으킨 뿌연 흙먼지처럼 풍경을 가렸다가 조금씩 보여주기를 반복했다. 그는 택시를 잡아타고 집 방향이 아닌 동물원으로 향했다.

"이 새벽에 웬 동물원이요?"

늙은 운전기사가 웃으며 물었다.

"친구를 만나려고요."

기사는 더 이상 말을 걸지 않았다. 술 냄새를 풍기는 데다 엉뚱한 대답을 하는 것으로 봐서 말을 섞을 상대가 아니라고 느끼는 것 같았다. 다만 10분 간격으로 백미러를 통해 한 번씩 경계의 눈초리를 쏘아대곤 했다.

"나를 이해해줄 친구는 오직 라샤뿐이오."

"라샤가 누구입니까. 혹 러시아 여자예요? 그 여자가 애인입니까?"

"러시아 여자? 하하, 라샤는 고향이 아프리카라오. 라샤만이 나를 조건 없이 사랑해주고 이해해줍니다."

말을 해놓고 보니 진짜 자신을 이해해줄 타자는 10년째 각방을 쓰고 있는 아내도, 거의 남남이 되다시피 한 아들 녀석도, 재작년에 시집을 간 후 친정에 거의 들르지 않는 딸도 아니라 오직 자신이 처음으로 사랑과 애정을 쏟아부은 라샤밖에 없다는 생각이 들었다.

"라샤는 내 첫사랑이자 마지막 사랑이오. 라샤는 절대 변하거나 나를 배신하지 않아요!"

택시 기사는 동물원 입구에 육태를 내려주고는 신경질적으로 차를 돌려 왔던 길을 쏜살같이 되돌아갔다. 그는 정문 오른쪽으로 걸어가 어른 허리춤밖에 안 되는 비교적 야트막한 담장을 뛰어넘었다. 사무실에 도착한 그는 냉장고에서 지난달 맹수 3팀에 대한 회사 포상 때 사장이 하사한 양주―팀원 회식 때 먹으려고 따지 않고 보관해두었다 ―를 꺼내 병째로 벌컥벌컥 마시기 시작했다. 양주는 금세 반이나 줄었고, 빈속에 폭음을 한 육태는 취했다. 그는 사무실 구석에 놓인 오랫동안 열지 않은 금고의 비밀번호를 몇 번이나 틀린 후에 가까스로 문을 열고 무엇인가를 조심스럽게 끄집어냈다. 전기충격기였다. 특수업무과장을 그만두면서 깜빡 잊고 회사에 반납하지 않은 덴마크제 전기충격기는 스위치를 누르자 여러 가닥의 예리한 섬광들이 번개처럼 번쩍거렸다. 아무리 생각해도 자신과 정미경 둘 중 하나는 죽어야 끝날 싸움일 것 같았다. 사랑하는 라샤의 미래를 위해서라면 정말 정미경을 죽일 수 있을까? 그럴 수 있을 것 같은 생각이 늘자 육태는 공포에 사로잡혀 몸이 부르르 떨렸다.

11월 하순의 늦가을 해는 짧았다. 한줄기 돌풍이 어둑어둑한 통행로에 떨어진 낙엽 뭉치들을 사방으로 흩어놓았다. 라샤는 사자 우리 옆에 붙은 작은 독방에 비스듬히 누워 있었다. 최근 들어 건강이 좋지 않아 비실대던 라샤를 다른 사자들로부터 보호하기 위한 격리 조치였다. 육태는 굳게 잠겨 있는 철창 문을 열고 라샤와 한바탕 장난을 치고 싶었다. 지금 이 순간 그를 위로하고 이해해줄 친구는 인간이 아닌, 오직 라샤뿐이라는 생각이 들었다. 라샤 생각이 더욱 간절해진 육태는 호주머니를 뒤져보았지만 우리 열쇠가 없었다. 서랍에서 꺼낸 열쇠를 술에 취해 책상 위에 그냥 두고 온 것이 틀림없었다. 그는 열쇠 대신 사무실에서 마시다 상의 호주머니에 넣어 온 양주를 다시 마시기 시작했다. 가라앉았던 취기가 그의 머릿속을 빠르게 지배했다. 다 잊고 싶었다. 환기를 위해 만들어놓은 창문의 철창 사이로 사그러져가는 새벽의 달빛이 교교하게 스며들어와 라샤의 옆얼굴을 비췄다. 그르렁거릴 때마다 라샤의 얼굴 근육이 위로 말려 올라가며 아름답고 괴기스러운 모습을 만들어내었다. 사자가 다시 그르렁거리는 소리를 내며 앞발로 육태가 들고 있는 생닭을 움켜쥐었다. 그는 술기운으로 벌겋게 달아오른 볼을 라샤의 갈기에 부비며 말했다.

"이 녀석, 오늘 하루 종일 굶었나 보구나."

육태는 라샤의 간식용으로 가져온 생닭의 다리를 움켜쥔 채 우리 앞에 쓰러져 그대로 곯아떨어졌다.

처음에는 악몽을 꾸고 있다고 생각했지만…….

악몽치고는 지금껏 꾼 그 어떤 악몽보다도 고통스러운 꿈이라고 생각했지만…… 상상할 수도 없는, 공포를 동반한 차갑고 섬뜩한 금속성의 송곳 같은 것이 목덜미를 파고드는 극심한 고통을 느끼며 사육사 육태는 어쩌면 이것이 악몽이 아니라 현실일지도 모른다고 생각했다. 그러자 정말 무시무시한 공포와 살갗이 갈기갈기 찢기는 말로 형언할 수 없는 고통이 몰려와 그는 온몸을 버둥거리며 뒤틀었다. 한 마리 거대한 짐승의 대가리와 그것을 둘러싸고 있는 억센 갈기가 얼굴을 짓누르며 육식의 비릿한 입 냄새가 옆으로 쓰러진 육태의 코 안으로 스며들었다. 무시무시한 라샤의 대가리였다. 그놈은 날카로운 발톱이 밖으로 빠져나온 앞발로 육태의 상체를 바짝 끌어안은 채 그의 목덜미 안으로 막 송곳니를 박아 넣으며 증오에 가득 찬 그르렁거리는 소리를 뱉어냈다. 그것은 장난이 아니라 공격을 알리는 경고였고 살의를 드러낸 맹수의 울음소리였다.

라샤는 육태가 젖먹이 때부터 키운 두 살짜리 수사자였다. 라샤의 어미인 암사자 라순이 작년 봄 두 마리의 새끼를 난산 끝에 겨우 분만 하긴 했지만 산후 우울증으로 새끼를 돌보지 않았기 때문에 어쩔 수 없이 인공 포육을 하기로 결정했던 사자였다. 처음엔 두 마리 다 부하 사육사인 김정태가 돌보기로 했지만 사육사들의 만류에도 불구하고 맹수 사육팀장인 육태가 부득부득 우겨서 수컷 새끼 사자를 그가 돌보 기로 했던 것이다.

그는 수컷 새끼에게 라샤라는 이름을 지어주었고 친아들을 돌보듯 온 정성을 다해서 키웠다. 라샤도 마치 새끼 병아리가 어미를 따르듯 육태를 따랐고 육태가 안 보이면 하루 종일 울부짖었다. 새끼 때의 라 샤는 맹수팀장인 육태가 동물들의 먹이 구입이나 외부 업무 때문에 자 리를 비우면 다른 사육사가 건네준 먹이는 거들떠보지도 않은 채 철창 을 이빨로 물어뜯는 등 시위를 벌였다. 육태는 아침 조회 때 그런 이야 기를 들을 때마다 겉으로는 걱정스러운 말을 내뱉었지만 속으로는 흐 뭇했다. 한 번도 느껴보지 못했던 진짜 부모로서의 애정과 자부심 같 은 것이 가슴 밑바닥에서 솟구쳐 올라왔으며 비록 짐승이라고 해도 라 샤만은 자연사할 때까지 돌봐주어야겠다는 결심을 하곤 했다. 라샤는 육태를 마치 어미처럼 따랐고 친근감을 드러내며 어떤 장난이라도 다 받아주었다. 육태가 외롭거나 가정 파탄에 대한 절망감으로 몸부림칠 때마다 라샤는 육태의 괴로운 심정을 다 알고 있다는 듯이 혀로 핥아 주었고 그가 소리를 내지르며 울부짖거나 손으로 등을 때려도 고분고 분하게 굴었다.

그랬던 라샤가 지금 마치 아프리카 들판에서 초식동물을 덮쳤을 때처럼 그의 뒷목을 물어뜯고 있었다. 육태는 커다란 송곳이 뼛속 깊숙이 파고들 때의 고통을 느끼며 우리의 천장을 마지막으로 쳐다보았다. 첫사랑 아내의 얼굴과 자신이 사랑했던 두 아이의 얼굴이 내려다보고 있었다. 여보, 당신을 사랑해. 칠구야! 성애야! 말은 안 했지만 너희들을 진짜 사랑했다. 내가 왜 이렇게 된 건지 나도 잘 모르겠어. 죄안 짓고 나름 열심히 살았는데……. 그의 볼 밑으로 눈물이 주르르 타고 흘러내렸다. 육태의 마지막 외마디 비명을 빠드득거리는 맹수의 이빨이 훔치며 삼켜버렸다.

이튿날 아침, 사자 우리 옆 곰 사육장을 청소하던 고참 사육사 서과장이 아악, 하며 외마디 비명을 질렀다.

육태의 사체는 목과 몸통이 분리되어 있었다. 간과 내장의 일부는 사라지고 없었고, 목이 붙어 있던 상체의 단면에서 흘러나온 선혈이 콘크리트 바닥을 끈적하게 적시고 있었으며 벌레들이 새까맣게 달라붙어 있었다. 누군가에 의해 사자 우리의 철문이 인위적으로 열려 있었는데 놀랍게도 육태 옆에는 정미경이 반듯하게 누워 있었다. 경찰이 도착했을 때 그녀는 이미 죽어 있었다. 손끝이 거뭇거뭇하게 타들어간 것으로 보아 전기에 감전된 것으로 보였다. 경찰은 우리 주변에 폴리스 라인을 두른 뒤 사자에게 물려죽은 것이 확실한 육태와는 달리 사인을 가리기 위해 그녀의 시신을 국과수에 보냈다. 타살 여부를 가리기 위해 그녀의 사무실 서랍을 뒤지던 경찰이 일기장을 찾아내었다. 인간의 이중성과 간악함에 대한 매일의 슬픔을 볼펜으로 적어 내려갔는데 육태가 정 사육사를 나무란 이튿날에 쓴 일기도 있었다.

아버지가 생각난다. 아버지가 젖먹이 때부터 그렇게 애지중지하며 길렀던 우리 집 진돗개 진실이. 어머니와 심하게 싸운 그날 밤 개가 짖자 아버지는 2층 층계참에 묶여 있던 진실이를 발로 차서 난간 아래로 대롱대롱 매달리게 했다. 폭설이 퍼붓는 새벽 진실이는 목줄에 숨이 막혀 난간에 매달린 채 얼어 죽었다. 그리고, 그리고…… 아버지는 죽은 진실이를 솥단지에 푹 끓여서 어머니와 그해 겨울 내내 나눠 먹었다. 나는 인간의 동물 사랑을 믿지 않는다. 최 팀장의 동물 사랑 강의도 너무 가증스럽다.

라샤는 늘 앉아 있던 구석 자리에 웅크린 채 경찰들이 겨누고 있는 M16 소총을 노려보고 있었다. 맹수는 육태와 장난을 칠 때의 예의 그 르렁거리는 소리를 유령처럼 뱉었고, 동시에 철창 밖 두툼한 엄지손가락이 방아쇠를 안으로 잡아당겼다. ✻

작약

미나리아재비과의 내한성이 강한 여러해살이식물로서, 중부 이북지방의 낮은 산지에서 주로 자란다. 함박꽃이라고도 하며 꽃말은 '부끄러움'이다.

혁수가 페인트가 군데군데 벗겨진 대문을 열고 들어서자, 작약꽃 향기가 물씬 풍겨왔다. 어제 집을 나설 때만 해도 봉오리였는데 하룻밤 사이에 꽃잎을 터뜨렸다. 열어놓은 안방 창문으로 어머니가 이불을 머리끝까지 끌어올리는 것이 보였다. 창문 밖을 응시하고 있던 어머니는 대문 소리가 나자 빛의 속도로 몸을 눕히고 이불 끝을 손으로 그러쥐었을 것이다. 혁수가 그 순간을 놓쳤다면 안방 이불이 무엇을 품고 있는지…… 알 수 없었다. 50대 후반 여자의 가녀린 몸뚱어리가 숨소리도 내지 않고 이불 속에 동그마니 파묻혀 있었다.

내키지 않았지만 혁수는 사태를 수습하기 위해 이불 앞에 꿇어앉았다.

"어머니, 화 푸세요. 제가 잘못했어요."

어머니는 꿈쩍도 하지 않았다. 오히려 이불 끝자락을 더 안쪽으로 끌어당겼다. 이불 끝자락을 두고 혁수와 어머니의 밀당이 시작되었다. 이불 안으로 손을 넣을라치면 어머니의 손이 이불 끝자락을 잡고 안으로 끌어당겼다. 마침내 혁수의 손이 어머니의 힘을 이기고 이불 안으로 미끄러져 들어갔다. 혁수의 손이 어머니의 젖가슴에 닿았다. 어머니는 아무 반응도 보이지 않았다. 혁수는 다음 순서를 외우고 있었다. 그는 어머니의 홑적삼 속으로 손을 집어넣어 가슴을 만졌다. 머리를 적삼 속으로 집어넣어 아기처럼 어머니의 젖을 먹는 시늉을 했다. 홑적삼 속에 감춰진 어머니의 젖가슴은 크고 아직 처녀처럼 탱탱했다. 어머니가 몸을 꿈틀거렸다. 조금 놀라는 눈치였다. 놀란 척해주었을지도 모른다. 열아홉 살이나 된 고3 아들이 어머니의 젖을 만지다니……. 하지만 어머니의 화를 풀기 위해서는 이 방법밖에 없었다. 그가 계속 어머니의 젖꼭지를 어루만지자 "야가(이 얘가) 와 이라노!(이러니?)" 드디어 어머니가 못 이기는 체하며 이불을 활짝 걷고 일어나 앉았다. 눈에는 노기가 탱탱했다. 노기를 부풀리기 위해 눈꺼풀을 밀어 올리고 일부러 눈알에 힘을 주고 있는 것 같았다.

"내가 너 하나 믿고 여태 죽을 목숨 구차하게 이어나가는데…… 네가 어떻게 내게?"

"어머니 저는 남자잖아요. 그런 이야기는 같은 여자인 누나나 진희에게 해야 더 공감을 받을 거예요."

"아니다. 그년들은 시집가면 남이니 여자는 다 헛것이다. 아들아, 너는 내 남편이자 내 딸이자 내 아들이다. 네 애비는 나를 속였고 이제 나한텐 너뿐이다. 가슴에 맺힌 어머니의 한을 풀어다오."

"판수 형도 있잖아요!"

판수와 혁수는 일란성 쌍둥이였다. 가족 외에는 둘을 구분하기 어려울 정도로 똑같이 생겼다. 판수가 혁수보다 5분 일찍 태어나 형이 되었다. 판수는 얄팍한 얼굴이었고 혁수는 체격이 단단하고 다부졌다. 그런데 외관과 달리 판수는 폭력 세계에 발을 담갔고 혁수는 공부를 잘했다.

조금씩 어머니는 머리맡에 놓인 밥상에 앉은걸음으로 다가앉았다. 고개를 숙여 미나리무침에 밥을 비벼 한 술 한 술 천천히 뜨셨다. 됐다! 혁수의 얼굴이 편안해졌다.

학교에 갔던 진희가 밤 10시에 피곤한 얼굴로 귀가했다. 혁수와 한 살 터울인 여동생은 고등학교 2학년이었다. 누나보다 순했고 책 읽기를 좋아하고 착한 성격을 가지고 있었다. 혁수가 곁에 없을 때 어머니는 그에게 했던 것처럼 피해자 코스프레를 하며 진희를 괴롭히곤 했다. 혁수와 달리 아버지 이야기가 나오면 진희는 같은 여자로서 동병상련을 느끼는 모양이었다. 시집간 누나에게도 똑같이 했을 것이다.

"엄마, 마당에 있는 저 작약들은 누가 심어놓았어? 아까 집에 들어

올 때 보니까 참 예쁘고 향기도 진하데."

혁수가 틈을 노려 어머니의 이야기를 끊었다.

"누군 누구겠어? 니 애비지. 철도공장에서 잘리는 것도 모자라 재산까지 말아먹은 뒤 그 인간이 꽃 가꾸는 것 외에 하는 일이 무엇이냐?"

아버지는 대구 철도청 선로반에 근무했다. 사회주의 계열인 '전평'의 대구시 철도지부장이었다. 1946년 대구 10 · 1 사건 때 시민들과 식량 배급을 요구하며 시위를 벌이다 철도청에서 잘렸다. 그 후로 얼음 공장, 연탄 공장 등에 손을 대셨는데 하는 일마다 쫄딱 망했다. 빚쟁이들이 매일 몰려왔고 아버지는 시골의 토지를 처분하여 빚을 갚았다. 그때부터 가세가 기울고 혁수의 집이 급격히 가난해지기 시작했다. 좁고 초라한 집이긴 해도 지금 살고 있는 이 집은 고모부 앞으로 명의 이전을 해놓은 덕분에 그나마 건질 수 있었다.

"그때 내가 이 집을 너희 고모부 앞으로 해놓았길 망정이지, 나 없었으면 이 집도 없어."

어머니는 자신의 신세 한탄 끝에는 반드시 이 이야기를 무용담처럼 끄집어냈다. 보통 혁수의 어머니는 한 번 입을 열면 상대가 진저리를 칠 때까지 말을 그치지 않았다. 그녀의 넋두리와 한탄은 밥도 기른 채 다음 날 아침까지 잠도 자지 않고 계속되기도 했다. 그녀가 늘어놓는 넋두리의 강물은 아무리 퍼내도 마르기는커녕 오히려 퍼낸 양의 몇 배쯤 수위가 높아졌다. 자식이 몇 살인지도 분별하지 않았다. 혁수가 아장아장 걷기 시작할 무렵부터 고3인 지금까지 어머니의 레퍼토리는 토씨 한 자 틀리지 않고 반복되었다. 이상하게 어머니는 판수에게는 아무 말도 하지 않았다. 혁수의 멘털이 강해서 정신병에 걸리지 않은 것이 그나마 다행이었다. 누나와 진희는 혁수를 보면 이런 말을 곧잘 했다.

"엄마한테는 오빠밖에 없으니 나중에 어머니에게 정말 잘해야 돼."

"혁수는 나중에 결혼해서 어머니에게 잘하지 않으면 천벌을 받는다. 판수처럼 깡패 짓 하면 절대 안 된다."

진희와 누나도 어머니의 반복된 학습에 세뇌되었던 것이다. 어머니는 이런 식으로 자식들의 정신세계를 지배했다. 우리는 모두 피지배자들이었고 예외가 있다면 판수 형 한 명이었다. 형은 고등학교 때부터 엇나가기 시작해 폭력 세계에 발을 들여놓았다. 수시로 감방을 들락거리고 사고 수습이라는 명목으로 집에서 돈을 빼가곤 했다. 그때마다 집안은 아수라장이 되었다. 평소 절대로 목소리를 높인 적이 없는 아버지의 고함 소리가 터져 나오고 어머니는 그런 아버지에게 울고불고하며 형을 옹호하곤 했다. 혁수는 집안을 고함 소리와 눈물바다로 만드는 형을 끔찍이 싫어했다. 어쩌다 형과 마주치면 입에 자물쇠를 채웠다. 아예 눈도 마주치지 않았고 말을 섞지도 않았다.

판수와 달리 혁수는 체격은 자그마하지만 눈매가 매서웠고 무도로 다져진 단단한 몸집을 가지고 있었다. 판수는 제대 후 하릴없이 놀다가 힘들게 빠져나온 옛날의 폭력 세계로 되돌아갔다. 교도소를 들락거렸고, 집에는 다시 큰 소리와 눈물이 마를 날이 없었다. 혁수는 점점 더 형을 미워하다가 증오하기에 이르렀다.

(나는 절대 형처럼 안 살 거야.)

혁수가 다닌 고등학교는 지방의 명문학교로 한 해에만 명문대에 100명 넘게 진학시켰다. 전교 3등인 혁수도 당연히 명문대 법대에 입학했고 그는 집안의 자랑거리가 되었다.

대학 2학년 겨울방학 때 혁수는 집에 내려와 있었다. 일요일이었다. 아침을 먹고 시립도서관에 나가려는 혁수에게 진희가 울먹이며 다가왔다. 진희의 눈과 코끝이 발갰다.

"오빠!"

동생의 외침에 눈물이 섞여 있었다.

"얘가 아침부터 울고, 왜 무슨 일 있어?"

"……."

"말해봐."

"……됐어."

진희는 해서는 안 될 비밀 이야기를 감추려는 듯 말을 아꼈다. 동생의 알 듯 말 듯한 태도가 혁수의 궁금증을 폭발시켰다. 영리한 진희는 이것을 노리고 말을 아꼈는지도 모른다.

"오빠 성격 알지? 어서 말해봐!"

혁수가 다그쳤다.

"……정말 말하면 안 되는데."

"어서!"

진희는 안 되는데, 하면서도 끝내 입을 열었다. 그즈음 혁수의 아버지는 지붕 고치는 일을 다니셨는데 아침 9시경에 아랫동네 집주인이 부탁한 집의 기와를 수리하려고 지붕 위에 올라갔다. 그것이 사달이 난 모양이었다. 잠을 깨웠다며 새벽에 만취해 귀가한 그 집의 건달에게 두들겨 맞았다는 것이다. 옷이 다 찢어지고 귀와 입술이 터지고 허리를 밟혀 끙끙 앓으신다고 했다. 진희는 아는데 왜 나만 몰랐을까? 어머니가 아무도 들어오지 말라고 엄명했는데 진희가 열린 문틈으로 몰래 보고 들었다고 했다. 엄마가 오빠에게는 절대로 알려서는 안 된다고 아버지에게 신신당부하는 소리도 들었다는 것이다. 진희는 너무 분하고 억울해서 혼자 고민 고민 하다가 혼날 각오를 하고 오빠에게 알려주는 것이니 작은 오빠가 한번 건달에게 따져보라고 했다. 동생은 아버지가 너무 불쌍하다며 콧물과 눈물이 범벅이 되었다.

"오빠, 그 건달 엄청 잔인한 자로 이 일대에 소문이 나 있다는데… 제대로 따질 사람은 오빠밖에 없어."

혁수는 아무런 대답을 하지 않았다.

"……."

"작은오빠……."

"그자는 옛날부터 극악무도한 깡패로 소문이 났는데 내가 뭘 어쩌라고. 나 약속이 있어서 먼저 나간다."

"오빠…… 이 판국에."

진희는 다그치는 듯한 목소리로 혁수를 불렀고, 실망스러운 표정을 지었다.

대문을 열고 나온 혁수는 도서관을 포기하고 그길로 아랫동네 건달에게 달려갔다. 오전 11시. 대문은 열려 있었다. 혁수는 대청마루 밑에서 "여기 좀 나와보세요." 라고 외쳤다. 두 번을 외치자 건달의 부인인 듯한 여자가 "밖에 누가 왔어요." 하며 남편을 깨웠다.

"어떤 놈이 아침부터 날 찾아!"

엄청난 덩치의 사내가 술 냄새를 풍기며 방문을 열고 나왔다. 그는 혁수를 보자마자 고함부터 질렀다. 혁수의 몸이 움찔했다. 그것도 잠시, 혁수는 열려 있는 부엌의 부뚜막에 놓인 나무 도마를 유심히 바라보다가 그 사내를 노려보았다.

"이 자식, 넌, 뭐야?"

사내가 마루 끝으로 걸어 나오자 엄청난 무게 때문인지 마루가 울렸다. 사내는 혁수를 내려 보더니 가소롭다는 웃음을 흘렸다.

"이 새끼가!"

"아저씨가 우리 아부지를 때렸습니까?"

"오, 그 영감탱이 아들이구나. 그래 때렸다! 아침부터 시끄럽게 해서 잠이 깼잖아."

사내는 주먹을 둥글게 말아 손목을 좌우로 돌렸다. 너도 한번 맞아보겠느냐는 폭력 세계의 시그널을 주고 있었다. 혁수는 공포와 분함으로 살이 벌벌 떨렸다.

"집주인이 비가 샌다며 빨리 수리를 해달라고 했지 않습니까?"

"뭐야, 이 어린놈의 새끼가 감히 내게 따지려 드는 것이야!"

혁수는 사내의 엄포에 주눅이 들기는커녕 오히려 오른발을 마루 위에 올렸다. "이 새끼가!" 사내가 오른손으로 혁수의 멱살을 움켜쥐고 마루 밑으로 밀어붙였다. 사내의 괴력에 혁수의 몸뚱어리가 휘청거리며 단번에 뒤로 나자빠질 상황이었다. 댓돌에 발이 걸려 뒤로 넘어지면서도 혁수의 눈길은 부엌의 나무 도마에 꽂혀 있었다. 순간 혁수의 오른팔이 사내의 옷깃을 잡더니 사내의 미는 힘을 역으로 이용하여 아래로 끌어내렸다. 어! 하며 사내가 마루 밑으로 나뒹굴어졌다.

"이 새끼, 나이 많은 노인을 두들겨 팼으니 너도 한번 맞아봐라!"

혁수가 날선 눈길로 사내를 내려다보았다. 쓰러진 사내를 일으켜 세우고 명치에 주먹을 꽂았다. 헉! 사내는 비명도 지르지 못한 채 고통스럽게 배를 움켜쥐고 꼬꾸라졌다. 그는 두 손으로 배를 움켜쥔 채 과장스럽게 데굴데굴 굴렀다. 순식간에 구경꾼들이 몰려들었다. 주변에서 카메라 셔터를 누르는 소리가 들렸다. 웅성거리는 소리가 났다.

"저러다 사람 죽이겠네."

"어린 건달이 큰 건달보다 주먹이 세네."

"보기는 약하게 생겼는데 한 번 화나니 정말 무섭네. 아유, 무시라."

혁수는 졸지에 일류 깡패가 되었다. 동네 남자들과 여자들이 쓰러진 사내와 혁수의 얼굴을 번갈아 보면서 한마디씩 했다. 이왕 이렇게 된 거, 사내가 두 번 다시 사람을 괴롭히지 못하도록 이번 참에 혼구멍을 단단히 내주려고 마음먹었다. 혁수가 쓰러진 사내의 배를 걷어차기 위해 오른발을 들어 올리려는 순간이었다.

"그만 됐다."

구경꾼들 맨 뒷줄에서 모기 소리만 한 작고 떨리는 소리가 들렸다. 아버지였다. 진희가 구경꾼처럼 아버지 곁에 서 있었다. 아버지는 사내의 주먹에 망가진 얼굴을 감추려는 듯 하얀 마스크를 쓰고 계셨다.

돌아오는 내내 세 사람은 말이 없었다.

이튿날 오후 경찰서에서 전화가 왔다. 어제의 일로 3시까지 형사계로 출두하라는 것이었다. 경찰의 설명에 의하면 혁수가 건달의 배를 주먹으로 치는 장면과 그자가 땅에 쓰러져 있는 장면을 카메라로 찍은 것은 그의 아내였다. 건달의 아내는 그 사진을 증거로 혁수를 경찰에 고발했다. 전치 6주의 진단서도 함께 제출해놓았다. 조짐이 좋지 않았다.

"당신이 나 하나로 모자라 자식의 창창한 미래를 망쳐놓았다!"

아버지가 어머니한테 호되게 당하고 있었다. 어머니는 아버지더러 자식을 잡아먹은 인간이라며 길길이 날뛰었다. 사건을 알려준 것은 정작 진희였는데 어머니는 애먼 아버지만 잡고 있었다. 아버지는 어떤 변명도 하지 않고 묵묵히 어머니의 고함 소리를 듣고 있었다. 어머니의 다그침에 당신은 늘 그런 식이었다. 어머니의 걱정도 괜한 것은 아니었다. "경찰서에는 판수를 보내요!" 사법고시를 준비하는 명문대생인 혁수를 생각하면 솔깃한 제안이었다. 판수야 이미 폭력 전과 3범이나 있으니 별 하나 더 단다고 사는 데 지장이 없다. 하지만 혁수는 다르다. 별을 달면 인생을 종 칠 수 있었다.

"어머니, 저야 원래 건달이니까 제가 혁수 대신 죄를 받을게요. 얼굴이 똑같으니 아무도 모를 거예요."

형이 불쑥 나섰다.

"형이 왜 나서?"

혁수가 고함을 질렀다. 자존심이 상했다.

판수는 경찰의 조사를 받고 '폭력 행위 등 처벌에 관한 법률 위반 죄'로 검찰에 송치되었다. 검찰에서 징역형을 구형하고 재판에서 실형이 선고될 것이다. 혁수가 출두했다면 그의 인생도 끝장났을 것이다. 아버지의 돈 봉투를 받은 검찰 수사관은 피해자의 합의서를 받아오라고 조언했다. 합의서가 있어야 정상 참작이 가능하다고. 건달은 아버지와 어머니가 울며불며 합의를 해달라 사정해도 요지부동했다. 건달의 아내는 심지어 이런 말도 했다. "내 남편이 누군지 알아? 남편을 이 지경으로 만든 이놈을 내 반드시 징역을 살릴 거야."라고 협박했다. 여자의 태도로 봐서 동네 구경꾼들을 구워삶아 증인으로 내세울 터였다. 상황이 이 지경이니 판수가 실형을 살 확률이 매우 높았다.

"한숨만 내쉬지 말고 건달을 다시 만나봐요!"

"……."

어머니가 아버지에게 다시 명령했다.

"판수에게 부탁해! 깡패는 깡패끼리 통해."

혁수는 형이 이 문제에 개입하는 것이 싫었다. 하지만 어머니는 건달인 판수 형이 건달의 합의를 받아내는 데 도움이 될까 생각한 모양이었다.

폭력 조직 행동대장인 판수는 아버지의 전화를 받고 고민에 빠져 있었다. 아버지가 말해준 건달은 지금은 은퇴했지만 과거에 이웃한 영역을 관리했던 폭력 조직의 부두목이 틀림없었다. 둘 중의 한 명은 크게 다칠 것이다.

고급 일식집이었다. 판수 형이 종업원에게 조용한 방을 달라고 했다. 종업원은 혁수와 판수를 2층 복도 맨 끝의 다다미방으로 안내했다. 건달과 약속한 시간보다 50분이나 빨랐다. 판수가 까만 가죽끈으로 손목을 감싼 시계를 보더니 종업원에게 돈을 한 장 찔러주며 소주두 병과 스키다시를 먼저 달라고 했다.

술과 안주가 들어왔다. 판수가 병째 술을 들이켰다. 소주병에서 소주 절반이 금세 빠져나갔다. 형은 스키나시로 나온 꼬막 껍데기 안으로 손가락을 집어넣어 조갯살을 까 먹었다. 그리고 남은 소주를 음료수를 마시듯 꿀꺽꿀꺽 들이켰다. 혁수는 형의 그런 태도가 불만이었다. 정작 당사자는 아직 도착하기 전인데 합의서를 받아야 할 형이 먼저 취한 모습을 보이는 것은 협상하는 사람으로서 빵점이라는 생각이 들었다. 처음엔 겁먹은 듯, 동공이 커진 형의 눈이 술의 양이 늘어나자 조금씩 제자리를 찾았다.

문이 열리는 소리가 나고 건달 사내가 방으로 올라섰다. 그는 얼굴이 똑같은 판수와 혁수를 번갈아 보더니 어리둥절한 표정을 지었다. 그리고 이내 인상을 찌푸렸다. 판수가 건달에게 꾸벅 고개를 숙인 뒤 혁수한테도 고개를 숙이라고 나무젓가락으로 옆구리를 쿡 질렀다. 혁수는 고개를 숙이지 않았다. 당황한 형이 건달에게 술을 따랐다. 형은 두 손으로 따르고 건달은 거만하게 한 손으로 술을 받았다.

"형님, 섭섭지 않을 만큼 치료비를 드릴 테니 합의 좀 부탁드립니다."

돈 이야기를 꺼내며 형이 사내에게 공손하게 합의를 요청했다.

"뭐야! 너 때문에 전치 6주의 진단서가 나왔는데 내가 돈에 환장한 놈도 아니고."

건달이 금세 도끼눈을 뜨며 판수를 노려봤다. 혁수는 그를 당장이라도 한 대 때려주고 싶었다. 사건의 자초지종을 따지자면 판수도 할 말이 많을 거로 생각되는데 형은 그날의 일에 대하여 입도 벙긋하지 않았다. 혁수의 정수리 쪽으로 후끈, 불같은 것이 지나갔다. 하지만 합의하러 온 처지에 다시 문제가 생긴다면 안 될 일이다. 일단 자리를 피해 바람이라도 쐬고 오자. 혁수는 화장실에 다녀오겠다는 거짓말을 한 뒤 밖으로 나왔다. 주머니에서 담배를 꺼내 한 대 피워 물었다. (개새끼, 먼저 사과를 해야 옳은 것이 아닌가.) 창문을 열었다. 담배 연기가 열어놓은 창문 밖으로 꼬리만 남기고 뱀처럼 빠져나갔다. 담배를 두 번이나 힘껏 빨아들였다가 내뱉으니 화가 좀 가라앉는 것 같았다. 혁수는 담배를 비벼 끈 뒤 방 쪽으로 걸어갔다. 두런두런 남자의 목소리가 사내와 형이 있는 방에서 흘러나왔다. 배꼼히 열린 문틈으로 판수 형이 무릎을 꿇은 채 연신 건달을 향해 고개를 조아리고 있는 것이 보였다. (저, 벼엉신)

"형님, 저 모르겠습니까. 옛날의 그 판숩니다."

대강 두 사람의 관계가 짐작이 갔다. 과거 건달은 폭력 조직 부두목이고 판수 형은 엇나갔던 한창 시절에 그의 부하였던 모양이었다. 형은 울고 있었다.

"형님, 제가 잘못했습니다. 목숨 하나 살리는 셈치고 한 번만 용서해주십시오."

방문 틈으로 두 사람의 대화가 흘러나왔다. "부하들을 데리고 너를 아작 내려다가 참고 혼자 나왔다."는 건달의 말이 들렸다. 공포와 분노로 턱이 벌벌 떨렸다. 자리에 돌아가면 사고를 칠 것만 같았다. 혁수는 그길로 방으로 들어가지 않고 집으로 돌아왔다.

어머니가 "둘이 나갔다가 왜 혼자 돌아왔니?"라고 물었다. 형이 사고라도 친 거니? 하고 혁수를 다그쳤다. (형은 무릎을 꿇고 병신처럼 용서해달라고 고개를 조아린 것뿐이에요.)

동생이 돌아간 뒤, 판수는 건달에게 꿇어앉아 머리를 조아리는 것도 모자라 펑펑 울었다. 눈물과 콧물이 뒤범벅되었다. 판수는 휴지를 말아 얼굴에 번진 눈물자국을 닦으며 건달을 올려다보았다. 그리고 두툼한 봉투를 내밀었다.

"이건 뭐야?"

"양오 형님, 약소하지만 이건 치료비와 죄송함을 담은 위로금입니다. 조그마한 집 한 채는 살 수 있는 큰돈입니다."

"돈으로 무마할 생각인가?"

판수 형은 다시 머리를 조아리며 울먹거렸다.

"저야 감방에서 십 년을 썩어도 상관없는데 제가 또 구속되면 어머니가 돌아가실 것이 분명합니다. 그러니 이번 한 번만 용서해주십시오. 제가 두 손 두 발로 이렇게 빕니다. 제가 형이잖아요."

"형이라니? 그럼 아까 동생 놈이?"

"동생은 전혀 관련 없습니다. 제가 집안의 장남이라는 말입니다."

판수는 자리에서 벌떡 일어서더니 건달에게 큰절을 했다. 건달이 판수의 돌발적인 행동에 당황한 듯했다.

"알았어. 생각 좀 해볼 테니……."

건달은 판수를 내버려둔 채 혼자 방문을 열고 나갔다. 판수는 엎드린 그 자세 그대로 가만히 있었다.

혁수는 사법고시에 계속 낙방했다. 1차는 되는데 2차에서 떨어졌다. 그는 고시를 포기하고 중앙 언론사에 시험을 쳐서 신문기자가 되었다. 정치부 차장 때 아버지가 돌아가셨다. 어머니는 그 후로 7년을 더 사셨다. 진희는 미8군 장교와 결혼한 뒤 귀국하는 남편을 따라 미국으로 갔다. 누나는 매형을 위암으로 먼저 보내고 자식 두 명과 적적한 나날을 보내고 있었다. 최근에는 아파트에 딸린 상가에 분식집을 연다며 바쁜 척했다. 판수 형은 합의서 덕분에 집행유예를 받았고 그 이후의 행방은 가족 아무도 몰랐다. 진희와 혁수의 기억에서도 실종되었다. 부모님 기제사 때 만나면 어느 누구도 형과 과거의 집안일에 대해 말을 꺼내지 않았다.

"오빠……."

미국으로 이민 간 진희가 40여 년 만에 귀국했다.

"진희야, 이게 몇 년 만이고?"

한국에 귀국한 뒤 진희가 혁수의 집을 맨 먼저 방문했다. 올해 예순다섯이 된 혁수가 주량보다 꽤 많이 마신 것 같았다. 빈 막걸리 통들이 겹쳐 있다가 소파에 앉은 진희가 몸을 들썩이자 기울기가 낮은 현관 방향으로 굴러갔다. 혁수는 아까부터 진희에게 집안의 과거 이야기를 늘어놓고 있었다. 세월이 흘러 진희도 머리가 희끗희끗해지고 예순 중반을 바라보는 나이가 되어서일까? 처음 있는 일이었다.

진희는 자신의 처지에 나름 만족하며 사는 것 같아 마음이 놓였다. 하지만 작년에 미국인 매제를 먼저 보내고 외로운 노후를 보내고 있는 것은 홀아비인 혁수나 마찬가지였다. 혁수는 과거 이야기를 늘어놓다가 어떤 대목에서 목이 마려운 듯 막걸리를 급하게 따라 나섰다.

"혁수 오빠도 이제 늙었나 봐. 과거 이야기만 줄곧 해대는 걸 보니."

진희가 처녀 때처럼 까르륵 웃었다. 그런데 혁수가 과거 건달과의 일을 이야기하고 있는데 중간중간에 진희의 고개가 자꾸 갸웃갸웃했다.

"오빠가 아버지를 때린 건달을 패주었다고?"

"그래, 약속이 있어 나가려는 나를 붙들어놓고 '아버지가 맞았다'고 하며 울었던 것이 진희 너 아니었어?"

"내가 그랬나?"

"내가 쓰러진 건달의 배를 걷어차려고 발을 번쩍 들어 올렸을 때였어."

혁수가 그 장면에서 얼굴에 미소를 지으며 자랑스러워했다.

"아니, 오빠, 잠깐만! 그 사건이 일어났을 때 오빠는 집에 없었어."

혁수는 자신의 무용담을 가짜로 만드는 진희에게 화가 났다. 애가 왜 이럴까? 뭘 잘못 먹었나?

"아버지 사건이 일어났을 때 판수 오빠는 엉겁결에 건달에게 부엌

칼을 휘둘렀고 건달이 많이 다쳤잖아. 오빠는 계획범죄라는 누명을 쓰고 십 년형을 받았어. 기억 안 나? 오빠, 벌써 치매야?"

혁수는 처음 듣는 이야기였다.

"그렇다면 판수 형이 십 년간 감옥을 살았나?"

"오빠는 클 때부터 판수 오빠와 사이가 나빠 한 번도 면회를 안 갔지? 나빠! 아무리 그래도 형젠데."

"어느 교도소?"

"어디긴 어디야? 고향인 대구에서 사건이 났으니 대구교도소지."

뭔가 이상했다. 내가 아버지 때문에 건달 녀석을 패주었고 합의를 하기 위해 내가 건달에게 용서를 빌었는데, 내가 그 장면을 똑똑히 기억하는데…… 진희의 말을 들어보면 아버지가 건달에게 두드려 맞자 방학을 맞아 집에 내려와 있던 판수 형이 건달을 찾아가 항의하다가 결국 칼을 휘둘러 사람을 찔렀다는 것이다. 그렇다면 나와 형님이 뒤바뀌었다는 말인데, 10년 징역? 그렇다면 명문대생인 형님은 이 일로 인생이 완전히 종쳤다는 말이 된다.

진희의 말을 들어보면 우리 형제들을 괴롭힌 사람도 어머니가 아니라 아버지였다고 했다. 아버지는 우리가 어렸을 때부터 술만 드시면 어머니와 우리를 때리는 등 집에서 행패를 부렸다는 것이다. 그렇게 순박하던 아버지가 폭력을?

"오빠, 이제 우리도 나이가 들었고 부모님도 다 돌아가셨으니 진짜 이야기 하나 해보자."

"진짜?"

"그래 우리 가족만의 진짜 비밀."

이 애가 무슨 이야기를 하려고 저렇게 운을 길게 띄울까, 혁수는 괜찮으니 무슨 말이든 해보라고 했다.

"아버지가 왜 그렇게 어머니를 괴롭힌 줄 아세요?"

"그거야 술주정뱅이니까 그랬겠지. 진희 네가 당신이 매일 술에 취해 살았다고 했잖아!"

혁수는 기억나지는 않기만 진희의 말을 빌려 아버지를 원망했다.

"아니야, 오빠만 모르고 있었나 봐."

"얘가 무슨 말을 하는 거야?"

혁수는 비밀 운운하면서 정작 표정은 천연덕스러운 동생을 견디기 힘들어했다.

"어머니가 아버지와 결혼 전에 한 번 결혼한 몸이잖아."

"뭐? 뭐라고?"

진희는 혁수를 아랑곳하지 않은 채 남의 일처럼 말했다.

"얘가 무슨 말을 하는 거야? 미국에 살더니 아버지와 어머니를 혼동하고 있네."

진희가 말을 바꿨다. 혁수는 동생이 돌아가신 어머니를 욕되게 하는 것 같아 다소 언짢은 기분이 들었다.

"사실대로 말하면 어머니는 아버지와 결혼하기 전에 한 번 결혼을 했었나 봐. 첫날밤 옷고름을 풀던 신랑이 갑자기 심장마비로 죽었다고 했어. 그때는 옛날이라 며느리가 아들을 잡아 먹었다고 시댁에서 쫓겨났지. 하지만 지금 생각해보면 원래부터 심장이 나쁜 아들을 결혼시킨 거지. 피해자는 어머니였어."

"그 말은 곧 어머니가 처녀였다는 말이네."

혁수의 가족은 도시로 이사오기 전에 고향에서 농사를 지었다. 진희는 아버지가 밤에 시골길을 가던 어머니에게 첫눈에 반해 거의 반강제적으로 결혼을 했다고 했다. 당시 어머니는 첫 결혼에 실패하고 친정에서 시름을 달래는 중이었다.

"반은 뭐고 강제는 뭐니? 얘가 점점 더 아리송한 말만 하네."

"오빠, 우리가 나이가 얼만데, 화내지 말고 그냥 재미로 들어. 화내면 이야기 안 할 거야."

혁수는 진희의 태연하던 얼굴이 순간 흐려지는 것을 보았다. 진희가 들려준 말에 의하면, 아버지는 어머니를 처음 본 순간 '이 여자가 내 여자다'라는 확신을 가졌다고 한다. 어머니의 뒤를 몰래 밟아 미래의 처갓집을 확인하고서 이튿날부터 뻔질나게 드나들었다는 것이다. 동네를 오가며 슬그머니 소문도 냈던 모양이었다. 둘이 결혼할 사이라고. 지금과 달리 그 시절에는 이쯤 되면 다른 데 시집가기가 글렀다. 아버지는 중간에 매파도 넣지 않고 사성부터 보냈다. 어머니는 꼼짝 못 하고 아버지에게 시집을 가야 했다. 듣고 보니 웃기는 이야기였다. 누나도 알고 있는 이야기라고 하니 아마도 어머니는 이런 이야기를 같은 여자인 딸들에게만 해준 모양이었다.

혁수는 충격을 받았다. 그는 두 손으로 머리를 움켜쥐었다. 망치로 누군가가 머릿속을 때렸다. 내가 알고 있던 것이 다 가짜란 말인가.

"진희야, 너 오늘 오빠하고 술 한잔 할래?"

혁수는 간절한 눈빛을 동생에게 보냈다. 진희가 "자고 가도 돼?"라고 한 발 더 나갔다.

그는 냉장고를 열어 냉장 칸에 항상 넣어둔 소주를 꺼냈다.

"냉장고에 술이 세 병이나 있네. 이상타. 판수 오빠는 자랄 때부터 술을 좋아했지만 오빠는 원래 술 못 하잖아."

진희가 손가락으로 냉장고를 가리키며 놀랍다는 표정을 지었다.

"하하, 내가 술을 못 마셨다고? 십 년이면 강산도 변하는데 사람인들 안 변하겠니?"

혁수가 능청을 떠는 말투로 대답했다.

"판수 형님은 젊었을 때 뭐 했노?"

술이 바닥을 드러내자 자신도 모르는 새에 혁수의 입에서 고향 사투리가 튀어나왔다.

"큰오빠는 수재 중의 수재였어. 법대를 너끈히 들어갔다 아이가. 오빠야는 사흘이 멀다 하고 경찰서를 들락거리고. 작은오빠 때문에 큰오빠가 희생됐다고 봐야지. 작은오빠야, 큰오빠한테 안 미안나? 양심이 있다면 미안해야 하는 것이 이치에 맞데이."

술이 몇 잔 들어가자 진희 입에서도 사투리가 터져 나왔다.

"계집애도 참, 판수 형과 나하고 무신(무슨) 관곈데?"

"사법고시생인 큰오빠가 작은오빠 때문에 감옥 갔던 거 모른 척하는 기가?"

"판수 형님이 감옥 간 게 왜 내 때문이고?"

혁수는 형이 자신 때문에 감옥 갔다는 진희의 말이 이해가 안 됐다.

나는 클 때 형과는 말도 안 섞었는데, 라는 생각이 들었다.

"기억 안 나? 아버지 때린 아랫동네 그 건달 있잖아!"

"그건 알지. 내가 그 건달 죽도록 패주었잖아."

"오빠는 지금 무신 말을 하노. 부산에 있는 오빠에게 전화했더니 나이트클럽 일로 바쁘다고 일방적으로 전화를 끊었다 아이가. 그래서 어머니 몰래 큰오빠에게 말을 했지. 방학 때 잠시 내려온 대학생인 큰오빠가 아버지의 분을 풀어준다고 작은오빠 대신 따지러 갔잖아. 그리고 말다툼 끝에 그 건달을 부엌칼로 찔러서 그길로 감옥 갔어. 폭력배인 작은오빠…… 미안, 건달에게 따지고 공부벌레 큰오빠는 그대로 있었으면 지금쯤 검사 나리 할 분인데…… 비겁하게 시리."

진희는 조금 전처럼 같은 말을 반복했다. 동생의 말을 듣다 보니 누군가는 거짓말을 하고 있는 것 같았다. 건달을 팬 사람이 내가 아니고 판수 형이라니. 그럼 건달에게 합의서를 받으러 일식집에 간 형과 나는 무엇이란 말인가. 내가 담배를 피우고 방에 들어가려고 했을 때 건달에게 꿇어앉아 동생을 용서해달라고 울던 형은 누구란 말인가. 혁수는 갑자기 섬뜩한 기분이 들었다. 누군가 자신의 기억을 조작했다는 두려움이 온몸을 휘어감았다. 진희의 말대로라면 자신은 비겁한 사람이라는 말인데, 그렇다면 기억을 조작한 사람은 다름 아닌 나 자신이었단 말인가. 비겁함에서 벗어나기 위해서?

내가 지금껏 알고 있었던 모든 것이 조작된 기억이란 말인가? 내가 왜 내 기억을 조작해? 그건 오빠가 그 시절을 견뎌내기 위해서일 거야. 혁수는 자신의 기억과 진희의 기억 중 누구의 기억이 맞는지 알 수 없었다. 하지만 곰곰이 생각해보니 진희의 기억에 더 신뢰가 갔다. 혁수는 심한 부끄러움을 느꼈다.

그리고 진희의 혀가 꼬부라지기 시작했다.

"오빠, 우리 집은 꽃밭이 없었어. 하루 살기도 버거운데 꽃이 다 뭐야. 더구나 작약은 함박꽃인데 그 당시 우리 집에는 웃는 사람이 아무도 없었어."

아버지는 1946년, 민중봉기인 대구 10·1 사건 때 쌀 배급을 늘려달라는 시위 군중이 아니었다. 어머니의 말처럼 시위대에 합세한 대구 철도공장의 '전평' 소속 노조원은 더더욱 아니었다. 아버지는 여자와 어린아이까지 합세한 그 군중들을 향해 발포한 경찰관이었다. 경찰관의 발포로 애꿎은 시민 두 명이 죽었고 시위는 전국으로 퍼져 나갔다. 윗선의 꼬리 자르기로 아버지는 경찰에서 해직되었고, 그길로 아무 일을 안 하고 평생 놀고먹었다. 2010년 3월, 진실화해위원회에서 대구 10·1 사건에 대해 국가의 책임을 인정하고 위령 사업을 지원하라고 했으며, 유족들에게 사과를 해야 한다는 결정을 내렸다. 2016년 8월 대구시 의회가 '대구시 10월 항쟁 등 한국전쟁 전후 민간인 희생자 위령 사업 지원 등에 관한 조례'를 제정하면서 10·1 사건을 '10월 항쟁'이라고 공식화했다. 곰곰이 따져보니 아버지는 10월 1일이 가까워지면 그 며칠 전부터 술에 취해 살았다. *

간병사 S

성나연이 간병사 자격을 취득한 뒤 첫 번째로 만난 환자는 예순여 덟의 늙은이였다. 간병인 협회에서 노인이라 했는데 만나보니 그렇게 불러도 되나 싶었다. 혈색이 좋았고 이마와 목이 매끈했다. 잔주름도 없었다. 예순 초반이라 해도 믿을 만했고 환자처럼 보이지도 않았다.

노인은 괴산의 산기슭 아래 집을 지어 혼자 살았다. 대문 쪽으로 십 여 평의 잔디 마당을 조성하고 진밤색의 이중 그림자 슁글이 2층 지붕 을 덮었다. 세라믹 사이딩이 벽돌을 촘촘히 이어 붙인 것처럼 보여 주 택 외벽이 고급스러웠다. 나연이 마당에 핀 제라늄, 베고니아, 데이지 같은 꽃들을 보며 "아, 봄이네." 하고 중얼거렸다.

노인의 딸을 통해 신상정보부터 파악했다. 엄마는 5년 전에 폐암으 로 죽었단다. 교사인 노인의 외동딸 혜주는 직장 때문에 서울의 원룸 에 살았다. 아버지가 병들자 딸은 그를 요양병원에 입원시켰다. 안성에 있는 요양병원까지 잘 따라와놓고 막상 주차장에 차를 세우자 내리지 않으려고 노인이 발버둥을 쳤다. 그런 일이 있었구나, 하고 그녀는 대수롭지 않게 넘겼다. 그런데 나연이 노인을 간호하기로 한 첫날, 그녀는 혜주로부터 전화 한 통을 받았다. 딸은 아빠가 요양병원에서 나와 괴산 집에 가 있다며 속상해했다. 요양병원에는 있기 싫대요? 이유를 물었지만 딸은 대답하지 않았다. 노인이 고집을 부려 억지 퇴원한 것으로 짐작되었다. 알고 보니 노인의 병명은 암이나 육체적 불치병이 아니었다. 그는 알츠하이머 치매 초기였다.

"일 년 전에 교통사고를 크게 당했어요. 그때 머리를 다친 뒤 치매 증상을 보이기 시작했고요."

딸은 아버지가 트럭에 부딪힌 사고에 무덤덤했다. 담당 의사는 노인의 증상을 초기 치매로 판단한 뒤 딸에게 앞으로 닥쳐올 증상을 설명했다. 기억력 감퇴와 인지기능 저하, 망상, 과장, 우울, 불안, 초조, 수면장애, 공격성 등이 나타날 수 있다는 것이다. 딸이 들려준 말은, 노인의 경우 의사가 말해준 증상보다 자신의 이야기를 끊임없이 하는 악습이 더 문제였다. 그리고 전날 자신이 그 이야기를 했다는 사실을 기억하지 못했다. 혜주는 그 이야기를 들려주며 진저리를 쳤다.

성나연은 3년 전 탈북했다. 그녀는 남편과 중학교 상급반인 남매를 데리고 북한을 벗어났다. 한겨울에 꽁꽁 얼어붙은 압록강을 건넜다. 중국으로 건너갔다가 태국으로, 태국 수용소에 잡혀 있다가 한국에 입국했다. 그 사이에 남편과 아들은 알 수 없는 병으로 중국과 태국에서 죽었다. 딸은 탈북 브로커에 속아 중국 인신매매범에게 넘겨진 후 생사를 모르고 있었다. 나연은 한국에 도착한 후 누구에게도 그런 아픈 사연을 티 내지 않았다.

나연은 한국 정부로부터 받은 임대아파트에 살았다. 아파트와 거리가 멀어 그녀는 노인의 괴산 집에 머물며 간병하기로 했다. 일당은 24시간 기준에 13만 원으로 계약했다. 평균보다 1~2만 원이 많았다.

간병 첫날 노인과 말을 텄을 때다. 노인이 나연에게 휴전선을 넘어왔느냐고 물었다. 세상에 영원한 비밀은 없는 법. 그녀는 자신이 탈북자 출신이라는 것을 노인이 아는 것에 의아해하진 않았다.

"저는 압록강을 건넜어요."

"휴전선을 넘지 않고 어떻게 이남으로 올 수 있어?"

"네?"

"나는 휴전선을 넘어왔기에 하는 말이야."

"할아버지도 탈북하셨단 말이에요?"

"1992년 여름에 넘어왔지. 자네의 탈북 대선배야."

노인은 회상에 잠기는 듯 눈을 지그시 감았다. 어려서부터 글재주가 있던 그는 조선작가동맹 중앙위원회 소속 소설가로 활동하다가 늦은 나이에 결혼했다. 그가 당 기관지에 발표할 소설이 조선노동당 선전 선동부 사전 검열에 걸렸다. 소설이 북한 수령 체제를 비판하고 자본주의 냄새가 난다는 이유로 정치범수용소에 끌려갈 운명에 처하자 노인은 그길로 탈북을 선택했다. 노인은 비무장지대를 넘어 한국 땅을 밟았다. 북한군 OP에 근무한 경험이 있어 지뢰를 밟지 않고 넘어

올 수 있었다. 한국에서 혼자 살다가 마흔 살에 재혼했다.

"그럼 북한의 원래 가족은요?"

"사리원 본가에 있는 부모 형제와 결혼 후 첫 임신한 아내가 있었지. 내가 탈북했으니 모두 정치범수용소로 끌려갔을 거야."

"고향이 황해도라고요?"

"그래, 황해도 사리원. 북에서 김일성대학을 다녔고, 소설을 쓰기 전엔 로동신문 기자였지."

노인이 치매라는 말을 들었기에 나연은 그의 말을 어디까지 믿어야 할지 알 수 없었다. 사실이야 어찌 됐건 노인의 말은 상당히 조리 있었고 앞뒤가 딱딱 들어맞았다.

나연은 그날 밤 딸 혜주에게 노인과 나눈 이야기를 들려주었다. 그리고 물었다.

"탈북자 아닌 거지요?"

"맞아요."

"맞다고요?"

"치매라 해도 옛날 기억은 갖고 있잖아요. 아버지가 탈북자 출신인 건 맞아요."

"아―"

"조금만 있어보세요. 더 많은 것을 알게 될 테니……."

"알게 된다는 게 뭐 어떤……."

혜주의 대답은 어떤 비밀을 감추려는 듯 아리송했다.

"아빠가 하시는 이야기는 황당무계해요. 아버지는 그 이야기를 소설이라고 해요. 아빠는 탈북하기 전에 북한의 조선작가동맹 중앙위원회 소속 소설가였어요. 하도 여러 번 들어서 이젠 외우고 있어요."

"힘들었겠군요."

"그런데 소설을 진짜 이야기처럼 말해요. 어느 땐 소설이라고 하고, 어느 땐 진짜 겪은 것처럼 말하는데, 어차피 초기 치매는 갈팡질팡하는 거니까 참고 들어주시면 돼요."

노인의 증상에 대해 딸이 하소연하자 의사는 이렇게 말했단다.

"이야기를 꾸밀 능력이 있으면 나쁜 건 아닙니다. 적어도 이야기를 꾸밀 동안 치매가 더 이상 발전하지는 않는 거죠."

나연이 노인의 집에 머문 지 사흘이 지났다. 그동안 상대를 탐색하고 있는지 끊임없는 이야기로 상대를 괴롭힌다는 악습을 부리지 않았다. 노인은 거동이 불편하긴 해도 화장실 출입이나 세수를 혼자 힘으로 했다. 전자레인지에 데워만 주면 아침은 컵밥 등으로 혼자서 해결했다. 온갖 수발을 다 들어줘야 할 텐데, 걱정이 태산 같았던 초보 간병사 나연의 예상은 빗나갔다.

간병인은 환자의 기본적인 생리 욕구인 배고픔, 목마름, 배설 등을 도와준다. 뇌졸중, 교통사고 등으로 스스로 움직일 수 없는 환자는 욕창 예방을 위해 두 시간에 한 번씩 체위 변경을 해줘야 한다. 쉬운 일이 아니다. 간병인은 피로와 수면 부족, 스트레스에 시달리기 쉽다. 간병인 교육을 받을 때 강사는 간병인도 인간인 이상 환자에게 짜증이 날 때가 있을 거라고 겁을 주었다. 강사의 으름장에 '내가 겨울 압록강도 건넜는데, 그 정도 어려움쯤이야.' 하고 나연은 웃어넘겼다. 아무튼 노인의 경우 인간의 기본적인 생리 욕구는 자신의 힘으로 해결했다. 스스로 돌아누울 수 있으니 욕창 때문에 체위를 변경시킬 일도 없었다. 휴, 다행이군. 나연의 가슴을 짓누르던 압박감이 사라졌다. 간병인으로서 내 역할은 치매 기가 있는 노인의 말 상대가 되어주면 된다고 생각했다.

노인에게 북한 이야기를 듣게 되자 나연도 자연히 북에서의 생활이 떠올랐다. 아프고 고통스러운 일들뿐이라 일부러 떠올리지 않던 기억들이었다.

밀수로 가족의 생계를 책임지던 나연의 아버지가 간경화에 걸렸다. 복수가 차올라 배가 임신한 여자처럼 불룩해졌다. 그가 앓아눕자 어머니는 돈을 벌겠다며 가족 몰래 중국에 건너갔다. 그리고 팔 개월 만에 돌아왔는데 떠날 때와 달리 배가 불러 있었다. 얼굴을 못 알아볼 정도로 뼈만 남은 몰골이었다. 나연이 열일곱 살 때였다.

"오마니, 어디 갔다 왔습니까?"

"……."

어머니는 말없이 고개를 숙였다. 나연의 아버지가 벌벌거리는 손으로 재떨이를 집어 던졌다. 유리 재떨이가 어머니의 이마를 치고 벽에 부딪혀 산산조각 났다. 어머니의 얼굴에서 피가 흘렀다. 이 망할 놈의 에미나이가! 어머니의 불룩한 배를 바라보며 아버지는 한참 동안 험한 욕설을 퍼붓다가 제풀에 지친 듯 가쁜 숨을 몰아쉬었다.

아버지 하나로도 버거운데 어머니조차 집에 돌아온 다음 날부터 앓아누웠다. 집안에 두 명의 환자가 발생했다. 병원 치료는 엄두도 내지 못했다. 나연은 쓸 만한 집안 물건들을 죄다 장마당에 내다 팔아서 약과 식량을 겨우 해결했다. 아버지가 돌아가실 겨울 무렵에는 가재도구는 아무것도 남지 않았다. 나연은 이불이 없어서 가마니를 깔고 덮었다. 첫사랑을 느낄 만한 사춘기에 그녀는 먹을 것을 구하러 북새통인 장마당을 헤집고 다닌 기억밖에 없었다.

간병 일주일째였다. 지난 6일 동안 아무 일도 벌어지지 않았다. 노인은 오후 내내 침대에 누워 멍하니 천장을 바라보거나 종편에서 방영하는 북한 프로그램 두 개를 채널을 바꿔가며 보았다. 노인은 치매 외에 간이 좋지 않았다. 고향 생각이 날 때마다 술을 많이 먹어서 알코올성 간병이 생겼다고 묻지도 않는 말을 했다.

"여기 앉아보시오."

점심 식사를 마친 노인이 나연에게 의자를 들이밀었다. 올 것이 왔구나, 생각했다. 그녀는 화병의 물을 갈아주다 말고 침대 옆 의자에 앉았다. 철쭉꽃 화병에 물을 갈아주며 '편하구나. 여기서 간병을 계속했으면……' 생각했는데 그녀의 속마음을 노인이 알아챈 듯했다. 나연은 마음을 바꿔 먹었다. 내가 겨울 압록강을 건너왔는데, 이까짓 것! 겁이 날 때마다 그녀는 늘 그런 말로 자신을 안심시켜왔다. 나연은 노인의 눈을 똑바로 맞받았다.

노인의 눈은 차갑고 불안해 보였다. 그가 말문을 열기 전 커다란 방의 고요가 창문 밖 햇빛과 함께 밀어닥쳤다. 노인은 지금까지 가족에게 자신의 과거를 숨겼다고 신음처럼 말했다.

나연은 과거를 숨겼다는 노인에게 관심을 보이는 척했다. 어디, 하고 싶은 말 다 해봐, 라며 볼이 불룩해질 만큼 숨을 크게 들이마셨다.

"이 이야기는 북한에서 내가 실제로 겪은 이야기요. 당신이 같은 탈북자라서 믿고 말하는 것이오. 가족에게조차 내가 탈북자라는 이야기를 안 했소. 북한에서 결혼한 사실도…….

치매가 확실했다. 아버지가 탈북자라는 것을 딸이 알고 있는데 가족에게조차 말하지 않았다니. 북한에서 결혼했었다는 이야기를 안 했다는 말인가? 이야기의 맥락이 처음부터 흔들렸지만 노인의 말이 무엇이든 나연이 사실을 파악하려고 애쓸 필요는 없었다. 노인은 무엇에 홀린 듯 이야기하기 시작했고 나연은 결심했던 대로 묵묵히 들었다.

노인은 화장지를 달라고 했다. 눈물을 꾹 참고 있는 것처럼 보였다. 노인이 눈가를 닦을 때 휴대폰이 울렸다. 액정 화면에 '딸 혜주'라는 문자가 떴다. 노인에게 손가락으로 손에 쥔 휴대폰을 가리켰다. 노인이 알아들었다는 표정을 지었다. 나연은 일어나 화장실로 걸어갔다. 방이 커서 화장실까지 일곱 보 정도 걸어야 했다.

"아버지, 괜찮아요?"

화장실 문을 열자마자 휴대폰에 연결된 이어폰에서 혜주의 음성이 흘러나왔다. 나연은 간병을 시작하면서부터 이어폰을 꽂고 있었기 때문에 노인은 스피커폰으로 새어 나오는 딸의 음성을 들을 수 없었다. 이것은 나연이 탈북민이라는 것을 들키고 싶지 않은 나름의 방법이었다. 한국에 온 뒤 하나원 담당자는 탈북민을 휴대폰 매장에 데려가 전화를 개통해줬다. 하지만 나연에게 걸려오는 전화는 보이스피싱이거나 하나원에 함께 입소한 탈북민이 대부분이었다. 나연은 북한 사투리가 수화기 밖으로 새어 나오는 것을 숨기고 싶었다. 궁리 끝에 바깥 외출 시엔 이어폰을 귀에 꽂는 것이 습관화되었다. 간병일을 시작하면서도 그 습관은 바뀌지 않았다.

"이야기가 막 시작됐어요. 마트에 갈 일이 있는데 할아버지가 붙잡네요."

"은아가 나오죠?"

"아직은."

"곧 나올 거예요. 지겨워. 그놈의 은아!"

혜주는 "그놈의 은아!" 끝에 민망함을 감추려는 듯 웃음을 터뜨렸다.

"이미 따님에게도 해준 이야긴가 봐요."

"한두 번이겠어요?"

"겪어보니 따님의 심정을 알겠어요."

"아빠가 실제 겪었다는 이야기는 당신이 꾸미신 소설에 '은아'라는 여자애를 교묘하게 엮어 넣은 거예요."

"네? 왜요?"

"소설가는 남을 속여먹는 직업이잖아요!"

혜주의 숨소리가 거칠어졌다. 딸은 노인이 들려주는 이야기가 가짜라고 생각하고 있었고 속아주지도 않았다. 그때부터 노인은 그녀에게 입을 닫았고 딸 대신 간병인에게 이야기를 반복했던 모양이었다.

알고 보니 그동안 노인의 이야기에 질려 한 달을 못 채우고 그만둔 간병인이 하나둘이 아니었다. 나연은 노인이 실제 인물처럼 들려주는 '은아'라는 여자의 정체가 은근히 궁금했다. 노인의 헛기침 소리가 들렸다.

"할아버지가 빨리 오라고 하시네요."

나연은 딸과의 통화를 끝내고 노인에게 돌아갔다.

"혜주이 것 같구."

노인이 감았던 눈을 치켜뜨며 나연을 올려다보았다.

"혹 그 애가 '은아가 가짜'라고 하지 않았소?"

"그런 말⋯⋯."

"불편하면 대답 안 해도 돼요. 혜주는 도통 내 말을 믿으려 하지 않으니."

끝말을 줄인 뒤 노인은 나연의 얼굴을 뚫어지게 바라보았다. 나연은 문득 섬뜩한 기분이 들었다. 방 안을 벗어나고 싶었다.

"자동차 열쇠 좀 주세요. 마트에 갔다 올게요."

나연은 의자에서 일어나며 노인에게 말했다.

"마트엔 왜?"

노인이 놀라며 침대에서 상반신을 일으켰다.

"저녁 찬거리 사려고요."

노인이 미간을 찌푸렸다.

"당신은 가정부가 아니오. 왜 그런 것을 신경 쓰시오?"

"매번 도시락만 드시니 질리지 않아요? 이참에 북한 음식 한 번 해보려고요. 저도 먹어야겠고."

"당신도 먹는다고?"

"부담스러워하지 마세요. 오늘만이에요."

노인의 얼굴이 환해졌다.

"그럼 부탁이 하나 있소. 소주 한 병만 사주시오."

노인이 미안한 표정을 지었다.

"간도 안 좋으면서…… 술도 드세요?"

"간은 무슨? 젊을 땐 말술이었소."

"그럼, 딱 한 병만이에요. 간병인이 환자에게 술을 사주다니, 따님
이 알면 뭐라 할 텐데."

말은 그렇게 하면서 나연은 노인의 눈빛이 간절해 보였다. 그녀는
'노인이 지독히 외롭구나' 하는 생각이 들어 부탁을 거절하기가 쉽지
않았다. 노인이 지갑에서 카드와 차 열쇠를 꺼내 내밀었다.

"사고 싶은 것은 다 사도 되오. 미안하지만 안주도 넉넉하게 사 오
시오. 그리고…… 내 이야기 때문에 힘들었을 테니 오늘 임금은 두 배
로 쳐주겠소."

"임금은 계약대로 주셔도 돼요. 더 받지는 않겠어요."

나연은 자존심이 강한 북한 여자답게 고개를 저었다.

"벌써 입금했소."

"괜찮다 말씀드렸는데."

"내가 안 괜찮소. 직장 다닐 때 연금에 가입해두어서 매달 돈이 들
어오오. 퇴직금도 아직 반이나 남아 있고. 그러니 동무는 신경 쓰지 마

시오."

그녀가 불편한 표정을 짓자 노인이 '동무'라는 북한식 호칭으로 분위기를 누그러뜨리려 애썼다. 그녀가 문을 향해 걸어갈 때 창문에서 불어오는 바람이 꽃향기를 실어왔다. 나연은 문득 고향집 대문간에 심어져 있던 라일락 나무를 떠올렸다. 라일락이 피기 시작하면 어머니는 늘 라일락 한 송이를 꺾어서 나연의 방에 놓아두곤 했다. 향기가 너무 진해 머리가 어지러울 때도 있었다. 고향에서는 5월의 끄트머리나 6월이 되어야 꽃이 폈는데 날씨가 따뜻한 여기선 4월 하순에도 벌써 꽃이 피었다. 고향에서는 라일락을 '수수꽃다리'라고 불렀다.

아버지의 자살은 나연의 가정을 반역자 집안으로 몰고 갔다. 북한에서 자살은 민족 반역 행위로 낙인이 찍혔다. 자살자의 가족은 대개 추방을 당했다. 자살자의 가족은 국가 반역자 집안으로 몰려 자녀는 대학에도 진학할 수 없었다. 공부를 잘했던 그녀의 꿈은 무참하게 꺾였다. 나연은 방문을 열고 나가며 머리를 얻어맞은 듯, 고개를 흔들었다. 북한에 관한 한 더 이상 아무것도 기억하고 싶지 않았다.

마트에서 돌아오자 노인이 이야기를 다시 하기 시작했다. 기력이 딸리는지 중간중간에 숨을 모았다가 뱉어냈다. 나연은 오전에 한 번 들었던 이야기를 다시 하는 노인에 질려 딴생각을 하고 있었다.

3년 전 하나원을 나오니 막막했다. 하나원을 나올 때 정부는 정착 기본금 7백만 원 중 초기 지급금으로 4백만 원을 주었다. 나머지 3백만 원은 1년 동안 분할해서 지급했다. 하나원에서 합숙 교육을 마치고 나오니 문 앞에서 탈북 브로커가 기다리고 있었다. 초기 지급금 4백만 원 중 백만 원만 남기고 빚진 탈북 비용 일부를 갚았다. 남은 돈으로 소형 냉장고, 전자레인지 등 생활에 필요한 가전제품과 밥솥, 가재도구, 이불 등 살림살이를 구입하니 남은 돈이 없었다. 주거지원금 1,500만 원은 만져보지도 못한 채 임대아파트 보증금으로 들어갔다. 정부에서 아파트를 주니 집 걱정은 없었지만 수중에 돈이 없으니 미래가 막막했다. 탈북 과정에서 일어난 남편과 아들의 죽음, 딸의 인신매매는 그녀에게 수시로 씻을 수 없는 고통을 안겼다. 지난 3년은 그녀에게 지옥이 어떤 것인지 똑똑히 보여주었다. 친절하게 접근한 한국 사람에게 마음을 뺏겨 분할 지원금도 사기를 당했다. 안 해본 일이 없었다. 음식점 서빙, 편의점 아르바이트, 건설 현장의 함바집, 청바지 공장 봉제공, 벽돌 공장을 거쳐 마지막으로 노래방 도우미가 되었다. 도우미 일도 삼 개월 만에 쫓겨나다시피 그만두었다. 손님들이 신청한 노래를 찾아 기계에 입력해야 하는데 처음에는 한국에서 겨레말처럼 사용하는 외래어를 도통 알아들을 수 없었다. "한국 여자가 한국 노래 입력도 못 해? 야, 너 중국에서 왔어?" 등 술 취한 남자들의 짜증과 욕설을 듣기 일쑤였다. 30분도 채우지 못하고 쫓겨난 적이 많았다. 노래방 사장은 손님을 빼앗긴다며 "오지 마."라고 했고, 손해를 끼쳤다며 그만둔 날의 일당은 주지 않았다.

마침내 탈북한 지 2년 만에 극도의 스트레스로 병까지 들어 일을 할 수 없었다. 우울증에 걸린 것이다. 다행히 기초생활 수급자로 지정돼 매달 40만 원이 나왔다. 그 돈으로 물세, 전기료, 청소비가 포함된 임대아파트 관리비, 쌀값과 부식비, 휴대폰 사용료를 내고 나면 끝이었다. 매달 아슬아슬하게 견뎠다. 겨울 압록강을 건넜고 무시무시한 태국 감방에서도 1년간 버텼다! 다시 일어서야 해! 나연은 이빨을 깨물었다. 그때 하나원에서 친하게 지낸 언니뻘인 탈북민에게 전화가 걸려와 간병 일을 해보라고 권했다. 그 언니는 나연에게 앞으로 북한 말씨를 쓰지 말라고 했다. "출신을 물으면 그선쪽이라고 해. 한국 사람들은 북한에서 왔다고 하면 은근히 색안경을 끼고 본다."며 충고했다. 나연이 간병사가 된 그간의 이력은 그랬다.

노인의 말소리가 그녀의 생각을 깨뜨렸다.

"그러니까 내가 북한 수령 체제를 풍자하는 소설을 올리자 선전선동부에서 자아비판을 하라고 했단 말이오. 소설을 아직 인쇄하기 전이고 황해도 선전선동부 부부장이 나하고 친분이 있는 동무라 내게 기회를 주려고 했던 것이오. 나는 거부했소. 작가는 진실을 말해야 하니까. 결국 정치범수용소로 끌려갈 운명에 놓였지. 요덕……."

노인의 말에 나연은 "네에" "아, 그랬군요."라며 적당히 추임새를 넣어주었다. 실제 흥미롭기도 했다. 같은 탈북자 출신이지만 북에서 소설가이고 기자였다는 노인의 과거 생활은 나연이 속해 있던 북한 아래층 인민들의 생활과는 또 다른 세상이었다. 나연은 몰랐고 관심도 없었던 북한 중상류층의 문화와 정치적 다툼의 은밀한 이야기들이 말 그대로 소설처럼 노인의 입에서 흘러나왔다.

그러다가 마침내 '은아'라는 이름이 나왔다. 노인은 그녀를 총명하고 아름답고 감정이 풍부한, 남자들 누구라도 이상향으로 그릴 만한 여자로 묘사하였다. 은아를 말할 때마다 노인의 얼굴에 그리움 짙은 슬픔과 천진한 기쁨이 교차되었다.

이야기를 들으면서 나연은 느낄 수 있었다. 은아라는 여자가 실제 인물이든 가상 인물이든 노인에게 '은아'라는 존재는 그의 가장 빛나고 푸르렀던 날들의 상징 같은 것이라는 것을. 그의 자부심과 그리움과 후회의 모든 것이 버무려진 한 시절의 꿈이라는 것을.

마당에 석양의 붉은빛이 내려앉고 사방이 어둑해졌다. 나연이 거실의 불을 켰다. 잠시라도 노인의 이야기를 끊고 싶었다. 노인은 창밖의 먼 곳에 눈길을 준 채 한동안 아무 말도 하지 않았다. 그녀는 노인의 옆얼굴을 바라보았다. 문득 돌아가시기 얼마 전의 야윈 아버지 얼굴이 떠올랐다. 당시는 아무 감흥 없이 바라보던 그 공허한 표정이 나연의 가슴에 아프게 날아와 꽂혔다. 하루하루 살아내는 것에 지쳐 차라리 아버지가 빨리 돌아가셨으면 했던 날들이었다. 나연은 노인을 따라 어두워져 가는 마당으로 눈길을 돌렸다.

"은아를 찾아주시오."

노인이 술잔을 입으로 가져가며 다시 입을 열었다. 목소리에 가래가 끼어 있었다.

"은아라면 소설 속의 여자 말인가요?"

"은아는 소설 속 인물이 아니오. 하지만 그렇기도 하오. 하여튼 임신한 아내를 두고 남에 왔으니."

노인은 한 번도 말하지 않은 비밀을 이야기하듯 목소리를 낮췄다.

"복중의 태아가 아들인지 딸인지 어떻게 아세요?"

나연이 노인을 몰아붙였다.

노인은 임신 삼 개월쯤 북한 아내의 배꼽이 나오기 시작했다고 했다.

"우리 때는 산부가 삼 개월에 배꼽이 나오면 딸, 팔 개월이면 아들이라 했소."

임신 초기에 아기가 배꼽 위에서 놀면 아들, 배꼽 아래서 놀면 딸이라 했는데 은아는 배꼽 아래서 놀았다고 노인은 확신에 찬 표정을 지었다. 또 임산부의 입덧이 심하면 딸이라 했는데 북한의 처는 입덧으로 거의 먹지를 못했다는 말까지 보태 나연이 끼어들 틈도 주지 않고 자신의 주장을 확정했다.

"놀랍게도 그런 미신 같은 것들이 희한하게 대부분 맞았소."

"소설 속 여자가 은아고, 은아는 북한의 아내가 임신한 아이란 말씀인가요?

"사실이오. 나는 딸이라 믿고 있고 그 애를 이제 찾아야 하오. 혜주도 다 컸으니 이해해줄 거요. 고난의 행군 때 북한 주민들이 많이 굶어 죽었다 하지 않소. 하니, 살아 있다면 말이오."

"돌아가신 사모님과 혜주 씨도 알고 있는 일인가요?"

"아니오. 북에서 결혼한 사실을 숨겼으니 죽은 남한의 처와 혜주는 모르는 일이오."

모든 치매의 초기 증상은 기억력 감퇴다. 노인은 결혼 전 아내에게 자신의 과거를 고백했던 사실을 기억하지 못했다. 그는 어느 날 탈북자들이 출연하는 방송을 보다가 혜주를 붙잡고 내가 탈북민이라며 눈물을 펑펑 쏟았던 것 역시 기억하지 못하고 있었다.

"그동안 남북적십자 간의 이산가족 상봉행사에 신청하시지 않았나요?"

"탈북자가 어떻게 그런 짓을 하오?"

"그건 그렇군요."

"딸 소식은 모르오. 다만 풍문에 내가 탈북한 후 칠 개월 뒤인 사월쯤에 아기를 낳았다고 들었소."

한동안 나연이 묻고 노인이 대답하는 식의 문답이 계속되었다. 문답이 계속될수록 그동안 품었던 궁금증이 조금씩 실마리를 찾아가기 시작했다.

"요새는 브로커를 통해 사람 소식을 알아보고 하는 게 가능하다 들었소. 당신이 은아의 상황을 알아봐주면 보답하겠소."

노인은 할 말을 마친 듯했다. 소주가 바닥을 드러내고 있었다.

"할아버지, 저에게 한 잔만 따라주세요."

나연은 탈북 브로커에게 속아 중국인에게 인신매매로 팔려간 딸을 다시 생각하고 있었다. 살아 있을까? 살아 있다면 어떻게 살고 있을까?

"어이쿠, 내 정신 좀 봐. 나만 마셨네. 그런데 술이 떨어졌어."

"한 병 더 사 올까요?"

"그, 그래주겠소? 카드 가져가시오."

북한에 두고 온 딸을 만난 듯 노인의 얼굴에 기쁨이 가득했다.

"아니에요. 저도 오늘 일을 했으니 수입이 생겼어요. 자본주의 나라에서 수입이 있으니 소주 한 병은 살 자격도 있어요. 저도 어엿한 대한민국 국민이잖아요."

나연은 '대한민국 국민'이라는 말을 힘주어 말했다.

"성 여사, 은아를 찾을 때까지 날 떠나지 마시오."

노인은 예의를 지키려는 듯 '여사'라는 말에 힘을 주었다.

"은아를 찾으려면 상당한 돈이 필요합니다."

나연은 단호하게 말했다. 눈은 박 노인에게 초점을 맞추었다. 나연의 눈빛이 노인의 마음을 움직인 걸까. 노인이 수월하게 나왔다.

"얼마면 되오?"

"오천이면 충분하겠어요."

말해놓고 나연은 생각했다. 돈만 있으면 노인의 가족에 대해 알아보는 건 어렵지 않다. 은아가 실재하는 인물이든 아니든, 노인이 원하는 것을 알아볼 수 있다. 그러니 나에게 다른 목적이 있다 한들 노인을 속이는 건 아니다.

노인이 돈을 마련한다면 나연은 이참에 중국인에게 팔려간 딸을 찾아보고 싶었다. 딸의 얼굴은 어떻게 변했을까? 자식은 낳았을까? 늙은 중국 놈의 성노리개 취급을 받고 있지는 않을까? 은아와 딸의 행방을 알아보는 데 2천이면 충분하다. 보위부에게 뇌물과 북한을 찬양하는 선전물 하나를 만들어주면 재입북도 가능하다. 북한 입북은 요즘 들어 재입북 전문 브로커를 통해야 했다. 재입북은 탈북 때보다 비용이 두 배로 비싸다. 최소한 2천을 요구할 것이다.

북한에서 간호사로 일했던 나연은 한국 생활 3년 만에 간병사가 되었다. 간병사 일을 언제까지 할지는 모르지만 당분간 자신에게 맞는 일을 찾았다고 생각했다. 내년에는 최저임금과 4대 보험이 보장되는 요양보호사 자격증을 따겠다는 것이 나연의 목표였다. 그러다 보면 남한 사회에 적응하고 그럭저럭 살아가게 될 것이다. 지난 3년 동안 한시도 잊어본 적이 없는 딸, 그 아이 문제만 해결되면 남한에서 얼마든지 새로운 삶을 추구할 수 있었다.

"오천……"

노인이 눈을 감으며 중얼거렸다.

노인이 어떻게 반응할까. 5천만 원이라는 돈을 말해놓고 나연은 가슴이 두근거렸다. 생각지도 않았던 희망의 빛이 촛불처럼 조용히 흔들리며 다가왔다. 나연은 입술을 깨물었다. 허튼 기대하지 마.

노인이 힘겹게 허리를 들어 올렸다. 노인은 침대 매트리스 밑에서 빛바랜 사진 한 장과 꼬깃꼬깃 접힌 종이를 꺼냈다. 북한에서 결혼식 날 찍었다는 흑백사진 한 장을 노인이 나연의 손에 쥐여주었다. 북한의 처는 치마저고리에 족두리를 쓰고 신랑과 맞절하고 있었다. 허리를 90도로 꺾은 신랑은 노인이다. 종이에는 고향 사리원의 집 주소, 노인이 작명했음 직한 박은아(朴恩雅)라는 북한의 딸 이름과 어림짐작한 그녀의 생일이 적혀 있었다. 1992년생. 나연의 막내 동생뻘이었다. 나연보다 열네 살이 적었고 살아 있다면 혜주보다 네 살 연상이었다.

노인과 나연의 입술이 동시에 달싹거렸다.

"딸……."

"딸……."

노인이 자리에서 일어나 주머니에서 볼펜을 꺼내 벽에 걸린 달력의 25일에 동그라미를 두 번 치더니 나연을 돌아다보고 말했다.

"내일이 은아 생일이오."

노인은 속죄하듯 매년 딸의 생일이 돌아올 즈음이면 달력에 동그라미를 쳤다. 의미는 달랐지만 나연이 매년 1월 25일에 달력에 동그라미를 쳐놓고 딸이 한국으로 돌아오기를 빌었던 마음과 동일했다. 4월 25일이 은아의 생일이라면 1월 25일은 나연이 목숨을 걸고 탈북했던 날이었고 중국 땅을 밟자마자 인신매매범에게 속아 딸을 빼앗겼던 날이었다. 노인이 이제 전처가 된, 북의 아내 배 속에 두고 온 은아의 생일을 잊지 못하듯 나연도 결코 정월 25일을 잊을 수 없었다. 간병사 성나연은 침묵으로 노인이 지어낸 소설을 들어주었다. 탈북해본 사람만이 왜 내레이터가 이야기를 반복적으로 내레이션할까 하는 짜증에서 자유로울 수 있었다. 나연은 은아 이야기가 지루하거나 짜증스럽게 느껴지지 않았다. 오히려 이야기 반복 횟수가 늘어날수록 잘 만들어진 한 편의 소설 같았다. 소설은 작가의 상상력이나 사실에 바탕을 두고 허구로 꾸민 이야기다. 1인칭 화자이자 등장인물인 박 노인의 이야기는 사실일 수도 꾸며낸 이야기일 수도 있었다. 다만, 박 노인의 스토리텔링이 엉성한 플롯으로 듣는 사람에게 사실인지 소설인지 헷갈리게 하는 것은 단점이자 장점이기도 했다. 노인의 탈북으로 민족 반역자 가족이라는 굴레를 쓴, 혜주의 배다른 언니이자 첫딸 은아. 그녀가 북한의 탄압과 감시를 견디지 못해 탈북을 하다가 늙은 중국인에게 팔려가고 열일곱 살에 아기를 출산한 엄마가 되었다는 현실. 그것은 팩트가 틀림없지만 한편으로는 허구의 형식을 빌리지 않고서 차마 이야기할 수 없는 소설이 되어야 했다. 간병사 성나연은, 이 같은 내용을 외신은 여러 차례 보도했지만 한국 정부와 국내 주요 언론은 성매매로 팔려가는 탈북 여성의 인권문제에 대해 일체 언급하지 않는 것에 대해 분노했다.

노인과 나연은 언제쯤 동그라미가 여러 번 겹쳐지지 않는 깨끗한 달력을 가지게 될까.

벽에 걸려 있는 2020년 달력이 열린 창문으로 들어온 바람에 펄럭거리며 어디로 날아갈 듯 날갯짓을 했다. 나연의 가슴이 울렁거렸다. 석양빛이 개나리의 잎겨드랑이에서 피어난 노란 잎들과 섞여 주변이 어두컴컴해지는 시간. 정원에 태양광 등이 켜지자 노인의 마당이 환해졌다. ✱

존엄의 방식

1

덕수궁 정문에는 '빈센트 반 고흐전–까마귀가 나는 밀밭'이라는 현수막이 가로로 걸려 있었다. 습기를 잔뜩 빨아먹은 바람이 현수막의 따귀를 때리며 한차례 지나갔다. 2층 전시장. 출입구 테이블 위에 한 움큼의 도록과 팸플릿이 쌓여 있었다. 도록은 1만 원, 팸플릿은 무료였다. 팸플릿을 펼치자 다음과 같은 해설이 나왔다. 대식은 평소와는 달리 홍익대 교수이자 저명한 미술평론가가 쓴 그림 해설을 꼼꼼히 읽어 내려갔다.

〈까마귀가 나는 밀밭〉은 반 고흐의 최후작 중 하나이다. 이 그림은 그가 자살하기 직전인 1890년 7월 오베르에서 그려졌다. 일부 연구에 따르면 그림 속 들판은 실제로 반 고흐가 권총으로 자살했던 곳이었다고 한다. 반 고흐는 이 그림에 대해 짧은 기록을 남겼다.

"그곳에 돌아가 나는 그림에 착수하였다. 붓이 내 손에서 빠져나가려는 것 같았다…… 나는 어렵지 않게 슬픔과 깊은 고독을 표현했다."

이 그림에는 화가가 느꼈던 절망감이 고스란히 반영되어 있다. 그가 기쁨에 차서 예찬했던 자연의 요소들은 이제 위협적이다. 너무 익어버린 밀은 더 이상 부드럽게 살랑거리지 않고 맹렬하게 이글거리는 화염처럼 강하게 요동친다. 하늘은 어두워졌고, 물감 자국 같은 거대한 까마귀 떼는 죽음을 예고하는 것처럼 관람자를 향해 몰려오고 있다. 이 그림의 구성도 불안정하다. 구성은 지평선을 향해 모이는 것이 아니라, 거친 세 개의 길에 의해 전경으로 쏟아져 내려오고 있다. 양 측면으로 난 두 길은 캔버스 밖으로 사라지고 있는 반면, 중앙에 난 길은 갑자기 끊어졌다. 반 고흐처럼, 보는 이들도 고립되었다는 느낌을 받는다.

(…) 반 고흐는 말년에 하루 한두 개의 그림을 완성할 정도의 경이로운 속도로 그림을 그렸다. 그는 가장 뜨거운 오후에 주로 작업했으며 그래서 그의 병의 원인을 일사병에서 찾기도 한다. 그의 최후작에는 이러한 광적인 행동이 분명하게 드러난다. 반 고흐는 그림 표면을 매끈하게 하거나 물감을 세심하게 혼합하

지 않고 매우 두껍게 물감을 발랐다. 이러한 강렬한 느낌과 넘
치는 에너지는 바로 여기서 나오는 것이다.

5개월 후면 겨울이 시작될 터였다.

2층 서재의 베란다 한쪽에 설치해둔 풍향계 화살이 여름의 풍경
속에서 쉴 새 없이 돌아갔다. 화살 끝은 사형수의 가슴을 겨누는 총
구처럼, 어두컴컴한 저녁의 어느 한 모서리들을 집요하게 가리켰다.
통창에 부딪히는 바람이 짐승의 단속적이고 질긴 울음을 뱉어냈다.
간혹 바람의 입들은 소리를 내는 순간에 소리를 떠나서 물고기처럼
과묵했다.

최대식이 자신의 죽음을 입에 담지 않는 것은……. 그것이 진지하
게 여겨지지 않을 것이라는 우려 때문이었다. 아내 유명옥에게도 말
하지 않았다. 상처는 자신이 받은 병명만으로 충분했다.

지난주 화요일, 대식은 S종합병원 흉부내과 진료실에서 의사 옆에
앉아 있었다. 머리칼이 성긴 50대 후반의 의사는 마우스로 컴퓨터 모
니터에 떠 있는 흉부 CT 정밀검사 화면을 휙휙 넘겼다. 진단은 틀림
없었다. 희뿌연, 무수한 종양 덩어리가 폐를 덮고 있었다. 암세포에 점
령된 척추는 변형되었고, 왼쪽 간엽이 사라졌다. 암이 넓게 전이되어
있었다.

"마음을 단단히 잡수셔야 합니다."

"……."

"폐암 4기입니다."

대식은 약간의 현기증을 느꼈다. 40여 년간 담배를 피웠으니 그럴 수도 있었다. 그것뿐이었다. 의사나 환자 둘 다 무덤덤했다. 간호사는 의사 옆에 다소곳이 서 있었다. 그녀는 이런 분위기가 불편한지 진료실 문을 열고 밖으로 나갔다. 잠시 후, 문밖에서 35번 환자분! 하는 간호사의 목소리가 들려왔다. 대식은 의사에게 무엇인가 물어보려 하다가 그만두었다. 그는 문밖에서 순서를 기다리는 환자들을 떠올리며 의자에서 몸을 일으켰다. 그때 의사가 대식의 방향으로 회진의자를 돌렸다.

"앉아보세요."

"……."

"말기이긴 하지만, 암세포가 식도까지 번지지 않았습니다. 먹을 수 있으니 항암 치료를 해봅시다."

"남은 수명이 얼마인가요?"

말이 입을 벗어나는 순간, 아차 했지만 쓸어 담을 수는 없었다. 의사는 고개를 갸우뚱했다. 암 통보를 받은 환자가…… 죽는 날부터 물어보다니, 그런 표정이었다.

"치료를 받지 않으면 육 개월 정도로 예상하지만, 정확히는 알 수 없습니다."

"여명이 육 개월이라는 말씀이지요?"

"일반적으로 그렇습니다."

"알겠습니다."

"나가서 간호사에게 입원 수속 절차를 전달 받으십시오."

"다시 오겠습니다."

7개월 전 극심한 요통과 함께 체중이 줄기 시작했다. 아침에 바지를 입을 때 벨트를 점점 더 안쪽으로 당겨서 매게 되었다. 대식은 S대 종합병원 흉부내과에 외래진료를 예약했다. 검은색 인조가죽 재질의 차가운 진찰대 위에 누워 의사에게 증상을 설명했다.

"육십오 세, 원인을 알 수 없는 체중 감소, 요통과 기침을 할 때마다 느껴지는 뻐근한 흉통."

"요통이라? 척추미세협부골절일 수도 있는데 나이가 있으시니 먼저 전신 MRI를 찍어 봅시다."

척추미세협부골절, 처음 들어보는 긴 의학 용어에 대식은 몸서리를 쳤다.

"협부골절은…… 드물기는 하지만 요통의 흔한 원인이기도 하니까…… 다행히 협부골절이라면 좋겠네."

의사는 대식이 알아듣지도 못할 말을 혼자서 쏟아내고 있었다.

2

대식은 종신보험을 계약할 때 '여명급부특약'도 함께 들었다. '여명급부특약'이란 질병이나 상해로 남은 생존 기간이 6개월 미만인 경우, 사망 보험금의 일부를 미리 지급 받을 수 있는 것을 말한다. 대식의 경우 2억 원까지 청구가 가능했다. 대식은 암 진단 다음 날 FC(보험설계사)를 만났다. FC는 여명 급부에 대하여 설명하고 몇 가지 서류에 서명을 요구했다. 그는 담당 의사의 서명을 받아야 하는 서류를 건네주면서 병명이 적힌 진단서와 여명 소견서를 받아서 함께 제출하라고 했다. 대식은 그가 시킨 대로 했다.

일주일 후 대식의 통장으로 2억 원이 정확하게 입금되었다. 그 돈이 자신의 사망 보험금의 일부인데도 대식은 들뜬 기분이 되었다. 통장에 찍힌 0의 개수를 세는 동안은 6개월 이하의 여명 진단을 받은 것이 오히려 잘된 것 같은 기분마저 들었다. 이 돈은 그 어느 곳에도 구애받지 않고 마음껏 써볼 수 있는 돈이었다. 평생 십만 원 이상 마음대로 써본 적 없는 대식에게 2억 원이라는 돈은 충분히 들뜨게 할 수 있는 액수였다. 대식은 은행에서 발송한 휴대폰 입출금 문자를 보는 동안 자신이 죽는다는 사실마저 까맣게 잊었다. 그는 '이 큰돈을 어디에 쓸까?' 하는 즐거운 상상에 빠졌다. 상상에 빠져 있는 동안은 요통이나 가슴 통증도 느껴지지 않았다. 대식은 퇴직 후 종신보험을 해지하지 않은 자신의 판단에 감사했다.

수입이 없게 되자 아내 명옥은 대식에게 보험부터 해지할 것을 종용했다. 이번에 여명급부를 받은 종신보험을 해약 1순위로 꼽았다. 통장엔 현금이 간당간당했다. 퇴직금과 저축 합계액 3억 원 중에서 아들 결혼식 비용과 아들 부부가 거주할 21평 연립아파트 전세금으로 2억 5천이 날아가버렸다. 남은 5천만 원은 세금과 생활비로 금세 빠져나갔다. 대식이 퇴직한 뒤부터 생활비를 책임지는 아내가 종신보험 계약 해지를 들볶는 것도 무리가 아니었다. 납부액이 많았기 때문이었다. 대식은 버텼고, 그 일로 한동안 부부 사이가 불편해지기도 했다.

아내 명옥은 요양보호사와 간병인으로 번갈아 일하면서 월 160여만 원을 벌었다. 일이 끊길 때도 있어서 수입은 불안정했다. 대식은 평생 가족을 부양했고 퇴직 후 아들 결혼식 비용과 전세금 지원 등으로 자신이 벌어놓은 돈을 다 사용했다. 대식과 아내, 올드미스인 딸이 거주하는 수도권 외곽의 24평 아파트와 수중에 천만 원이 남았을 때, 매월 종신보험으로 빠져나가는 65만 원은 큰돈이었다. 재산세, 아파트 관리비, 자동차세, 기름값, 부부의 휴대폰 사용액, 가족 친지, 친구의 경조사비 등 어느 하나 줄일 수 있는 것이 없었다. 아파트를 팔 수도 없었다. 퇴직 후 살던 아파트를 팔고 현재의 아파트로 평수를 줄여 입주한지 3년이 되지 않아 양도세가 엄청났다. 정부는 부동산 투기를 잡는다고 입주 2년의 양도세 면제 거주 기간을 5년으로 늘렸다. 입주한 지 3년 남짓한 대식의 아파트는 이 기준에 못 미쳤다. 매매가와 전세금이 치솟아 아파트를 팔고 양도세를 내고 나면 아내가 일하는 병원 근방에는 전세를 얻기도 어려웠다. 남은 집 한 채마저 날릴지도 모른다는 불안감이 살림살이를 더욱 옹색하게 만들었다.

직장에 다닐 동안 자신이 중산층이라고 생각했던 대식의 자부심은 쪼그라들 대로 쪼그라들었다. 유치원 교사인 딸 유수는 체력이 약해 유치원 일을 힘들어했다. 중견기업 임원으로 퇴직한 대식은 수중의 돈이 바닥나자 경비원 일을 알아보고 있는 중이었다. 몇 군데서 문자가 왔는데 모두 62세 미만이라는 조건이 달려 있었다. 대식은 66세였다. 이런 판국에 2억이라는 돈은 돈벼락을 맞은 기분이 들기에 충분한 금액이었다. 여명이 6개월이라고 했으니 대식은 적어도 반 년을 버틸 수 있으리라 생각했다. 다만 사람의 모습으로 움직일 수 있는 인간의 시간이 문제였다. 목숨은 붙어 있어도 몸을 움직이지 못하거나 혼수상태에 빠져 있다면 돈은 소용이 없었다. 상태가 더 나빠지기 전에 하루라도 빨리, 통장에 들어온 2억을 의미 있게 사용할 용처를 정하는 것이 급했다.

궁리해봤지만 남은 용처는 하나뿐이었다. 부부동반 첫 해외여행! 대식은 과장 때 회사에서 시행한 어학 연수로 일본 나고야를 다녀온 것이 해외여행의 전부였다. 부부가 해외여행을 같이 간 적도 없었다. 시골 할머니들보다 못했다. 직장에 다닐 때 20년 근속 포상으로 일주일의 휴가를 받은 적이 있으나 밀린 업무를 처리하느라 휴가 사용 기한을 넘겨버렸다. 입사 동기들은 그런 자신을 두고 바보라고 놀렸다. 하지만 그때까지만 해도 천년만년 직장에 다닐 줄 알았다. 그런 마음가짐 때문인지 대식은 입사 동기생들 중 진급이 제일 빨랐으며 선배 기수를 뛰어넘기도 했다. 마침내 직장의 꽃이라는 임원이 되었고 주변에서는 장차 대표이사가 될 거라고 공치사를 했다.

대식은 퇴직 무렵에야 승진은 실력과 열심 외에 운이 따라야 되는 것이라는 것을 알았다. 계열사 전혁수 전무가 직속 상관으로 부임해 오면서 대식과 업무 처리 방향에 대해 사사건건 부딪히기 시작했다. 사달은 대표이사와 경영진 모두가 참석한 노량진 횟집에서 벌어졌다. 술이 몇 순배 돌았고, 사소한 문제로 대식의 말꼬투리를 잡은 전무와 말다툼이 벌어졌다. 다툼은 점점 더 수위가 높아졌고, 마침내 대표이사가 화를 내며 자리를 박차고 나가는 상황이 벌어졌다. 그때부터 대식은 상사와 맞장 놓는 불순분자로 찍히게 되었다. 그 일이 발생한 후 전무는 기회 있을 때마다 은근히 대식에게 퇴사를 내비쳤다. 버티기 달인인 대식은 버틸 만큼 버텼지만 연말 정기 인사에서 그는 입사 후 처음으로 승진에서 누락되었다. 뿐만 아니라 요직인 기획자금부에서 한직인 물류 책임자로 발령을 받았다. 욱한 마음에 사표를 내었고 사표는 그대로 수리되었다. 미안한 마음에 아내에게는 거짓말을 했다. 회사가 어려워져서 임원들 전체에게 명예퇴직을 요구했다고. 갑작스러운 퇴사 소식에 아내는 더 이상 캐묻지 않고 대식의 거짓말을 수용하는 척해주었다. 이미 아내는 자신과 한마디 상의도 없이 대식이 사표를 냈다는 사실을 알고 있었다. 남편의 직속 부하였던 강 부장의 아내와 통화를 하던 중 남편의 사표 이유를 들은 것이었다.

아내는 가족의 생계가 걸린 문제를 자기와 한마디 상의도 없이 덜컥 행동에 옮긴 대식에게 실망감이 큰 것 같았다. 실망감은 분노로 변했다. 대식의 간청에도 불구하고 아내는 베개를 안고 다른 방으로 침실을 옮겼다. 부부는 각방을 쓰게 되었다. 대식은 대식대로 아내의 이런 행동이 서운했다. 아내가 자신을 이해해주지 못한다고 느꼈다. 그때부터 그는 술을 가까이했다. 처음엔 울적한 마음을 달래려 마시기 시작한 술이었지만, 마시는 술의 양이 점점 늘어나기 시작했다. 술은 금세 대식을 망가뜨렸다. 술이 들어가면 말이 거칠어졌고 조그마한 일에도 예민하게 반응했다. 아내는 일체의 대화를 거부했다. 어쩌다 말을 섞으면 금세 부부싸움으로 변했다. 대식의 입도 닫히게 되었다. 이런 세월이 몇 년을 넘겼으니 사실상 무늬만 부부였다. 의사로부터 폐암 4기 진단을 받았을 때 그가 무덤덤할 수 있었던 것은 이런 배경도 한몫했다. 그도 지쳐 있었다.

3

"여보, 우리 해외여행 갈까?"

통장에 돈이 들어온 다음다음 날 대식이 아내의 눈치를 살폈다. 눈치를 살피면서도 표정은 당당했다. 돈의 힘이었다. 소파에 앉아 연속극을 보던 아내는 고개를 돌리지 않은 채로 말했다.

"돈은?"

"당신한테 말 안 했는데, 퇴직할 때 비상금을 별도로 가지고 있었어."

"뭐? 날 속였다는 거네. 내가 간병인으로 힘들게 일하는데도."

"화내지 마. 지금 이야기하잖아. 이 돈은 우리가 꼭 써야 할 때 쓰고 싶었어."

아내는 화를 내고 있었다. 몸이 아픈데도 생활비 때문에 간병 일을 나갔던 자신이 바보처럼 느껴졌을까. 남편은 자신이 몸이 약하다는 것을 알면서도 수중에 지니고 있는 돈을 끝까지 내놓지 않았다. 저런 인간이 내 남편이라니! 대식은 명옥의 오해를 풀어주고 싶었지만 별 뾰족한 방법이 없음에 답답해했다. 나, 6개월밖에 못 산대! 그래서 당신과 마지막 추억 여행을 떠나려고 하는 거야! 해외여행비는 사실 사망 보험금 일부를 당겨 받은 돈이야! 내가 죽으면 남은 돈 2억을 더 받을 수 있어! 이 정도 했으면 됐잖아! 입 밖까지 튀어나왔던 이런 말들이 침을 삼키자 도로 목구멍 안으로 들어갔다. 입이 열리면 해외여행을 가자고 한 이유가 쏟아져 나올 것 같아 대식은 입술을 질끈 깨물었다. 여행을 다녀오기 전까지 결코 자신의 병명을 알리고 싶지 않았다.

그냥 떠나는 거야. 중산층처럼, 폼나게! 대식은 더 이상 명옥이 아무것도 묻지 말기를 바랐다. 아내가 더 이상 파고들면, 모든 것을 사실대로 토해낼 것 같은 불안감이 엄습했다. 명옥이 TV를 끄고 소파에 똑바로 누워 눈을 뜬 채로 천장을 응시하고 있었다. 화를 다스리려 애쓰는 것 같았다.

오후 6시, 아내가 간병차 병원에 나간 뒤 대식은 서재의 책상에 앉아 창문 밖을 내다보고 있었다. 어스름이었다. 까마귀 두 마리가 마당의 그늘막 지붕 위에 내려앉았다. 들키지 않으려는 듯 날갯짓이 조용했다. 베란다 한쪽에 세워놓은 풍향계가 빠르게 돌아가고 있었다. 폐암 진단을 받은 7월부터 9월까지는 시간이 빨리 지나갔다. 어느새 10월이었다. 그동안 대식은 이사를 했다. 아파트를 전세 주고 충청도 시골의 주택을 전세로 얻었다. 차액은 부족한 생활비를 메꾸었다. 대지 90평, 건평 30평의 벽돌조 2층 주택이었다. 시골인 만큼 도시보다 공기가 좋았다. 폐암! 대식은 신선한 공기에 실낱같은 희망을 걸었다. 항암 치료와 모르핀 같은 마약성 진통제는 거부했고 병의 진행 상태를 알기 위해 매달 1회씩 찍어보는 흉부 CT 촬영과 기초 진통제를 받아오는 것이 투병의 전부였다. 그는 위암으로 항암 치료를 받다가 비참한 몰골로 세상을 떠난 아버지에 대한 나쁜 기억이 있었다. 아버지는 건강할 때 181센티의 키와 85킬로의 몸무게를 가지고 있었다. 당시엔 누가 봐도 멋진 체격이었다. 방사선 치료와 항암 주사를 맞다가 2년 뒤 돌아가실 무렵에는 머리칼이 다 빠지고 몸무게가 48킬로로 줄어 있었다. 완전히 딴사람이 되었다. 숨만 쉴 뿐, 해골 그 자체였다. 가족의 반대에도 불구하고 아버지는 죽기 1개월 전에 병원에서 집으로 돌아오셨는데, 순전히 집에서 죽음을 맞이하겠다는 당신의 옹고집 때문이었다. 가족들은 어느 순간부터 아버지가 누워 계시는 별채에는 얼씬거리지 않았다.

죽기 삼 일 전부터 아버지는 세상의 모든 것을 놓아버린 듯했다. 세상은 욕망인데, 아버지에게 욕망은 고통 없이 죽는 것―그 하나에 모아진 것처럼 보였다. 세상에 머물고 있어도 세상은 당신에게 의미가 없었다. 아버지는 품위를 중하게 여기시는 선비 같은 분이었다. 하지만 매순간 고통으로 일그러진 얼굴은 쥐처럼 당신의 품위를 갉아내었다. 당시만 해도 말기 암 환자에게 모르핀 같은 마약 성분의 진통제를 주사하지 않았기 때문에 아버지는 무서운 얼굴로 매분, 매초를 견뎠다. 그 일그러진 고통의 표정을 지켜보면서 가족은 죽어가는 이보다 더 진저리쳤다. 아버지가 죽었다. 71세. 삼일장이 치러지고 집은 평안을 되찾았다.

이제 대식이 아버지의 순서를 밟을 것이었다. 그는 자신의 가족에게만은 고통에 찌든 아버지의 옛 모습으로 남기 싫었다. 회복 가능성이 없는 항암 치료를 거부한다고 그것이 죽음에 굴복하는 것은 아니라고 생각했다. 대식은 희로애락을 느끼는 사람으로서 죽음을 맞이하고 싶었다. 임종 여명기는 자기가, 자기가 아닌 사람이 되는 과정이었다. 하지만 그 과정의 공포! 대식은 죽음에 대한 공포에 사로잡혀 있을 자신이 두려웠다. 무엇보다 그것은 자기결정권이 아니었다. 그것은 한 인간이 인간으로서의 품위를 잃어가는 모습이었다. 한글 사전은 '품위'의 정의를 '사람으로서 갖추어야 할 위엄이나 기품'이라고 해놓았다. 그래서 자신은 아버지처럼 죽기 싫었다. 대식에게 존엄의 의미는…… 죽기 전 아내에게 처음으로 감사하다는 말을 하는 것. 나와 결혼해줘서, 나의 아이를 낳아 잘 길러줘서. 아내의 손을 잡고 첫 해외여행을 다니는 것. 가난 때문에 결혼 때 하지 못했던 다이아반지를 아내 손가락에 끼워주는 것. 모(毛)가 촘촘한 피메일 밍크코트 한 벌을 사주는 것. 그것들은 일견 세속적이고 유치해 보이지만 대식에겐 소중한 것들이었다.

뒷마당에 심어진 육중한 밤나무들은 혹독한 추위에서 살아남기 위해 미리 이파리를 떨어뜨렸다. 이제 3개월! 항암 치료를 받지 않은 채 어떻게 3개월을 버틸 것인가? 해외여행지는 어디로 잡을 것인가? 자신의 병을 모르는 아내 명옥은 순순히 이 여행에 동행해줄 것인가? 해외여행을 할 동안 아내에게 아픈 표시를 내지 않고 여행을 무사히 마칠 수 있을 것인가? 시간이 흐르면서 내 몰골은 어떻게 변해갈 것인가? 속 시원한 대답을 할 수 없는 질문들이 그의 머릿속에서 꼬리에 꼬리를 물고 일어났다.

흉통이 전신의 경련을 일으키기 시작할 무렵 대식은 아내에게 어렵게 여행 허락을 받았다. 지난 몇 달 동안 대식은 다양한 강도의 경련을 경험했다. 그냥 무시할 수준의 통증에서부터 이를 갈며 말도 하지 못할 정도의 통증, 바닥에 쓰러져 몸을 동그랗게 말고 비명을 내지를 만큼의 독한 통증에 이르기까지 벌은 다양했다. 기초 진통제 '이부프로펜'은 아무 소용이 없었다.

암 환자들은 제각각의 고통을 제각각의 단어로 표현하며 호소한다. 아무리 가까운 사람이라 해두 타인은 그 고통이 어떤 것인지 알지 못한다. 대식은 아직 모르핀을 사용하지 않았다.

모르핀은 최후의 진통제다. 말기 암 환자와 같이, 더 이상의 가망이 없거나 심각한 고통에 시달리는 환자, 전쟁터에서의 중상자에게만 사용하는 것이 원칙이다. 대식은 언제까지 모르핀에 대한 욕망을 참아낼 수 있을지 불안했다. 아내의 동행 허락을 받고 대식이 제일 먼저 한 일은 서점에 들러 유럽 여행 가이드 책을 한 권 산 것이었다. 대식은 관광 회사를 통해 여행을 신청했다. 남미와 러시아를 포함해 노르웨이, 핀란드, 스웨덴, 덴마크 등 북유럽 국가를 크루즈로 28일간 여행하는 상품이었다. 관광회사 담당자는 이런 코스를 이만한 가격에 다녀올 수 있는 것은 행운이라고 말했다. 일인당 1,050만 원이었다. 그는 큰맘을 먹고 크루즈의 일등석을 주문했다. 대식은 북유럽 국가의 피오르를 보고 싶었다. 진귀한 풍경이니만큼 아내도 좋아할 것이라고 생각했다. 담당자는 대식의 말을 듣더니 칠레에도 피오르가 있다고 웃으며 말했다. 대식이 이 여행 코스를 선택한 진짜 이유는 안락사를 허용하는 네덜란드를 들린다는 데 있었다. 인터넷에서 알아보니 여명

6개월 미만의 회복 불가능한 말기 암 환자의 경우, 모든 서류가 갖춰진다면 안락사 비용은 천오백이면 충분하다고 되어 있었다.

11월. 기침이 심하고 숨이 가쁘지만 아직 견딜 수 있는 고통이었다. 체중이 또 7킬로그램 줄었다. 어쨌든 견디지 않을 수 없는 고통이었다. 이 정도 상태라면 불편한 대로 해외여행을 다녀올 수 있다고 대식은 자기 확신을 심었다. 의사는 폐암 4기인데도 증상이 심하지 않은 것은 암이 폐에서 발생한 '원발성 폐암'이 아니라 다른 장기에서 전이된 것이기 때문이라고 했다. 그래서 폐암 환자에게 가장 흔하게 나타나는 가슴 흉통이 덜했다.

대식은 하루에도 몇 번씩 통장에 찍힌 여명급부금 2억 원을 바라보았다. 먼저 여행 경비로 5천을 떼었다. 남은 1억 5천을 5천만 원씩 두 개로 나누었다. 5천만 원은 코로나로 어려움을 겪는 아들의 사업 자금으로, 5천만 원은 언젠가 결혼할 딸 유수의 지참금으로 나누어줄 계획을 짰다. 전세를 준 아파트는 당연히 아내에게 돌아갈 것이었다. 5천만 원은 생활비로, 마지막 5천은 오로지 부부 여행과 나를 위해 쓰리라. 여명을 3개월 앞둔 폐암 말기 환자의 얼굴에서 스멀스멀 웃음이 번져 나왔다.

대식은 여행사 담당자에게 해외여행에 필요한 부부의 사진과 서류를 제출하고 집으로 향했다. 차가 용산 4거리에 도착할 무렵 휴대전화가 울렸다.

"선생님, 저 형자예요. 그동안 잘 계셨어요?"

허스키한 형자의 목소리가 10년의 세월을 단숨에 지웠다. 대식의 가슴에서 10년이라는 긴 시간이 삽시간에 빠져나가고 그 삼차원의 시공간을 그녀의 들뜬 음성이 채워버렸다.

"어어, 이게 누구야? ……나는 잘 있지. 그럭저럭 견디고 있어. 형자는 어떻게 지냈어?"

"저는요…… 선생님, 저 오늘 만나주세요."

당돌했다. 성격은 옛날과 변한 게 없었다. 형자는 대식이 회사 영업부장일 때 하청업체 사장의 비서였다. 남편의 알코올 중독으로 결혼 2년 만에 갈라선 이혼녀였다. 처음 봤을 때 서른한 살이었던 형자는 마르면서도 풍만했고 풍만하면서도 살쪄 보이지 않았다. 코는 낮으면서도 가볍게 보이지 않았고 입술은 도톰하면서도 화가 나서 꼭 다물면 화난 만큼 얇아졌다. 그런 근육과 표정의 반비례가 대식의 눈에 띄었다. 대식이 퇴직 후 둘은 우연한 일로 밖에서 몇 번 만났고 어느 날 대식은 형자를 안았다. 그녀는 대식을 무덤덤하게 받아주었다. 몇 분 뒤 형자의 몸에서 떨어져 나온 대식은 그녀가 어색했다. 인연이 아니라고 생각했다. 하청업체가 도산하면서 형자와의 연락도 끊어졌다. 오래전의 일이었다.

"오늘은 곤란해. 선약이 있어서……."

"중요한 약속인가요?"

"그런 게 아니라, 은행 대출 건이라서."

대식은 아내와의 덕수궁 고흐 전시회 관람 약속을 감추었다.

"알았어요. 그러면 내일은 가능한가요?"

"응, 내일 열한 시에 광화문 교보문고에서 만나지. 오랜만에 점심이나 할까?"

"좋아요. 그럼 내일 봐요."

대식은 난생처음 거짓 약속을 잡았다. 그는 휴대전화를 뒤져 형자의 연락처를 지웠다.

부부동반으로 관람한 반 고흐 전시회는 개인적으로 음울했다. 모든 그림이 우울했지만 그중에서 전시관 정면에 걸린 표제작 〈까마귀가 나는 밀밭〉 그림이 그의 마음에 생채기를 냈다. 대식의 마음을 알 길 없는 아내는 그 그림에 대하여 무덤덤했다.

고흐는 왜 자살했을까? 고흐는 나와 같은 말기 암 환자였을까? 1890년이면 아직 암에 대한 의학적 연구가 거의 없을 때였다. 그에 비하면 나는 행복할지도 모른다. 모르핀에 대한 마지막 희망의 끈을 놓지 않고 있으니 말이다. 지독한 가난과 살아생전 제대로 평가받지 못한 삶은 뒤돌아볼 가치가 없는 것일까? 밀밭 위에서 낮게 날고 있는 거친 터치의 검은 까마귀 떼들은 고흐의 암세포를 상징하는 것일까?

대식은 반 고흐에 대한 엉뚱한 상념이 위로가 될 수 있다는 것에 고마운 마음이 들었다.

밖은 춥고 캄캄했다. 덕수궁을 나서면서 그는 옛 기억 하나를 떠올렸다. 유년의 기억이었다. 뇌리에 선명하게 박혀 있어서 그 기억을 쉽게 끄집어낼 수 있었다.

60년대였으리라. 대식은 아버지와 함께 명절 때마다 차례를 지내러 시골 큰집에 갔다. 인구 3천 명 정도 되는 작은 면 소재지에 위치한 큰집은 시골치고는 집이 좁았다. 지금의 대식 나이 정도 되는 어르신들은 방 안에서 양반다리를 한 채 근엄하게 앉아 있었다. 그 아래뻘인 삼촌들과 아버지의 손아래 당숙은 대청마루에서 차례 준비에 정신이 없었다. 더 아래뻘인 사촌형들과 재종형들은 덕석이 깔린 마당의 맨 위쪽 자리에 두 손을 앞에 모은 채 얌전히 서 있었다. 서열을 따질 일조차 없는 대식 또래의 꼬맹이들은 덕석의 맨 뒤끝에서 서로 장난을 치며 시시덕거렸다.

그리고 어느 날이다. 대식이 고등학교 1학년쯤 되었을 명절이었다. 차례를 지내기 전 모든 방의 문들은 항상 열어놓았는데, 대식은 고개를 들어 무심히 방 안을 살피다가 갑자기 이상한 느낌이 들었다. 뭔가 달랐다. 뭔가 다른 그 이상한 느낌이 뭐였는지 곧 알아챘다. 늘 보이던 방 안의 어르신들이 보이지 않았다. 그리고 언제나 마루에서 바쁘게 움직였던 삼촌들과 당숙들이 어르신 대신 방 안을 차지하고 있었다. 그러고 보니 마당에 얌전히 서 있던 사촌형과 재종형들이 대청마루에 올라 차례 준비에 분주했다. 그제야 대식은 자신이 예전 사촌형들의 자리에 올라와 있는 것을 알았고, 이름도 모르는 꼬맹이 동생들이 그 옛날 자신들처럼 시시덕거리며 장난을 치고 있는 것을 발견했다.

부재. 사람들이 사라진다는 것을 처음으로 느낀 날이었다.

4

대식은 그의 아버지처럼 마지막 한 달을 집에서 버텼다. 극심한 고통 속에서도 모르핀은 끝까지 요구하지 않았다.

코에 가정용 인공호흡기를 매단 대식은 침대에서 간신히 몸을 일으켰다. 그는 2층 서재의 책상에서 정맥이 도드라진 파리한 손가락으로 컴퓨터 자판을 두드렸다. 땀방울이 쏟아져 내리는 이마, 좌우 상하로 흔들리는 손목, 1분에 한 타씩 치는 듯한 느린 동작, 무엇을 쓰는지 알 수 없었다. 다른 사람이 알아서도 안 되는 것 같았다.

12월 초순의 어느 날. 대식은 컴퓨터를 껐다. 그는 의자에서 내려와 소파에 쓰러지듯 드러누웠다. 긴 여행에서 돌아와 혼자만의 방식으로 여독을 풀고 있는 듯했다.

며칠 사이에 대식의 상태는 해외여행을 떠날 수 없을 정도로 처참해졌다. 아내에게 여행 약속을 지키지 못할 것 같았다. 그 며칠의 마지막 날, 그는 여명특약급부금 2억 외에 자신이 사망 후 받을 잔여 보험금의 분배와 3층 나무 책장 뒤에 숨겨둔 통장의 위치와 통장 비밀번호를 저장한 한글 문서를 불러와 인쇄 기능을 눌렀다. 대식은 사각거리는 복사용지의 기분 좋은 출력 소리를 들으며 침대에 누웠다. 갑자기 견디기 힘든 통증이 몰려왔다. 몇 시간은 계속될 통증 같아 보였다. 지난번 진료 때 받아온 패치형 모르핀이 요정처럼 그의 머리맡 협탁 위에 놓여 있었다.

부들거리는 손을 내밀어 대식은 문방구 가위로 모르핀 패치를 잘게 잘라서 방바닥으로 버렸다. 가위는 이윽고 코에 걸려 있는 산소호흡기의 통통한 줄로 향했다. 싹둑, 줄을 자르는 순간 미나리를 씹을 때와도 같은 경쾌하고 아삭한 촉감이 그의 손에 느껴졌다. 곧이어 대식은 호흡이 거칠어졌고, 산소 부족으로 순식간에 얼굴이 새파랗게 질렸다. 목구멍 안에서 휘파람 같은 소리가 올라왔다. 휘파람 소리가 그의 머리끝에서 발끝까지 숨구멍이란 숨구멍은 모조리 막았다. 그는 고통스럽게 들숨과 날숨을 토해내었다. 끝이구나. 자신의 마지막이 명징하게 느껴지는 순간 투명한 호흡기 줄이 푸른색 페인트가 군데군데 벗겨진 산소통과 대식의 콧구멍 사이에서 출렁거리다가 바닥으로 떨어졌다.

대식의 마지막 의식 속으로 명옥의 것인 듯한 외마디 비명 소리가 들렸다.

직장에서 막 퇴근한 딸 유수가 2층으로 연결된 계단 입구에서 한 발을 내딛다 말고 고개를 젖혀 위를 올려다보았다. *

자존을 위한 집요한 성실

임영태 | 소설가

시집 한 권을 읽으면 시인이 보인다. 시집 하나에 대략 오십 편 내외의 시가 실리는데, 한 편 한 편이 독립된 세계라 오십 내외의 주제와 오십 내외의 자아와 오십 내외의 각기 다른 시공간이 펼쳐지는데, 어쨌거나 그 오십 내외의 세상을 창조한 것은 한 사람이어서, 그 세상들 간의 거리가 어떠하든 그것은 모두 한 사람 내면의 의지와 욕망과 감정이 변주된 것이어서, 시집 한 권을 다 읽고 나면 그 다채로운 세상의 이면에 흐릿하게, 이윽고 또렷이, 이 모든 것이 거기에서 흘러나왔을 모종의 정신세계, 그 원천, 책상에 앉아 열심히 무언가를 쓰고 있는 어떤 한 사람, 시인이 보인다. 이 시인, 이런 사람이구나.

소설에서는 장편보다는 중단편집이 그렇겠다. 장편은 긴 호흡으로 하나의 서사를 다루고 있어 스토리의 주역이 말 그대로 주인공이 되지만, 한 시절이 쌓여서 나온 중단편집에서는 다루는 인물과 시공간이 어떻게 무성하든 결국엔 그 후미에서 그 모든 이야기를 써낸 한 소설가가 슬그머니 모습을 드러낸다. 이 소설가, 이런 사람이구나.

책을 덮으며 그렇게 실존자로서의 한 작가를 문득 만날 때, 독자는 이미 읽고 감상까지 정리한 작품에서 새로운 여운을 느낄 수 있다. 오버랩되는 작가를 통해 작품이 다시 채색된달까. 한 번의 독후감은 아마 거기에서 완성될 것이다.

어쩌면 그래서 사람들은 헤밍웨이의 소설을 읽는다거나 임영태의 소설을 읽는다 하지 않고 헤밍웨이를 읽는다, 임영태를 읽는다 말하는 것 아닐까. 글을 읽는다는 건 결국 그 글을 쓴 사람을 만나는 일인 것이다. 작가를 매개로 작품을 만나는 것이 아니라 작품을 매개로 작가를 만난다. 한 소설집에서 궁극의 캐릭터는 작가 자체인 것이다.

이번 소설집을 읽으며 내가 만난 한승주는 어떤 사람인가. 한승주 작가와 약간의 개인적인 인연이 있기는 하나 나는 사람 한승주에 대해서는 거의 모른다. 내가 그에 대해 조금이나마 아는 척 말할 수 있는 게 있다면 이 소설들을 통해서 본 한승주다.

한승주는 혹은 그의 인물들은 무뚝뚝한 편이면서 강인하고 집요하다. 다정하게 말할 때조차, 수긋하게 자기 허물을 인정할 때조차, 그 이면에는 고집 센 자존심이 혼자 무언가를 묵묵히 인내하고 있다. 끝내는 누구도 자신을 온전히 이해하지 못할 거라는, 이해받는 것에 그다지 관심도 없다는 듯한 도사린 자아. 이런 사내란 숙명적으로 외로움을 달고 사는 법. 자기도 모르게 스스로 둘러친 장막 안에서 기꺼이 자기 고독을 존중한다. 하기야 그런 인물이라 한들 왜 어린아이 같은 울먹임이 없을까만, 맺힌 상처가 없을까만.

아무려나 이것이 내가 이 소설들에서 만난 한승주다. 이런 빛깔의 한 사내가 소설이라는 픽션의 성채로 한 번 더 두껍게 자기를 무장시키고는, 비로소 가감 없이 자기 속내를 펼쳐 보이는 오래 묵은 욕망과 상처의 변주곡들, 그것이 이번 소설집이다.

「메리 크리스마스」는 위에서 말한 작가 캐릭터에 가장 가까운 소설이다. 이 소설을 처음 읽었을 때 나는 왠지 아주 오랜만에 고해성사를 하러 온 냉담자(종교활동에 적극적이지 않은 신자를 가리키는 기독교 용어)로부터 지난 시간들에 대해 긴 고해를 듣고 있는 기분이었다. 상처를 주었거나 책임을 다하지 못한 이들에 대한 회한을 짙게 내보이면서도 그 한편에는 자기 삶이 이해받지 못하는 것에 대한 쓰린 체념이 있다. 그런가 하면 다 상관없다는 식의 오연한 긍지 또한 여전히 우직한 결기로 각을 세우고 있다.

회한, 체념, 긍지 등의 말을 했지만 그것이 소설상에 구체적으로 드러나 있지는 않다. 화자 윤진수의 심사는 상황들의 행간에 깔려 있다. 소설에서 보이는 갈등은 하나뿐이다. 손녀를 물어버린 사냥개 라산의 안락사 문제. 그 밖에는 딸이나 죽은 아내와의 과거 가정사에 딱히 문제가 있었던 것 같지 않고, 중앙 언론사 부국장으로 퇴직하기까지 경제 문제나 다른 심각한 위기도 드러난 것이 없다. 오직 우연한 사고로 촉발된 개의 안락사 문제 하나가 지금 윤진수의 고민이다.

그렇게 보면 펼쳐진 분량에 비해, 조만간 뭉근한 피국 히니기 진개될 듯 묘한 긴장감을 주며 독자의 눈길을 잡아두고 있는 이 소설은 결말이 다소 허전하게 비칠 수 있다. 하고 싶은 이야기가 뭐였는데요? 하는.

소설은 그런데 뜻밖의 대목에서 생생하다. 멧돼지 사냥이다. '멧돼지 사냥기'가 주제일 만큼 두 차례에 걸쳐 세밀하게 묘사되고 있는 사냥 과정은 이 소설에서 윤진수 인생의 내면 고투를 보여주는 일종의 은유라 생각된다. 소설에 그려지는 멧돼지 사냥은 거침없고, 치열하고, 집요하다. 배철수야 능란한 직업 사냥꾼이니 그렇다 치고 평생 펜이나 쥐고 살던 윤진수가 위험스러운 사냥에 조금도 몸을 사리지 않는다. 그것은, 딸은 모르고 아내도 어쩌면 몰랐고 배철수는 지금 막 놀라고 있는, 이 사내의 심층 밑바닥에 있는 굳센 자존감이자 살면서 풀어내지 못한 욕망의 응어리들일 것이다.

그리하여 윤진수에게 개를 안락사시키는 건 단순한 문제가 아니다. 일반적이라면 애지중지하던 손녀의 얼굴에 상처를 낸 개에게 딸이 무어라 하기 전에 안락사든 무엇이든 분노의 조치가 있어야 했지만, 이 사내는 그저 머뭇거리고만 있다. 단순히 라산에 대한 정 때문이라기보다 이 사내의 고독한 자존심이 거기에 결부돼 있기 때문이다. 그러고 보면 라산 이전에 기르던 개들, 이 집에 라산보다 먼저 들어왔고 아내와 살 때부터 길렀다던 진돗개와 풍산개에 대해서는 라산이 등장한 이후로는 (집에서 여전히 기르는지 어쨌는지) 일절 이야기가 없다. 속절없이 잊힌 진돗개와 풍산개에게 위로를!(얼굴이 뜯겨 배우 꿈이 사라진 손녀조차 라산에 밀리는데 그대들쯤이야…….)

그래, 라산은 어떤 면에서 윤진수 자신의 분신인 것이다. 소설에서 윤진수가 라산을 처음 만나는 대목은 이렇다.

근육이 발달되어 있었으며 전체적으로 단단하고 다부진 느낌을 풍겼다. 무엇보다 사냥개답게 이빨이 희고 큼직하며 단단해 보였고, 치열이 가지런하게 배열되어 있었다. 윤진수의 가슴에 무엇인가 와닿았다.

이렇듯 당당한 체형에 거침없이 용맹한 라산에 비해 지금의 윤진수는 어떠한가.

윤진수는 라이카 사료를 주다가 다리를 주물렀다. 70대에 들어선 그는 혈관이 좁아져 종아리가 돌처럼 단단해지고 극심한 통증을 느끼는 하지 동맥 경화증을 앓고 있었다. 점차 기력이 달리고 다리가 아파 개와 산책하는 것이 불가능했다.

윤진수는 라산에게 자신의 푸릇한 젊은 날을 혹은 그 젊던 시절에도 해보지 못한 채 미뤄진 어떤 맹렬한 삶을 대입시키고 있는 것이다. 그러니 어찌 안락사를 쉽게 결정할 수 있으랴. 라산에게 분노하기보다는 오히려 "처음 보는 낯선 사람이 무턱대고 얼굴에 손을 가져다 대니 개는 정아의 행동을 공격으로 여겼을 것이다."라며 라산을 이해하고, 겁 없이 라산에게 함부로 다가간 손녀가 차라리 원망스러운 것이다.

이쯤에서 신춘문예 도전 이야기도 해보자. 매일 새벽에 일어나 따박따박 20매씩 쓰면서 "일주일에서 열흘 사이에 소설 한 편"을 만들어내고, 그런 과정에 "신춘문예에 낙방한 그해 5월부터 연말까지" 끈질기게 달라붙고 있는 이 글쓰기 행위는 멧돼지 사냥만큼이나 투철하고 집요하다.

윤진수의 인생에 소설 쓰기란 무엇인지 굳이 물을 필요는 없을 듯하다. 라산에 대한 감정 이입처럼이나 이 사내에게 소설 쓰기는 현실적인 목표라기보다 '아무도 자기를 제대로 이해하지 못하는' 것 같은 실존적 고독 안에서 거듭거듭 자존감을 일으켜 세우는 '꼭 필요한' 행위인 것이다.

그러면 이제 이 사내가 이해된다. 윤진수 혹은 한승주가.

이 소설은 좀 모호한 편이다. 주인공 화자 윤진수의 삶을 둘러싼 본질적인 갈등이 무엇인지 명확하지 않다. 주 갈등이 명확하지 않음으로 해서 깔려 있는 상황들이 선뜻 하나의 의미로 모아지지 않는다. 말하자면, 업둥이 딸은 그래서 이 사내의 삶에 무엇이라는 건지, 신춘문예는 왜 그토록 열심히 매달리고 있는 건지, 그다지 중요해 보이지 않는 멧돼지 사냥 이야기는 왜 이처럼이나 반복해서 꼼꼼히 묘사하고 있는 것인지, 독자는 의아해하며 물을 수 있다는 거다.

대신 변명해준다면 나는 이렇게 말하리라.

그저 멧돼지 사냥의 생생하고 숨 가쁜 디테일만 맛보면 어떻겠느냐고. 그러다 보면 그 언저리에 한 사내의 조바심 서린 어떤 치열함이, 매 순간 합리적으로 결연했으나 그것을 다 이해받지는 못했던 한 사내의 담담한 고독이, 필사적인 자존이 보일 거라고.

「메리 크리스마스」는 소설이라는 형식의 은유로 말해진 한승주의 고해성사다. 이 소설은 동시다발적으로 서술되고 있는 여러 상황들이 한 주제로 선명히 모아지지 않지만 단정함이나 완결성 면에서 조금 더 점수를 줄 수 있는 다른 어떤 작품보다 가장 한승주다운 캐릭터가 담겨 있다. 자기 목표에 투철하면서 타인의 감정을 수용하는 데에는 무심한, 외면적으로는 도도한 자존심에 차가운 합리주의자이면서, 내면적으로는 은근히 낯가림 심해 자기주장을 내세우는 데에 서툰, 그리하여 참 어쩌지 못하게 외로울 수밖에 없는 한 사내가 여기에 있다.

한승주의 소설에는 엄살이나 과장이 일절 없어 인물들의 삶을 숙연히 지켜보게 된다. 또한 작품마다 묘한 강렬함이 있어 처음엔 '남의 특별한 이야기'로 들어오다가 이내 화자의 솔직하고 진지한 감정들에 깊이 동화된다.

이 책의 소설들은 소재 즉 표면 스토리만 보면 빛깔이 서로 매우 다르다. 다양한 사연의 인물들이 저마다 절실하게 무언가를 좇는데, 주제로 보면 그러나 앞서 말했듯 이 인물들은 모두 한승주 캐릭터의 다른 비전이다. 목전의 일들에 성실하게 집요하지만 타인과의 감정 소통은 허술하여 끝내는 혼자 외롭게 자기 자존을 껴안는 이야기들.

「아침의 동행」에서는 사랑하는 아내의 죽음을 지켜보며 매일 소를 죽이는 현대판 백정의 고단한 삶이 묵묵히 수행되고, 「간병사 S」에서는 실제 인물인지 가상인물인지 모를 은아라는 딸을 등장시켜 자부심과 그리움과 후회의 모든 것이 버무려진 한 시절의 꿈을 회상하고, 「사육사들」에서는 그로테스크한 죽음을 통해 자기 삶의 방식이 인정받지 못한 인물의 어처구니없는 파멸을, 「존엄의 방식」에서는 남에게 연민 받거나 성가신 존재가 되는 것을 극도로 싫어하면서 자기 존재성을 엄정하게 방어하고 있는 시한부 인생 사내의 마지막 시간들을, 「나비」에서는 아버지 나이를 훌쩍 넘어선 노인이 현대사의 비극에 얽힌 아버지의 슬픈 생애를 배경으로 해서 입 밖으로 말해지지 않는 고독에 대해, 「사설우체국」에서는 타인의 감정에 짐짓 무심한 채로 자기만의 추구에 매달리는 청년의 공허한 연대기를 보여준다.

「존엄의 방식」에서 최대식이 마지막 순간까지도 아내에게 자신의 병을 말하지 않는 건 "그것이 진지하게 여겨지지 않을 것이라는 우려" 때문이었다. 「아침의 동행」에서는 아내의 생명선을 자르고 여기에서는 자기 생명선을 스스로 제거하는 이 사내들의 묵묵한 행위에서 나는 이 작가의 일관된 메시지를 본다. 인생의 존엄은 '말의 성찬'이 아니라 '행위'에 있다고 하는 것.

바로 여기에 한승주 소설의 고유한 향기가 있다. 자기 정신성의 가장 첨예한 영역을 끝내 이해받지 못하는 이의 고적하고 우직한 고투. 자기 삶의 의미를 결코 타인에게 의존하지 않는 카랑카랑한 자존. 그것이 내가 이 소설에서 만난 한승주다.